挽挽似月

玄宓 著

孔學堂書局

图书在版编目（CIP）数据

挽挽似月 / 玄宓著 . — 贵阳：孔学堂书局，2020.7

ISBN 978-7-80770-212-2

Ⅰ．①挽… Ⅱ．①玄… Ⅲ．①长篇小说－中国－当代 Ⅳ．① I247.5

中国版本图书馆CIP数据核字（2020）第108247号

挽挽似月　玄宓　著
WANWAN SIYUE

出 品 人：	邓国超　李　筑
责任编辑：	苏　桦　胡国浚
责任校对：	任方圆
责任印制：	张　莹

出　　品：贵州日报当代融媒体集团
出版发行：孔学堂书局
地　　址：贵阳市云岩区宝山北路372号
　　　　　贵阳市花溪区孔学堂中华文化国际研修园1号楼
印　　制：湖南凌宇纸品有限公司
开　　本：880mm×1230mm 1/32
字　　数：250千字
印　　张：9
版　　次：2020年7月第1版
印　　次：2020年7月第1次
书　　号：ISBN 978-7-80770-212-2
定　　价：39.80元

版权所有．翻印必究

目录

第一章　　傲慢与偏见　/001
第二章　　针锋相对　　/025
第三章　　一舞动人　　/052

CONTENTS

第四章　　失策的再遇　/076
第五章　　猫捉老鼠　　/089
第六章　　怦然心动　　/112

目录

第七章　　误会丛生　　/134
第八章　　真心与契约　/159
第九章　　意外的进展　/185

C O N T E N T S

第十章　　　柳暗花明　　/209
第十一章　　双重人格　　/233
第十二章　　试用期男友　/251

第一章
傲慢与偏见

C市机场，夜晚七点十七分。

梁挽挽现在有点暴躁，内心像是憋了一团火，被她的理智强行压在薄薄的冰层之下，只要稍有不慎就会喷涌而出。

她深吸了一口气，对着洗手间镜子里的自己笑了笑，里头的少女明眸皓齿，依旧有种令人赏心悦目的美丽，唯独眼角泛着红晕，泄露出些许泪水洗涤后的痕迹。

这种软弱实在刺眼。她撇了下嘴，翻出随身携带的化妆包，用遮瑕膏在关键位置盖了一层，然后细细勾勒好上挑的眼线。效果显而易见，原本略带古典气质的长相当即变得张扬艳丽。

旁边有个小女生边挤洗手液边偷看她，梁挽挽转过头，冲她挑了下眉。

小姑娘脸红了，结结巴巴道："你、你好漂亮。"

梁挽挽个子高，于是微微弯下腰揉了下小姑娘的双马尾，毫不自谦地笑着道："谢谢，我也这么觉得。"

广播里提醒前往L市的旅客尽快登机，她抓起放在大理石台面上的小包，重新戴上那副能挡住半张脸的黑超墨镜，快步朝外走。

因为着急从纽约回来，但直达航班告罄，她只能在国内C市转机回家，无奈经济舱也满了，不得已买了贵两倍的公务舱。三个小时的短途航程，相对这机票价格来说有些不值，唯一好处就是能在飞机上喝点酒精饮料。

挽挽似月

她五岁开始学习芭蕾，高中毕业后进了国内最好的舞蹈院校，每日上课之前的惯例就是上秤测体重，超标一斤都要被老师骂到狗血淋头。

在保持身材这件事上她对自己一向很严苛，然而今天当空姐询问她是否需要喝点什么时，梁挽挽毫不犹豫地指了指红酒。

空姐给了她一瓶酒，她倒了一杯，晃着里头的暗红色液体，垂下眼睫，心想：今日一醉解千愁吧。

无视周遭的诧异眼神，她喝完一杯又接着倒，一口气干掉了三杯，随后歪倒在座椅上。身体面对酒精相当诚实，意识没多久就开始涣散，她陷入了无边的黑暗里。

梦中，乐声悠扬，她一身黑色纱裙，单足立地，随着《黑天鹅》的背景曲，三十二圈挥鞭转一气呵成。谢幕时面对排山倒海的掌声和 bravo（喝彩、叫好），她感觉自己这辈子从没有这样满足过。ABT（美国芭蕾舞剧院）的首席舞者微笑着替她加冕，她弯下腰，闭上眼，想要感受这荣耀的一刻。

突然，花冠落在头顶的一刹那，舞台动了一下，猝不及防地从中间向两侧裂开。她看到舍友孟瑶站在裂口的边缘处狞笑，随后伸出手，毫不犹豫地将她推了下去。

失重感和下坠的滋味令人惊慌失措，耳边隐约传来嘈杂的声响，随后是重重的一震。梁挽挽费劲地喘了口气，瞬间惊醒！

外头狂风暴雨，水雾漫天遍地，一片模糊。飞机刚刚落地，正在滑行，降落的这几分钟太过刺激，其他乘客不由自主地鼓起掌来，脸上露出劫后余生的庆幸之色。

她有点晕晕乎乎的，没反应过来，半睁着眼。前面发迹线堪忧的精英男子扭过头来，冲她竖了竖大拇指："美女你真行啊，心真大，我们都吓得不行，你还睡着觉说着梦话呢。"

梁挽挽愣了一下，她是真没什么感觉，只是被这梦影响了，联想到自己甄选纽约芭蕾舞团失败的现实，越发烦躁起来。

第一章 / 傲慢与偏见

她压着火气，跟着大部队浩浩荡荡地下了飞机。进了洗手间，她从口袋里掏出手机，犹豫片刻，还是按下电源键开了机。

十几个未接来电的提醒接连弹出来，来自同一个对象——她那掌控欲十足的母亲。不但如此，微信提示也不断地跳出来。

梁挽挽拉着行李箱，边走边翻。

"你们老师说你提前回国了？"

"你现在真是越来越能耐了。"

"甄选失败，还在后台和人撒泼打架，你把我的脸丢尽了！"

看着最后的感叹号，联想到对方那张冷冰冰的芙蓉面上有可能出现的气急败坏的表情，梁挽挽嗤笑，然后勾着嘴角把母亲的微信头像拖进了黑名单。

到了接机口附近的地下停车场，一辆红色小奥迪已经在等她了。左晓棠一脸不爽地从驾驶座探出脑袋来："你爹我加班加到一半就偷跑出来接你，知道风险多大吗？"

"儿子接爸爸，不是天经地义？"梁挽挽挑了下眉，单手拎着行李轻轻松松地放进后备厢，随后坐上车，淡然道，"请你吃大餐，你带路。"

十五分钟后，两人来到了 L 市最好的超五星级酒店，五楼有米其林二星的"渔火"，以手作寿司和空运的新鲜生鱼片闻名。当然，价格也和味蕾的享受程度成正比，贵得惊人。

梁挽挽进了日式包厢，把风衣外套交给服务员，意味深长地盯着同伴："你还挺会选啊，一趟专车接机，换在人均消费一千五百块的地儿吃一顿，我亏大发了。"

左晓棠假装没听见，低头异常迅速地翻着菜单，然后报给跪坐在榻榻米上的服务员，点到一半又扭过头来说："挽挽，让他们后厨给你弄个不加酱汁的蔬菜沙拉？"

"今天不吃草。"梁挽挽懒洋洋地撑着下巴，"要两壶清酒。"

左晓棠愣了片刻，还是依言点了酒水。

等待上菜的间隙，两人都没开口说话。

时值深秋，酒特地温好才端上来，梁挽挽自斟自饮了一杯，慢悠悠地举起印着樱花的小瓷杯转了转，轻笑道："比飞机上那破红酒好喝多了。"

"你今天什么情况啊？"左晓棠有点慌，滴酒不沾的人突然破戒，而且听这语气已经是今天第二顿了，这还得了！

"挽挽。"

"嗯？"梁挽挽应答间，第二杯酒也下肚了。

左晓棠眉心一跳，按住她要倒第三杯酒的手，着急地说："不是，你别一个人喝闷酒啊，有事和我说。"

梁挽挽也没甩开她的手，就那么直勾勾地盯着酒瓶子，一声不吭。须臾，光可鉴人的桌面上多了一滴水，是梁挽挽的泪水，这一下就像开了闸，泪水滴滴答答地落在桌上，大有汇聚成小溪流的气势。

左晓棠惊了，自己认识梁挽挽十年，对她的很多印象都刻在了骨子里。这位初中同桌家境好、性子野，一直活得恣意又任性，外表堪称芳泽无加铅华弗御（女子的容颜美丽得无以复加，连添加妆容都不知道该如何下手），脾气却是非常耿直。

比如高考前，她因为被暗恋她的学弟尾随了一个月，烦不胜烦，就干脆教训了对方一顿；又比如年级测验，她被班主任冤枉作弊，当着班主任的面撕毁了卷子，又跑到校长办公室静坐抗议。

诸如此类的事太多了，总之，这是个表里不一的狠角色。

而如今，这个不可一世的天之骄女竟然当着她的面哭了，这等杀伤力可比软妹的"嘤嘤嘤"大多了。左晓棠心都碎了，猜测了几种可能，放柔语气道："天涯何处无芳草……"

她话还没说完，红着眼睛的大美人突然抬起头来，脸上明晃晃地写着"疯了吗""这辈子不可能有男人敢让我失恋""赶紧收起你的蠢念头"等想法。

左晓棠的同情心瞬间烟消云散，她干笑了一声："莫非你要被迫进行家族联姻了?"

"别猜了。"梁挽挽手撑着额头,叹了一声,"我没能入选 ABT。"

她输得一败涂地,失去了进修的名额,失去了在世界舞台上巡回演出的机会,也失去了日夜奋斗的源动力。

左晓棠惊讶得张大了嘴,她知道这件事的重要性,原本想要开个玩笑缓解下气氛,这时候却什么都说不出了,只是默默坐到了好朋友旁边,替对方满上了一杯酒。

在多年老友面前,梁挽挽什么偶像包袱都放下了,一边任由眼泪不停地落下,一边不停地喝酒。等到一壶清酒下肚,该哭的哭了,该发泄的发泄了,她整个人又飘飘然起来。

怪不得有诗云:"何以解忧,唯有杜康。"古人诚不欺我也。

她甚至能暂时抛开那些阴暗的画面,听左晓棠说她们公司的八卦,笑得前俯后仰,好不开心。唯一败兴的是左铁公鸡的手机一直振动个不停,某个微信群里有人在疯狂"呼唤"她,也不知道是什么破事。

梁挽挽探出脑袋,看了一眼群名,差点吐出来。

群名是:加班使我快乐,我爱工作。

左晓棠微微一笑:"其实这是个水群,里头全是我司的优质未婚女青年,在这儿交流资源。"

梁挽挽听到"未婚"二字,几乎是秒懂,别有深意地"哦"了一声。

通常来说,三个女人一台戏,群里有九位成员,足够拍一部宫廷大片了。而此刻她们如此亢奋,竟然只是因为看了一个八秒钟的短视频。视频封面的缩略图是某位男性脖子以下的侧影,这人穿着一身西装,光看缩略图看不出什么亮点。

左晓棠点开视频时,还在和梁大美人吹牛,口气很不屑:"一帮花痴。"

"是呀,你们公司的姑娘也太浮夸了。"梁挽挽给她面了,屈尊降贵地点了点头。

一秒后,视频中出现了男人的脸,两人齐齐闭嘴。

挽挽
似月

　　该怎么形容这张脸呢？中文博大精深，但如果要用来形容他，好像又找不到特别贴切的词。

　　这人的五官当然是精致得无懈可击，剑眉星目，挺鼻薄唇。他正侧过头和旁人说话，单手撑在办公桌的玻璃上，下颌的线条一览无遗，身上那股看似漫不经心、实则无比勾人的妖孽气质，仿佛能从屏幕里溢出来。

　　梁挽挽脑补了前阵子看过的言情小说，忽然发现所有虚构的男主角都有了可代入的脸。此人若生在江湖，那就是风华绝代的魔教教主，若生在宫廷，也堪当醒掌天下权、醉卧美人膝的多情帝王。

　　八秒钟的短视频，这个男主角有一句台词："徐秘书，广告部经理呢？"

　　他的嗓音是酥到骨子里的低音炮，短短九个字，轰得人头皮发麻、心里小鹿乱撞。

　　"不行了，我鸡皮疙瘩起来了。"左晓棠猛搓着手臂。

　　她突然反应过来，"噼里啪啦"地打字发消息到群里："这位祸国殃民的朋友是哪位啊？摄像头是不是开美颜了？"

　　"这是手机自带的摄像头！"群主歇斯底里地呐喊，"皇上退休养老去了，太子刚登基，这是新帝下午微服私访各部门时有个姐妹留下的珍贵影像。颤抖吧！凡人们！"

　　梁挽挽陪着左晓棠来来回回看了四遍，看第五遍的时候总算意识到了自己的丢脸行为。可真是太有出息了，看男人看得神魂颠倒。

　　"喂，让开，我去趟WC（厕所）。"她站起来，决定去清醒一下。

　　左晓棠摆摆手，心不甘情不愿地挪了挪屁股，双手舍不得离开手机键盘，鼓足了劲收集新任总裁的小道消息。

　　这家日料店营业到凌晨，不过此刻早就过了午夜十二点，堂食的客人也就剩她们和隔壁包厢的几位。

　　梁挽挽经过隔壁包厢时，听到里头有男子说话的声音，莫名觉得有点耳熟，不过隔着一层门板，也听不太真切。她没多想，直接去了洗手间。出来后，她发现有人挡住了门口。那人正弯腰撑着石英石台面，开着水龙头，水流声"哗哗"的。

料理店虽然高级，卫生间的布置却极其不合理，男女卫生间一左一右，洗手台却只有一个，卡在两道门之间，而且距离短得要命。

梁挽挽不太喜欢和陌生人有肢体接触，干脆靠在门边等他洗完。从她这个角度看过去，那男人窄腰长腿，浅色衬衫束在西装裤里，身材堪比顶级男模。

他似乎是脸上沾到了什么东西，正埋头接水清理，修长的手指搭在深灰色石台上，耳朵后面那一块的皮肤比她的还白皙。

小白脸，她很快在心里下了定论。

半分钟后，对方直起身，下意识回过头，那张脸带来的冲击力顷刻间让梁挽挽僵在了原地，这人正是视频里那个绝世美男！当然，现实中看到的更鲜活一些。

他额前的头发被水打湿，随意朝后捋去，水珠流过眉骨，落在浓密的长睫上，衬得眼睛更加深邃。这是一双教科书级别的桃花眼，看起来多情又朦胧。

梁挽挽被他随意扫一眼，都忍不住产生了自己是其心上人的错觉。

两人对视了几秒，她率先反应过来："抱歉，借过。"

男人勾起嘴角笑了笑，从善如流地往后退开。

这本是一场没什么波澜的邂逅，无奈梁挽挽喝了点酒，又穿着高跟鞋，脚猝不及防地崴了一下。她惊呼了一声就朝前倒去，眼看就要扑到他怀里。

男人还站在原地，表情淡淡的，似乎对投怀送抱的温香软玉没什么兴趣，不过也没避开，像是在看一场拙劣的表演。

她分明在那双好看的眼睛里看到了嘲弄的意思，半是尴尬半是气恼，好不容易扶着他站稳，发尾又好死不死地和他衬衫的扣子缠到了一起，两个人的姿势顿时变得非常暧昧。

梁挽挽垂着脑袋，抓着头发一点点往外扯，好不容易解开时，她听到了耳边低沉的嗓音："引人注意的方式还挺特别。"

挽挽似月

她怔了片刻，下意识问："什么意思？"

他掀了掀眼皮，习以为常地道："接下来是不是想问联系方式？"

"你……"梁挽挽长这么大就没见过这么傲慢自负的男孔雀，气血上涌，一时间竟然语塞了。因为生气，她面红耳赤，看上去还真像女儿家怀春的模样。

男人靠着墙，慢条斯理地道："其实呢，也不是不能给你。"他眼神凉凉地看着她，随手抽了张干纸巾，轻笑了一声，"冒犯了。"

他微凉的指尖隔着薄薄的纸张，轻佻地捏住少女的下巴，将她的脸缓缓转向镜子。镜面映出一张晕妆严重的失意脸，睫毛膏和晕掉的眼线糊成一团，脸颊上有好几道脏兮兮的泪痕，把粉底都冲花了。梁挽挽整张脸就透出四个字——惨不忍睹！

火上浇油的是他凉薄的语气："只是你这样来搭讪，也太不讲究了吧？"

纵然自负美貌，可对着镜中这张邋遢的花猫脸，梁挽挽一时也有些茫然。等她回过神来，男人已经退开了三步远，蹙着眉搓了搓碰过她的指尖，又重新洗了一遍手，这是相当嫌弃的意思了。

梁挽挽气到肾上腺素狂飙，骂人的话都到了喉咙口，又生生咽了下去。

那人却再没看她一眼，旋身离开了。待他走出去，原本待在用餐区的几个青年匆匆起身走过来，毕恭毕敬地跟在他后头，像极了帝王身侧的御前侍卫。

真能装啊！梁挽挽恨恨地看了两眼，极度不爽地往她的包厢走。

左晓棠还在包厢里犯花痴，屏幕定格在男人精雕玉琢的侧脸上，听到开门声，她头也没抬地叹息了一声："好烦，他的出现彻底熄灭了我跳槽的心，我决定为公司做牛做马、无私奉献到退休。"

什么玩意儿？梁挽挽嫌弃到连白眼都懒得翻，在她身侧坐下，果断夺过她的手机，秒删了这条带有视频的聊天记录。

左晓棠抢救不及，凄凉地尖叫了一声，满脸心痛地瞪着她："没想

第一章 / 傲慢与偏见

到我们姐妹十年,今日却要为了一个男人反目成仇。"

"呵。"梁挽挽冷笑一声,翻出粉饼盒和湿巾,对着小镜子一点点擦掉眼周那圈脏兮兮的东西,有点迁怒,"我这副鬼样子你怎么不提醒下?"

"这有什么。"左晓棠颇有些不以为然,"都失意了,还在乎皮囊干吗?你不食人间烟火太久了,早该走下神坛放纵一回。"

梁挽挽没吭声,只是重重地擦着下巴,那里仿佛还残留着他手指的温度,她磨了磨牙,表情阴森森的。

接下来的话题总算没再围绕那个人了,两人边吃边聊。不过彼此都默契地跳过了梁挽挽去纽约参加 ABT 舞团选拔的事。

接近凌晨两点时,包厢门再度被拉开,服务员跪坐在榻榻米上,温柔地递上账单,并轻声细语地提示她们,店里要打烊了。

账单上是一串触目惊心的数字,梁挽挽却没在意,很干脆地刷了卡,随即起身穿上鞋,拉着行李箱往外走。

一楼灯火通明,旋转门慢悠悠地转着,隔着一扇玻璃窗,里外似乎是两个世界,外头冷风瑟瑟,里头却温暖如春。

梁挽挽走出酒店,面无表情地站在廊架下。深秋的寒意一点面子都不给,不断地往她脸和脖颈处袭来。她突然就有些怏怏的,负面情绪悄无声息地在心底滋生。她垂头按亮手机,看了下时间:十一月十五日,周六,凌晨一点五十七分。

梁挽挽不想回家,也不想回学校,顶了顶腮帮子,烦躁地抓了下头皮,低声道:"真是没意思透了。"

她话音刚落,行李箱就易了主,左晓棠也不知道哪儿来的蛮力,硬是将高自己一头的好友拽到大堂,直接道:"爸爸请你在这儿住两天吧,就当是散心了。"

梁挽挽跟个脱线木偶似的,身份证被她从衣袋里翻了出来,登记完后手心里莫名其妙多了张房卡。六十八楼的观景套房,貌似一晚的费用

挽挽
似月

能抵左某人大半个月的实习工资。

梁挽挽惊了:"棠总,没发烧吧?"

左晓棠忍住心痛的表情,拍了拍她的后背:"我现在不能多说话,怕哭出声来,你安心住着。"说完,她又想起了什么,脸色一变,"糟糕,我加班图纸还没画完!撤了,明天忙完来陪你。"

她像一阵旋风,裹着毛呢外套风风火火地走了,走到门口,没跟上旋转门的频率,又来不及刹车,差点摔一跤。

梁挽挽没忍住,笑出声来,笑完以后只觉脑海里的阴霾散开了些。

梁挽挽上了直达电梯,刷开房门的时候,顿觉柳暗花明。

观景套房是外挑的露台结构,没有遮挡任何风景,此刻大雨初霁,浓云散去,人似乎伸手就能触碰到满天星辰。落地窗边放了一个白色的陶瓷浴缸,四角是复古雕金支架,里头铺了殷红的玫瑰花瓣。仔细想想,房价这么贵也有点道理。

梁挽挽没怎么挣扎,顺从内心舒舒服服地泡了个澡,擦干后就倒在了床上。大概是有心事,她一直处在半梦半醒的状态,厚重的窗帘让她没了时间观念,等到胃部传来灼烧感,逼不得已起来后,已经到了第二天傍晚。

手机消息彻底炸了,她灌了一瓶矿泉水,随意翻着消息,翻到杨秀茹的短信后,心脏猛地跳了一下。

杨秀茹:"给老师回个电话。"

真是怕什么来什么,被逼着回到现实的滋味太难受了。

梁挽挽拿冷水敷面冷静了一下,换了卫衣和牛仔裤,素着一张脸,准备先去自助餐厅填饱肚子再说。可杨秀茹压根不打算放过她,她刚到餐厅找好位置,还没来得及取餐盘呢,对方的微信就一条接一条发过来。

梁挽挽趴在桌子上,脸埋入手臂里,一手拨了号码,把手机贴在耳边:"老师。"

第一章 / 傲慢与偏见

"嗯。"杨秀茹的语气听上去还算平和,说出来的话倒是直切主题,"那天在 ABT 的表演后台,你为什么和孟芸打架?"

"随团的几个学生都看到你掌掴她,我想知道原因。"顿了顿,杨秀茹又道,"你们平时不是很要好吗?"

这句话可太讽刺了,梁挽挽低笑了一声:"老师,您问她吧,她心里有数。"

电话那头一阵沉默,随后低叹道:"这次你落选了,你室友却选上了,你心里有火,和她闹了口角,我能理解,但是你动手打人的视频传到系主任那里了……"

梁挽挽靠到椅背上,高声问:"所以呢?还要我给她道歉?做梦去吧!"

她动静太大,周围的人都看了过来。

"梁挽挽!注意你的态度!"杨秀茹也有点动怒,呼吸声加重,又停了两秒,率先挂掉了电话。

五点,用餐区还没坐满,梁挽挽一个人坐在中间,旁边只有零星几个客人,看着她的眼神或怜悯、或好奇,她觉得自己简直活得像个笑话。

吃饭的心情瞬间没了,她把卫衣帽子往脑袋上一兜,插着口袋,头也不回地离开了餐厅。电梯里的楼层按键标注了关键区域,三楼是 Spa(矿泉疗养地),十七楼是健身会所,二十八楼则是行政酒廊。

行政酒廊,哦,喝酒的地方。梁挽挽盯着那个数字,缓缓摁了下去。说来简直不可思议,短短三天,她就从一个德智体美劳全面发展的优秀学生变成了一个酒鬼,太可笑了。

吧台后的酒保相当善解人意,只把酒单递过去,没有打扰她。

梁挽挽也不懂酒,随便挑了个好听的名字:"麻烦给我一杯龙舌兰日出。"

正是饭点,酒廊里很安静,除了略带忧郁的爵士音乐作为背景,就只有调酒师晃动果汁和冰块的声音。

挽挽
似月

　　她坐在吧台前，发现角落里坐着一个年轻男人，穿着白衬衫、黑裤子，垂着头做沉思状。吊顶的柔光灯打在他的侧脸上，那睫毛长得逆天，衬着高挺的鼻梁，无一处不迷人。

　　梁挽挽手撑着下巴，感觉这张脸越看越熟悉，不就是昨天那个自恋的男孔雀吗？好哇，真是冤家路窄！想起没出的那口恶气，睚眦必报的梁大美人立刻来劲了，端起鸡尾酒就走了过去。

　　她现在没化妆，看起来就是一个清纯的学生妹，五官没有了那股攻击性，再加上初遇时自己那张脸惨不忍睹，她有自信，眼下对方绝对分辨不出来。

　　"嗨。"梁挽挽甜腻腻地打了一声招呼，自顾自地拉开椅子，在他身边坐下。

　　没想到男人压根没抬头，只是看着放在桌上的两部手机，它们都处在丧心病狂的振动模式中，来电络绎不绝。他慢慢伸出手，把电话一一挂断，然后翻着通信录，找到一个号码拨出去，另一个手机就振动起来了。他全程慢动作，像是刚做完复健的病人。

　　这人在干吗啊？梁挽挽蒙了，甩甩头，手指关节轻轻敲了敲桌面："先生，我请你喝杯酒吧？"

　　回答她的只有死寂。男人的精神状态很古怪，整个人像是完全陷在自己的臆想里，对外界毫无反应。

　　梁挽挽心生不快，长得好看的人多多少少总是自持矜贵，她当然也不例外。从小到大，她屁股后面都跟满了追求者，何曾受到过这种怠慢？同一个男人身上栽倒两次，这也太失败了。

　　她压着火气，再度开口："你没事吧？"

　　这次，男人终于有了反应，抬头瞥了她一眼，只是这一眼竟然比二月冬雪还厉害，简直寒冷彻骨。那双多情慵懒的桃花眼里满是寒意，让他整个人充满了禁欲系的违和感。

　　梁挽挽目瞪口呆，说不出话来。他变了，若那日是轻佻散漫的贵公子，今天则成了常人难以接近的高岭之花。若不是长着同一张脸,这完全就是两个人。

"离我远点。"他开口了,嗓音也跟冰刀子似的,然后再没看她一眼,收好手机径自走了。

梁挽挽感觉自己丢脸丢到西伯利亚去了,忍住要暴打对方一顿的冲动,一口饮下了杯中的酒。

屋漏偏逢连夜雨,本就状态差,还踢到了这么大一块铁板,梁挽挽忘了左晓棠嘱咐她女孩子不要一个人喝酒的忠言,一杯接一杯地喝,喝到酒保怎么都不肯给她调酒了,才停手回房间。

这一层只有四套VIP房,分布在东南西北四个方向,她出了电梯,艰难地分辨了方向,跌跌撞撞走到门前刷房卡,可是那门刷了无数遍都打不开。她拧着门把手,摇着门板,怒道:"连你也和我作对!"

吼完这一声,门突然开了,她没站稳,直接摔进了一个怀抱,因为惯性太猛,还把开门的人压倒了。

矮柜上的托盘倒了,刀叉和餐盘都落在了地毯上,一阵兵荒马乱。

室内只开了一盏床头灯,光线朦胧。她醉得厉害,连睁眼的力气都没有,看不清下面那人的脸,只听到了男人的闷哼声,鼻尖闻到了似有若无的薄荷味,还挺好闻的。

梁挽挽做了一个漫长且古怪的梦,梦里,她和一个黑衣人打得不可开交,她时而占据上风,时而挨揍。最后眼看快要获胜时,天边的彩虹突然变得绚烂无比,接着她听到了一声尖锐的惊叫:"挽挽!"

她吓得喘了口气,被迫从光怪陆离的画面里脱身。

耳边隐约传来拍门声,还有嘈杂的脚步声,忽远忽近的。梁挽挽睁开眼,动了动脖子,宿醉后遗症顷刻间生效了,活像有个小人拿着铁锤子在她脑门上"梆梆梆"一通乱砸,让她生不如死。她发誓,以后再也不喝酒了。

挽挽
似月

梁挽挽睡眼惺忪地抱着被子坐起来,动了动脖子,感觉从颈椎到尾骨那一长串都是酸疼的。她"嘶"了一声,半眯着眼睛随意扫了一圈,目光所及之处,都触目惊心。

门廊处空空的,她的行李箱呢?矮柜上的餐盘和刀具七零八落,她没叫过餐呀!还有她昨天下楼前明明泡过一次澡,眼下浴缸里的花瓣怎么还在?

一切的一切,都指向了一个事实——这不是她的房间。

梁挽挽冷汗都冒出来了,捧着脑袋仔细回忆,发现记忆一片空白。她只能想起在行政酒廊里的零星片段,至于后头的事,都忘得一干二净了。而且,她察觉自己衣衫不整,此刻连掀开被子的勇气都没有。

门外的动静倒是越来越大了,有个女孩子一直在叫嚷,气急败坏的,嗓音异常熟悉,挺像左晓棠的。她听了片刻,拿过手机拨了个号码。

对方秒接,把她劈头盖脸一顿骂:"我把客房部的人都叫上来了,以为你想不开死在房间了,电话不接短信不回,你去哪儿了?"

梁挽挽被吼得头晕目眩,把话筒拿远了点,弱弱地道:"我给你开门。"

出乎意料,她身上的衣服一件没少,只是有些皱。她稍微理了理衣服,走到门口,开门把脑袋探了出去。

左晓棠和几个酒店的员工正杵在她原来房间的门口,听到开门声,齐齐回头。

梁挽挽故作轻松地道:"你们找我呢?我没事,挺好的。"

左晓棠没吭声,先是诧异地扫了眼房号,随即张了张嘴,脸色瞬间阴沉下来。她飞快转过身给前来帮忙开门的工作人员赔了不是,然后走到好友面前。

梁挽挽退了一步,让她进门。

两个人沉默了几秒,左晓棠皱眉盯着她:"别告诉我你走错房了。"

"好像是的,昨晚喝断片了。"梁挽挽瘫在沙发上,拿抱枕盖着头,一副生无可恋的样子。

她自暴自弃地躺了三分钟,看着左晓棠突然翻起了东西,便问:"你找什么呢?"

"找找和你共度一晚的那个人有没有留下什么蛛丝马迹。"

梁挽挽只想装死,一直在纠结自己有没有和那个神秘人发生什么不可挽回的事,然而这个答案目前来看根本无从得知。

"你过来看看。"左晓棠已经走到洗手间里头了,嗤笑道,"有点意思,人家还留了信物。"

梁挽挽走进洗手间,发现洗手台上放着一块男士手表,深蓝宝石镜面,星空刻盘,在不同的光线下会呈现出不同的色泽。她听说过这个牌子,据说只做定制,奢华又小众。连她母亲这样养尊处优的人买之前都要考虑再三,足以看出它的价格有多不友好。

突然,梁挽挽发现旁边的垃圾桶里有一张被揉皱了的纸条,她鬼使神差地捡起来,打开一看,居然是一串电话号码,后边还有四个大字——有事联系。

所以……这人本来是打算负责,半途又后悔了?好渣啊!

同一天的傍晚,临城CBD(中央商务区)最高的那栋楼,顶层办公室,年轻男人站在落地窗前,语气波澜不惊地问身后的助理:"和美国那边的视频会议定在几点?"

范尼摸摸鼻子,有些尴尬地说:"陆总,那边刚给我来了电话,说要取消。"

"取消?"他转过身,轻笑道,"这帮人还真有意思,上周越洋电话打了好几通,非要跟我谈并购,眼下又不想合作了。"

范尼没有顺着这个话题往下说,反而诧异道:"您的脸……"

对方秀气的下颌处多了几道浅红色的抓痕,不算太明显,但还是能看出来。

范特助不敢错过这千载难逢的拍马屁机会,连忙说:"公司后勤那边备着药,晚点我给您去拿。"

陆衍有些出神,他早上从老宅醒来后就这样了,王妈说他半夜三更昏倒在家门口,手心还被什么东西划开了,流了血,也不知道是不是被小人暗算了。

真是活见鬼!他心绪复杂,面上倒是半分不显,还是那副云清风淡的贵公子做派:"不忙,你先说说美国那边的事。"

范尼欲言又止:"陆总,本来这个会议安排在前天,后来那什么,我们有两天没联系上您……"

陆衍漫不经心地把玩着钢笔,在桌上轻轻敲了两下:"说清楚。"

范尼咬牙道:"您突然失踪了两天,我们也找不到您去哪儿了,算是放了那边鸽子,现在他们认为我们有意拖延并购进度。"他一鼓作气说完,然后就发现老板正用关爱神经病的眼神看着他。

"我什么时候失踪过?"陆少爷很无奈,轻叹一声,"你工作压力太大了,忙完这阵子,好好放个假。"

范尼心道:可恶!早知道就不说实情了。

接下来,他不敢再挑战禁忌话题,匆匆汇报完明日行程安排后,就准备离开。

门关上之前,陆衍喊住了他:"对了,你看到我手表去哪儿了吗?"

范尼仔细回忆了一下,问道:"最近常戴的那块吗?好像没见到。"

"算了,你先去忙吧。"陆衍摆摆手,有些头疼,丢什么不好,偏偏丢了家里老头子送的那块手表,估计等对方发现后又是一顿念叨。

他正愁着呢,放在抽屉里的手机突然振动了一下。这个手机主要用来谈公事,而且从来都是打电话沟通,不发短信。要搁在平时,他都懒得看,想想也是垃圾广告之类的,不过他今天鬼迷心窍了,转了一圈手中的笔,解锁了手机。

是一个陌生的号码发来的一条短信:"你的手表在我这儿,见一面吧。"

陆衍以为陆晋明要在法国酒庄那边待满一个月，没想到他归心似箭，上周二出去的，说今天晚上就会回来。不过仔细想想，母亲去世十年有余，老头子半年前才找到第二春，放不下家中的如花美眷也情有可原。

只是那个女人……他想到那张装腔作势的白莲花脸，冷冷地勾了下嘴角。

老宅近在咫尺，雕栏铁门分立两侧，他把跑车钥匙丢给早早等候着的仆人，大步朝里走。

管家迎上来："少爷。"

陆衍"嗯"了一声，途径花园时看到了秋千，驻足看了一会儿，淡淡地道："太太弄的？"

"对的。"管家轻声补充，"太太说等天气放晴了，可以和老爷来这边散散步。"

"是吗？"陆衍笑了，他这小妈好生了不起，立着一个纯白无瑕的仙女人设，真令人叹为观止。

管家没再接话，垂下头，眼观鼻鼻观心地跟在后头。

屋子里正热闹，周若兰坐在沙发上，美甲师跪在地毯上给她做指甲，茶几前立了一排衣架，上头挂的全是当季新款，设计师亲自上门帮忙搭配。

她今年不过二十五岁，生了一张楚楚动人的初恋脸，嫁入豪门，又有丈夫疼爱，正当春风得意时。此刻，耳边传来的都是阿谀奉承，她撑着脸"咯咯咯"地笑，眼角眉梢挂满了得意。

不过这一切，在门被推开的刹那间戛然而止。

"小妈好兴致呀。"陆衍噙着笑，松了松衬衣领口。

周若兰脸上露出慌乱的神色，忙理了理衣襟站起来，摆出一副不伦不类的慈爱神态："阿衍回来了。"

陆衍没看她，懒洋洋地靠到贵妃椅上，语气很轻柔："你们都挺忙的吧？"

闻言，周若兰赶紧摆手，让那几个伺候她的人下去。立式衣架的轮

挽挽
似月

子碾过羊毛地毯，指甲油漏了两瓶没收进化妆箱，不过也顾不上捡了，一帮人逃命似的撤了。室内安静下来，仆人们默契地退到外头，不多打扰。

陆衍瞥了眼挂钟："老头子半个小时后就到了，能吃上一口热饭吗？"

"能吃上，能吃上的。"周若兰尴尬地道，"我都吩咐好了，汤正炖着呢，等晋明哥回来就可以开饭。"

陆衍抬头，讥诮地道："晋明哥？"半晌，他又笑了笑，"我找人问点话，你不介意吧？"

他话音刚落，一个青年走进来，面容普通，身材消瘦，是那种走进人堆里就找不着的人。

陆衍吩咐道："说说吧，老头子出国的这些日子，太太都干了些什么。"

周若兰的脸瞬间就白了。

青年面无表情地陈述："太太周二到周五去新世界买东西，周日没出门。"

"咦，那周六呢？"陆衍从银白色的金属烟盒里抽出一根烟，也没点燃，就夹在修长的手指间。

周若兰急道："周六我约了朋友。"

"哪个朋友呀？"他笑意盈盈地盯着眼前的女子，浓密的睫毛轻轻扇了扇，"早点招了吧。"

周若兰浑身都在发抖，她真是怕死了这个名义上的继子，长着一副俊秀的面容，实则心思深沉、手段狠厉，比炼狱中的撒旦更骇然。

她没再挣扎，跪坐到地上，声音一点点低下去："我不会再见他了。"

陆衍微微弯下腰，嘴角一勾："藕断丝连的前男友？想给老头子一点颜色看看呀？"

周若兰拼命摇头，眼里都是泪。

"真叫人不省心。"陆衍叹了口气，"自从我妈走后，你可是唯一一个能让老头子满意的异性呢。"

然而就是这么一个虚荣拜金的女人，明明愚蠢贪婪又不安于室，却骗过了商界杀伐果断的陆晋明,成了"麻雀变凤凰"的绝佳代言人。

他缓缓吸了口烟,笑得眉眼弯弯:"再给你一次机会,好好哄着我爸,让他开心,听懂了没?"

周若兰神思恍惚。见她没反应,陆衍脸色阴沉下去,厉声道:"说话!"

"我听、听懂了。"周若兰猛点头。

外头有汽车喇叭声传来,她手足并用地爬起来,飞快拿起桌上的小镜子,擦掉泪水后迅速补了补妆。

陆衍又恢复了那副多情面容,淡淡地道:"记得一会儿要笑,别哭哭啼啼的,那样就不好看了。"

周若兰是真的怕极了这个阴阳怪气的继子,瞥到门外中年男人的身影,跟一阵风似的刮过去,投入了丈夫的怀抱。

陆晋明风尘仆仆,两鬓斑白,早年痛失所爱再加上过度操劳,让他看上去要比实际年龄大一些。小娇妻如此热情,无奈儿子就在身侧,他有些不好意思,摸了摸怀中女人的长发,咳嗽两声:"都没吃饭吧?"

"我让王妈把汤端上来。"周若兰转身去了厨房。

陆衍凉凉地道:"我不吃了,没胃口。"

陆晋明皱了下眉,大抵也明白儿子和继母的关系有些紧张,没有勉强他,抬脚上了楼梯:"你先跟我来。"

父子俩到了书房,一站一坐。

"早点放我回去啊,困得很。"陆衍歪在墙边,一副散漫的样子,半眯着眼睛,懒懒地打了个哈欠。

陆晋明恨铁不成钢地道:"你在公司也是这副德性?他们能服你?"

陆衍轻笑道:"放心,下属们都很听话。"有什么服不服的,他开除了几个混吃等死、好逸恶劳的老油条,剩下的人也就服服帖帖了。

陆晋明摆明了不信:"行了,总之我把公司交给你了,你别把你爷爷打下的江山全败光了就好。"他看着面前容貌昳丽的青年,试探道,"还有，你过完年都二十七岁了，你薛叔叔的女儿……"

"好呀。"陆衍答得很干脆。

陆晋明无奈地道："你知道我在说什么吗？"

"知道。"陆衍眯着眼笑道，"什么薛叔叔、李叔叔，各家千金，我抽一天一起见了吧。看看谁最肤白貌美胸大腿长，我就选谁。"

陆晋明一愣，怕再聊下去被这不孝子气死，有气无力地挥了挥手："滚吧。"

陆衍耸了耸肩，出门前又被喊住。果然，老头子问话了："我给你定制的手表呢？"

真是头疼，陆衍差点把这茬给忘了，胡乱应付了两句就下楼了。周若兰和他擦肩而过，垂着脑袋加快步子，一副做贼心虚的模样。

他也懒得再敲打这女人，接过仆人递来的车钥匙，转身离开。

陆衍这晚运气实在不佳，每个路口都是红灯。他等得烦了，想到陌生号码发来的那条消息，干脆划开屏幕垂头打字："在哪儿见？"

短信发过去，对方一直没回。他没什么耐性，扫了一眼就丢开了手机，开到公司地下停车场的时候，才收到姗姗来迟的回信："今晚九点，香舍酒店一楼咖啡厅，手表还你。"

酒店？陆衍失笑。

他在电梯口迎面撞见刚刚加完班准备回家的范尼，开玩笑道："范特助，有人说捡到了我的手表，要约我去酒店一叙。"

范尼如临大敌："陆总，我去取吧。"

也不怪他如此紧张，上回酒宴上，有个投资商的女儿借机把钻戒放到了陆衍的口袋里，后来死缠烂打了好一阵子，吃相颇为难看。貌美多金又温柔多情的俊秀公子，女人趋之若鹜，是该防着点。

一念及此，范特助重复道："请放心交给我。"

"那就麻烦你了。"陆衍拍了拍他的肩膀，"双倍加班工资。"

范尼郑重点头，开上他的小polo（大众）就出发了。

夜晚八点五十六分,咖啡厅的角落里坐了两个姑娘。一人鼻梁上架了副墨镜,一人穿着连帽卫衣,帽子罩在头上,口罩覆面,五官全被遮住了。不用怀疑,这两个形迹可疑的人就是左晓棠与梁大美人。

此时此刻,梁挽挽觉得自己一定是中了邪,才会受到左晓棠的蛊惑,大晚上的在这里等着和她共度一夜的神秘人。她拿着银勺子搅动咖啡,耿直地道:"你说你是不是有病?非得让我戴口罩?"

左晓棠翻了个白眼,不过碍于墨镜遮挡,没有什么杀伤力。

"你懂什么?我这叫一石二鸟。你不是说房间里没开灯吗?他一定也没看清你的脸。如果来人是个绝世美男,你就把口罩摘下来,他一定会拜倒在你的石榴裙下,从而成就一段佳话。"

梁挽挽冷笑:"那如果人家长得非常抱歉呢?"

左晓棠微笑:"我们这个位置可以看到入口,一切尽在我掌握中。到时候,一旦来人不如你的意,你就把手表留在桌上,发消息知会他一声,我们提早撤就得了。"

梁挽挽皱眉道:"你别掺和了,我就想知道那晚的真相,然后把东西还他。"

"那也得见到人了才行啊。"左晓棠还处在传销模式中,油盐不进,"我觉得吧,能配上这块表的男人,一定是个有品位的大帅哥,而且那纸条上的字也写得好,一看就是学识渊博。"

她话音刚落,门口出现了一个人影。十一月的天气,那人穿着黑漆漆的羽绒服,膝盖以下没有盖住的部分露出灰色的西装裤和老款男士皮鞋,品味颇为糟糕。

当然,最糟糕的是他的发型,也不知是不是工作太拼了,年纪轻轻就谢顶了,大脑门光溜溜的,还欲盖弥彰地从后边梳了几缕头发到前边。那人的脸很瘦,戴着一副黑框眼镜,看上去苦大仇深的,整个人就像个行走的萝卜条。

天哪！太辣眼睛了！左晓棠起身想跑。

梁挽挽拽着她的手腕，咬牙切齿道："给我坐下！和你安利的绝世美男聊聊天。"

十秒钟后，来人拉开椅子，微笑着说出了那句让面前的两位美女花容失色的台词："您好，我是来取手表的。"

梁挽挽手撑着额头，不想说话，感觉自己的智商已经和左晓棠的落在了同一个坑里。

她当初明明可以把手表留在酒店前台，让工作人员帮忙联系对方，偏偏被左某人一句"难道你不想问清楚那晚发生了什么吗"给打动，半推半就地来了咖啡厅。

人家面基（网络上的好友线下见面）是见光死，她呢？比这还惨上一百倍。

少女漫画和言情小说看多了的姑娘们就是这点不好，容易产生一些不切实际的想法。左晓棠看了眼闷声不吭的梁挽挽，心里那个愧疚呀，决定回去就把那个可恶的阅读软件给删了。

小圆桌对面，范尼被晾了足有三分钟，他也不恼，推了下眼镜："嗨，我说两位，看得见我吧？"

梁挽挽不自在地调整了一下坐姿，人都来了，她也不能表示得太无礼，点点头，把手表放到桌上。

范尼扫了一眼，星空刻盘，宝石镜面，确实是陆总的那块。他礼貌地笑笑，伸手就要去拿，谁知那戴口罩的姑娘却像是反悔了似的，突然收了回去。

他急了："哎，我说……"后半句话卡在喉咙里，他怔在原地，表情竟有些痴了。

这也难怪，梁挽挽突然就摘了口罩和兜帽，黑发如墨玉，红唇似花瓣，刹那间，少女的容颜如海棠花开，鲜艳夺目。她露出笃定又了然的神情，轻笑道："这手表不是你的吧？"

左晓棠惊了,一脸诧异地盯着她:"你干吗啊?"

梁挽挽抬手,直接打断了好友的质疑。她早就觉得奇怪了,这个人从头到尾都表现得非常淡然,要说真和她有过那么一夜,怎么可能一点情绪都没有?

更何况,哪怕房间再黑,她醉得再厉害,可对方就着月色总该看得清她的大致轮廓。然而,对方眼下这副惊愕的神色,摆明了从未见过她。

这时,范尼也回过神来,总算意识到了这件事不对劲:第一,这姑娘长得过分好看,有很大的概率是出于某种目的谋划了和陆总的相遇;第二,凭什么她明明没见过失主,却能笃定手表不是他的?

范特助跟了陆少爷两个月,各种痴缠女子、万般矫情手段都见识过,当下就决定快刀斩乱麻。

"确实是有人托我过来的。"他的笑容淡了些,"难道非要他本人过来才能归还?不放心的话,我可以报出表上的特殊序码,用来证明。"

梁挽挽突然就有些悻悻的,就不管他是不是本人了吧,她也没打算怎么着。她把手表重新放回桌面,努了努下巴:"你带走吧。"

这姑娘还挺识时务的,范尼也不再推脱,站起身来,取过手表,微微欠身,从羽绒服的口袋里取出一个牛皮纸袋。接着,他把牛皮纸袋轻轻推过来,那意思不言而喻。

左晓棠脸色变得很难看,低骂了一句。梁挽挽扣着杯沿的手指都在抖,因为震惊和气恼,她的眼睛亮得惊人,强压着火气道:"什么意思?"

范尼觉得挺莫名其妙的,无论她和陆总背后有什么曲折的故事,拾金不昧的举动总得感谢一下。

他镇定地道:"一点辛苦费。"顿了顿,他又自作聪明地暗示道,"虽说表落到您手上也是缘分,不过既然是可以银货两讫的事,那就别再纠缠了,再纠缠也没意思,您说对吗?"

梁挽挽的牙齿都在"咯咯"响,如果身体可以储存怒气值的话,这时候她应该已经快爆体而亡了。

范尼意识到气氛不对,连忙夹着尾巴闪人了。

"辛苦费?"左晓棠神色复杂地琢磨这三个字,悄悄看了眼旁边的好友。

梁挽挽已经垂下了头,正在将盘子里的甜点大卸八块。餐刀很钝,她却像是爱上了这种凌迟食物的快感,在柔软的松饼上反复切割。

左晓棠毛骨悚然:"挽挽……"

梁挽挽微笑,轻声道:"我会找到他的。"她会找到他,把他留下的钱一张张塞到他嘴里,逼他咽下去。

第二章
针锋相对

不得不说，冥冥之中还真有意思。一万年不感冒的陆衍突然就鼻子痒痒，打了两个喷嚏。听到动静，会所里的一帮公子哥都看了过来。

乔瑾正俯下身子打台球呢，回过头嬉皮笑脸地道："什么情况啊？衍哥，被谁掏空了身子骨呢？这么虚。"

"估计是被你这小子气到了，我们陆少早就改邪归正了，大晚上的还在为家族企业奋斗呢，你非得把人叫过来。"骆勾臣一边搭腔，一边还不忘从背后贴着女伴，手把手地教其摆撞球姿势。

只有陆衍，孤家寡人一个，陷在软皮沙发里，半掩着眼皮，也不说话，脸上明晃晃地写着两个字——无聊。

乔瑾把杆子抛给其他人，走过去给他递了根烟，轻笑道："下个月我准备弄个高空跳水的 party（派对），特别刺激，到时候来啊。"

"不去。"陆衍打了个哈欠，"工作压力太大，愁着呢。"

乔瑾有点无语。

骆勾臣也不打球了，搂着女伴坐到边上，叹道："你不来，那些姑娘都哭丧着脸，特没劲。"

陆衍"呵"了一声，大意就是不关他的事。

骆勾臣和乔瑾对视一眼，都看出点不同寻常的意味来。都是一起从小混到大的公子哥，谁家里不是堆着金山银山？他们去公司通常也就是挂个闲职。只是最近，他们这帮人里段位最高的陆衍猝不及防地接了家业，出来的次数越来越少了，这简直是纨绔界的一大损失！

乔瑾有点痛彻心扉的意思，神经兮兮地掐着嗓子道："不要嘛，陆少，你可是渣男中的战斗机，怎么能淡出我们的视线呢？"

一旁的姑娘们笑得花枝乱颤。

陆衍冷冷地看他一眼："说得也有道理，从前你初恋就跟我表白了不下十次，不过我念着和你的几分'父子'情谊，都给拒了。"

乔瑾哑口无言，骆勾臣一口威士忌正含在嘴里，实在没忍住，在空中喷出一道华丽的抛物线。

陆衍利落地起身避开，挑眉道："我明早八点还有个视频会议。"

言下之意，有话赶紧说。

骆勾臣还真不信邪了，最阴晴不定、花样最多的人突然就转性了，可能吗？他让几个姑娘都出去，狐疑地问："你该不会是被你们家老头子逼得失心疯了吧？"陆衍扯了扯嘴角，没说话。

乔瑾眯起眼道："你是不是遇到什么真命天女了？然后准备和我们分道扬镳？"他想象力还挺丰富的，已经脑补出一段纯情少女和豪门公子哥的狗血剧情。

这回陆衍倒是回话了，只是语调一如既往的散漫："我的真命天女还没出生呢。"

骆勾臣举起三指道："我作为不学无术俱乐部的副部长，现在代表我们部长发言——我，陆衍，就算受情伤、被背叛，从陆氏集团七十六楼跳下去，当场暴毙，也绝不会为一个女人放弃一片森林！"

"你可真是个人才。"乔瑾乐疯了，差点从沙发上滚下去。

陆衍也忍不住笑起来，从后边踹了骆勾臣一脚。

他们说话间，又有服务员送酒水进来。是个年纪挺小的姑娘，瞥到陆少爷的第一眼就红了脸，弯腰放下托盘，给他们开酒。

乔瑾等人早就见怪不怪了，陆衍也没什么反应。刚巧有个电话打过来，

第二章 / 针锋相对

他瞥了眼号码，发现不是通信录里的，但看着有点熟悉。

那服务员一直在偷看他，没注意到酒杯满了，溢出来的液体不巧滴在了屏幕上。

陆衍皱了下眉，不打算再碰手机了。

"对不起对不起。"小姑娘很紧张，一边道歉一边拿纸巾帮忙擦，不知怎的就接连碰到了接通键和免提键。

很快，电话里传来女孩子的嗓音："喂！"

这声音很有辨识度，音色明明是甜腻娇软的，却偏偏带着一点天生的沙哑，跟小野猫似的，让人听着挠心挠肺的。

服务员无意窥听客人隐私，匆匆溜了，反倒是剩下的三个男人都愣住了。

电话还在继续，对方语速还挺快，夹枪带棍的："你的八千块钱我收到了，不过这钱还是留着给你自己去男科医院看病用吧！"

对方一口气说完，然后立马挂断，全程没给人反击辩驳的机会，饶是见过大风大浪的陆衍也蒙了。

乔瑾和骆勾臣沉默几秒，然后不约而同地狂笑起来，跟神经病似的，一个上半身趴在台球桌上"哐哐哐"地拍桌，另一个从沙发上滚了下来。

陆衍冷眼看着，找到通话界面，回拨过去，可对方直接关机了。

乔瑾笑得眼泪都流下来了："衍哥，原来这就是你最近无心happy（快乐）的原因吗？"说着，他走到沙发边上，朝骆勾臣使了个眼色，落井下石道，"骆少，有认识的男科医生吗？给我们阿衍介绍一下。"

骆勾臣踹了他一脚："滚吧！我怎么会认识！"

陆衍漆黑的瞳仁中褪去了往日的轻狂，结了层薄冰，他阴沉着脸道："笑够了没？笑够了就闭嘴！"

两人这才止住哄笑，毕竟他们这帮人一直是以陆少爷马首是瞻的，既然他摆明了不愿多提，那他们就更应该识趣点。

三人又聊了一会儿，然后转战去了一楼的酒廊。这地方是会员制，装修和消费成正比，说通俗点，也就是销金窟。来来往往的男女都精心装扮过，目的不管是猎艳也好，还是探寻真爱也罢，看对眼的概率太高了。

乔瑾几乎是一坐下眼睛就自动开启了雷达扫描模式，几秒后就找到了全场最娇艳夺目的那朵花，故作风雅地叹道："竟有如斯美人！"

陆衍顺着他的视线随意看过去，看到吧台另一侧坐了个二十来岁的小姑娘，穿着卫衣和牛仔裤，和这地方显得格格不入，可那张脸确实担得起乔瑾这一句称赞。

小姑娘的长相既不是妖艳的类型，也不是纯情的类型，而是恰到好处的空灵古典。这种气质太特别了，如缥缈峰上的白雾，又如山涧里的一捧清泉。她捧着一杯果汁，心无旁骛地坐在高脚凳上喝，殊不知这般姿态更引得男人们跃跃欲试。

饶是花丛里打滚的骆勾臣，都滚了滚喉结："乖乖，仙女啊。"

陆衍倒是没什么反应，看了一眼就收回目光："就那样吧。"

"这叫就那样？"乔瑾摇摇头，"衍哥你装得过分了吧，要不你过去给我们上一堂搭讪技巧课？"

骆勾臣晃了晃酒杯，无奈地道："算了吧，他这辈子应该没主动搭讪过别人一次，反正他只要随便笑一笑，姑娘们的三魂七魄就全飞了。"

不过今晚这情况确实特殊，大概是刚才那通电话搞得他面子有些挂不住，或者是别的什么理由，陆少爷破天荒地点了头："行吧。"

另一边，梁挽挽早就察觉到了似有若无的探究视线，她心情不佳，刚打电话教训了那个拿钱羞辱她的浑蛋，左晓棠又突然肚子痛去洗手间了，她一肚子火没处发泄。

她被酒廊里这些肤浅的男人搞得心浮气躁，转头正想瞪回去，突然，某张英俊的面孔映入眼帘。首先注意到的是那双眼，内勾外挑，睫毛比女孩子的还长，灯光落在他眼中，似整片星辉的缩影，温柔到足以溺毙任何情窦初开的少女。

多么熟悉的一张脸啊，是她做鬼都不会放过的那个自恋傲娇的孔雀男!梁挽挽眼睛都忘了眨,心想,老天爷还真识趣,枪上膛了,她正愁子弹没地方射呢。

陆衍笑了,小姑娘直勾勾地盯着他看,不得不说这副样子还挺取悦他的。他侧身靠着吧台,勾起嘴角道:"不知道有没有这个荣幸请你喝一杯?"

他这话一出,不远处的乔瑾抖了抖:"衍哥搞什么?这么土的话都说得出口?惨不忍睹啊!"

骆勾臣耸耸肩:"无所谓了,他那种长相,就算背《三字经》,姑娘也会点头的。"

"这倒也是。"

两个人都挺乐观的,然而接下来的事态发展却出乎他们的意料。

陆衍见搭讪对象没反应,耐着性子又问了一遍:"有没有……"

他才说了三个字,就被外表看起来清冷优雅的小仙女打断了,小仙女相当暴躁地道:"滚!你没这荣幸!"

毫不夸张地说,陆衍自少年时期开始就是姑娘们心尖尖上的人。

念书那会儿流行两种校草人设,一为冷漠寡言的高岭之花,二乃嚣张乖戾的"校霸",可他哪种都不沾,既解风情,又识进退,长了张让女人为之肝肠寸断的面孔,却从不说绝情的话。

这样一个人,骨子里总是骄傲矜贵的,主要是被女孩子们惯坏了。就如骆勾臣所说,他随便笑一笑,别人三魂七魄就飞了,哪儿还用得着他主动出击。

至于陆衍的历任女友,也全是发了狠倒追他的大美人,他活到现在,就没有为异性黯然神伤、挠心挠肺过。

这样的人,既多情,也无情。你说他渣,他和你在一起时不乱搞暧昧,也不会故意冷落你,别人的男友能做到一百分,他就做到一百二十分,满足你的面子和虚荣心。可你要说他不渣,他眼中却根本没有对你的执念和渴望，任你撒泼打滚、号啕大哭，他始终游离在外，理智得可怕。

你要是能忽略这些，倒也能顺利地与他交往，可你做不到呀。于是，你越来越钻牛角尖，终于有一天受不了了，与他分手，指着他鼻子咬牙切齿道："总有一天，你陆衍也会尝到这求而不得的心碎滋味。"

不过很可惜，前女友们的诅咒虽然狠毒，但目前为止，还没能出现一个能让陆少爷晚上睡不着觉的倾慕对象。随着年龄的增长，他的审美高得越来越离谱，对感情的态度也越来越淡漠。这些年，他都没正儿八经地谈过恋爱，也懂得和一厢情愿的姑娘们保持距离了。

然而，在陆衍内心深处，依然自恋地认为，这世上就没有能对他视若无睹的女人，若有，那也一定是瞎的。于是，梁挽挽的暴躁态度，在他看来就是欲拒还迎了。

这种手段他过去见识得太多了，便认为这姑娘美则美矣，但小心思太多，和那些莺莺燕燕也没有什么不一样。想到这里，他脸上的笑意淡了几分："心情不好？"

果然是个自命不凡的家伙，梁挽挽心想。前阵子在日料店，她不过是扭了脚、摔了一下，就被他误认为是对他投怀送抱，如今搭讪失败竟然还不滚，看来是听不懂人话了。梁挽挽忍住要泼他一脸果汁的冲动，讥诮地道："本来我心情挺好的，但是今晚不走运，遇到烦人的苍蝇了。"

这是显而易见的指桑骂槐，陆衍听得快没耐心了。漂亮女孩子嘛，稍微使一使性子，还挺可爱的，可一直这样傲慢无礼，就让人没兴致了。

他脸色一沉，懒得计较她夹枪带棍的话，站直身子，不再看她："那便不打扰了。"

梁挽挽已经喝完了饮料，在心里大喊：那就快滚啊！

一秒钟后，陆衍头也不回地走了。梁挽挽眼角余光分明看到了他嘴角的那抹冷笑，不爽地皱了皱鼻子，德性！

她扭头又问酒保要了杯不含酒精的混合果汁，刚搅了搅吸管，隐隐约约听到某个方向有人在轻声唤着自己的名字。梁挽挽下意识看过去，发现左晓棠正猫在角落的阴影里,神神秘秘地冲她勾了勾手指。

她拧着眉,用口型示意:干吗?

左晓棠加大力度拼命招手,一副火急火燎的样子,硬是要她过去。

梁挽挽没辙了,放下杯子走过去,没好气地道:"你遇到鬼了?"

左晓棠一把将好友拉到身侧,颤抖着声音道:"我的天,你猜我见着谁了?"

梁挽挽心知肚明,淡淡地道:"你见着谁都不关我的事。"

"怎么不关你的事?"左晓棠掐了她一下,笑得很暧昧,"你还记得那天我们在渔火包厢里一起欣赏的视频不?就是你眼睛都舍不得眨一下、连续看了四遍的那个。"

梁挽挽立马否认:"胡说,我什么时候……"

"嗳!"左晓棠摆手制止了她的狡辩,一脸"你不必多说,我早就心知肚明"的表情,她捂嘴笑了笑,指向酒吧的另一侧,小声道,"我给你个惊喜啊,男主角远在天边,近在眼前!"

梁挽挽不想让她知道自己和那个自恋狂有过牵扯,只能勉为其难地扫了一眼。

那人身边围了两个衣冠楚楚的青年,貌似是怂恿他前来搭讪的同伴,正神情夸张地拍他肩膀,像是忍俊不禁,又像是在落井下石嘲笑他。他倒是丝毫没受到打击,慢条斯理地晃了晃杯中的酒,仰头一饮而尽。

有衣着大胆、外貌妖娆的美人大着胆子上前找他搭话,他侧过头,脸上居然没有惯常的轻佻神色,半是敷衍半是冷漠地说了一句什么。然后,那美人垮下肩,满脸失望地走开了。

左晓棠呈西子捧心状:"啧啧,我们陆总也太销魂了点。"

"你能正常点吗?"梁挽挽翻了个白眼,"感兴趣就凑近点去看啊。"

左晓棠倒是想啊,无奈她作为陆氏集团旗下地产公司设计部员,工作日不但晚上不加班,竟然还有闲暇时间跑到酒吧来浪,要是被大老板看到了,怕是会留下不好的印象。她是个现实主义者,在升职加薪和俘获美男之间，只得忍痛选择了前者。

"算了，我作为迷妹，远远观望就行了。"左晓棠沉痛地叹了口气，还想说两句，裤兜里传来的手机铃声打断了她的话，她掏出来一看来电显示，脸都绿了。

这可是来自部门经理、地狱魔王的召唤，她怕是逃不过回去赶图的下场了。

左晓棠急匆匆地朝外跑，边跑边说："挽挽，我得走了。"

梁挽挽知道她工作忙，经常熬到凌晨两三点，心下了然，叮嘱她路上开车慢点。

左晓棠点点头，走出两步，又猛地停住，回过头来道："你今晚可别再喝酒了！"

不用她提醒，梁挽挽因为那个无法挽回的错误，也已经决定这辈子再也不沾酒了。

十一点了，不能在这里待下去了，她明早要回校。荒废了这么几天，她也差不多缓过来了，反正伸头一刀，缩头也是一刀，该面对的总要面对。

梁挽挽觉得很烦躁，浑身上下都不得劲，充斥着不得不对命运屈服的无力感。因为是深秋，会所里开了暖气，烘得她脸颊有点热。她决定去洗把脸，然后打车回酒店。

她路过左晓棠虎视眈眈的那一桌时，发现两个公子哥身侧都坐了美女，他们相谈甚欢，反倒是那个姓陆的主角不见了踪影。她也没在意，径直朝里走。

一楼的洗手间在长廊的另一头，走过去要稍微费点时间。她迈了没几步，突然听到吧台那边传来一阵急促的"噔噔"声，是高跟鞋踏地的声音，随后是女孩子怒不可遏的叫嚷声："陆衍呢！他为什么躲我！"

梁挽挽何等聪明，立刻猜到了这姑娘口中的陆衍就是那个陆氏集团的掌门人。让人家姑娘追到酒吧来，那人估计是惹了一身风流债不肯还，躲起来当缩头乌龟了吧。

第二章 / 针锋相对

她心里对此更加鄙夷，走至尽头，推开洗手间的磨砂玻璃门，走了进去。入眼是深灰色的洗手台，仿古造型的椭圆台上盆镶嵌其中，左侧垂着遮挡视线的布幔，垂到门框三分之二处，隐约能瞄到男士便池的一角。

她不敢多看，很自然地朝右转，结果右边……竟然是堵墙！传说中的女厕所呢？

梁挽挽睁大双眼，立马意识到自己犯了蠢，没仔细看墙上悬挂的标志，想当然地以为那道门是最外头的屏障，里面按理说应该是左右分布的男女卫生间，谁知道这会所不按常理出牌，女厕所居然不在这里，指不定还在另外一层。

冲水的声音从里头传出来，有人！梁挽挽心惊胆战，夹紧尾巴就想走。但是天不遂人愿，玻璃门的凹槽把手是金属制的，天气干燥，容易产生静电，她被电了一下，反射性地缩了下手。

就这么短短几秒钟，她听到了近在咫尺的脚步声，然后是低沉的男子嗓音："这儿是男厕所。"

听到这极有辨识度的"低音炮"，梁挽挽再度体会到了"冤家路窄"的四字真理，她想狂吠一句"废话，我已经知道了"，转念一想确实是自己理亏，只得悻悻地转身："不好意思，我走错了。"

男人没开口，插着兜站在原地，轻轻扯了下嘴角，看上去有点不耐烦。

梁挽挽当然不想受他的气，转身就要走，然而指尖还没碰到门把手，酒吧里那个气势汹汹的姑娘就"杀"到了门口，吼道："陆衍！我知道你在里面！"

梁挽挽目瞪口呆，这年头居然还有这么彪悍的姑娘。她不想卷入两人的纷争里，正想走，可背后伸过来一只修长的手，越过她的肩膀，"咔"的一声锁上了那道门。

她恶狠狠地瞪了他一眼，觉得莫名其妙，也有点心慌，立刻要上前重新解锁。遗憾的是她没能成功，手腕在半途中就被他牢牢攥住了。

陆衍叹了一声，半强迫地将她的手拧在了身后，动作还算温柔，倒

挽挽
似月

是没弄疼她，黑漆漆的眼里透着无可奈何的意味："来都来了，帮个忙吧。"

梁挽挽恼怒地道："你做什么呀？"

她说完这句话，外头那人立马激动起来："你和哪个女的在一块？你怎么敢这么对我！"

陆衍面无表情地听着，他嘴角天生上翘，不说话都是一股子俊雅佣傥的味道，只是这会儿眼里没了笑意，全是不加掩饰的嫌恶。不过是晚宴上认识的老头子故友的女儿，出于礼貌打了个招呼，话都没说过几句，怎么就缠上他了？不但跟踪尾随，还派私家侦探盯梢，简直没完没了。

他低下头，盯着怀中挣扎不已的少女，眼神和羽毛一样，有一下没一下地扫着她："外面那个谁，别打扰人家小情侣谈情说爱行吗？"

这话是跟外头那人说的，那人对他的回应是重重地砸了一下玻璃门。

梁挽挽涨红了脸，嘴巴被他捂着，发出像是小兽呜咽的声音。磨砂玻璃透出两道交缠在一块的身影，再配着这个调调，听上去还真有点脸红心跳的味道。

他贴着她的耳朵，叹道："我可能要假装亲你一下。"

梁挽挽抬脚就想踹他，挑的还是最关键的部位。他敏捷地避开，把她压到墙上，浅笑道："冒犯了啊。"

其实他故意拉开了些距离，除了手腕和膝盖，身上别的部位都没有接触到她的身体。可梁挽挽何曾受到过这种屈辱，她死死盯着他，张嘴就想咬他一口。

陆衍眨了眨眼睛："咬的话就真亲了。"

梁挽挽感觉自己快疯了，眼里水雾迷蒙，倒不是想哭，是被气的。她本来就生得美貌，此刻眼尾染上一片红晕，近距离看，那种少女的风情更是要命。即便是陆衍，都愣了一下。

外面的人犹不死心，还在一遍遍地喊他的名字，真是失心疯了。

梁挽挽盯着眼前那张越凑越近的妖孽面容，心里一颤，认命地闭上了眼。

第二章/针锋相对

当然，那个吻最后也只落在了陆衍自己的手背上。但他们鼻息交融，她的感官因此变得异常清晰，对方微凉的手指轻压着她柔嫩嘴唇的动作令她又羞又气。

等到门外的身影消失，他终于放开了对她身体的钳制，梁挽挽立刻高高举起右手。

陆衍偏了下头，抓住她的手："等会儿。"

梁挽挽愤怒地咬着牙，想骂他的词太多了，一时间竟然哽住了。

高跟鞋的声音逐渐远去，他掀了掀眼皮，懒洋洋地道："嗯，现在打吧。"

男人插着兜，斜倚着后边的洗手池台面，复古圆镜上头的射灯刚好打在他额前。他半眯着眼，也没看她，只是微微歪了歪头，露出半边清隽的侧脸。那模样好似在说，要打快打，过时不候。

梁挽挽怎么会跟他客气，气势如虹地卷起袖子，反手就是一耳光。她这一耳光下去，一点余力都没留，速度也很快，清脆的巴掌声比想象中的更响亮。

要知道甩别人巴掌也是有技巧的，正手远不如反手杀伤力大，这点梁挽挽幼年时从母亲那里深刻体会过。于是，等她收回手的时候，对方那张精致的脸上便突兀地出现了一个红色的巴掌印。更糟的是，因为过分用力，她尾戒上镶着的碎钻划破了他的嘴角，殷红的血珠立马涌了出来。

空气仿佛凝滞在这一刻。陆衍一动不动，保持着因为外力打击偏过头去的姿势，眉骨处的阴影掩住他低垂的眸，看不清神色。梁挽挽咽了口口水，莫名心虚起来。

良久，他慢慢直起身，动了动脖子，抬手用拇指揩去了嘴角的血。凭良心讲，他这种诡异又不失优雅的举动邪气极了，衬着那副妖孽长相，堪称电影里头的反派男配。

按照正常的剧情发展来看，如果梁挽挽是女主，接下来一定会被他按着一通强吻，甚至发生些更严重的事……不过，鉴于他们目前还只是陌生人，有那么一瞬间，梁挽挽以为他会恼羞成怒、动手揍她。她甚至已经悄悄往后退了一步,准备随时开溜。

陆衍倒是没说话,表情淡淡的,一双漆黑的眼睛转也不转,盯得她毛骨悚然。

片刻后,他皮笑肉不笑地扯了下嘴角:"挺狠的啊。"

他说话的时候嘴角那道口子还在流血,加上他皮肤本来就白,对比强烈,视觉效果也更加震撼。梁挽挽不自在地别开眼,心想,你自找的。

陆衍没再搭理她,转身开了水龙头,弯下腰去冲掉血迹。伤口沾到水的时候,他"嘶"了一声。梁挽挽就站在他身后,自然没有错过镜子里男人轻皱着眉的神情。

不过,道歉是不可能道歉的,作为一个自尊心颇强的正常女性,被人强制关在男洗手间,还肆意妄为地调戏了一番,哪怕对方并没有实质上的轻薄举动,也够糟心了。变态长得好看一些难道就不是变态了吗?她可没有斯德哥尔摩综合征。

梁挽挽无心恋战,转身解了锁,想要拉开门时,身后那人又恶劣地伸出一只脚,抵在了门框处:"别急。"

她瞬间绷紧了身子,以为他又想怎么样,满脸都是戒备的神色:"你抵着门干吗?还想挨打?"

陆衍突然就笑了,小姑娘还挺容易炸的,跟个炮仗似的,一点就着。他毫不怀疑,如果接下来自己没给她一个合理的解释,右半边脸估计也得遭殃。

"你等会儿再走。"他扫了一眼门外,磨砂玻璃映出两个鬼鬼祟祟的身影,一闪而过。他心下了然,知道是乔瑾和骆勾臣这两个舆论制造者过来看热闹了。

梁挽挽恼怒地道:"我现在就要走!"

陆衍垂着头,敷衍地"嗯"了一声,掏出手机,给外头的狐朋狗友发消息。

也得亏这高端会所消费高得离谱,没什么客人,要不然就凭他俩在洗手间闹这么久,早就被人围观几十遍了。

此刻,梁挽挽的怒气值已经快满了,她实在不想在男厕所里待下去了,抬脚就去踩他的鞋。对方脚一抬,轻轻松松地避开了。

"你的挑衅行为能不能适可而止?"他终于看了她一眼,颇不认同地道,"再这样我会认为你是故意要引起我的注意。"

梁挽挽冷笑道:"这种话,也就你这种人有脸说出来。"

"是吗?"陆衍勾了勾嘴角,又恢复了那种欠打又懒散的语气,"我还以为你从头到尾都在欲拒还迎呢。"

他根本没给她反驳的机会,慢条斯理地道:"你自己应该没意识到吧,你这儿……"他修长的手指隔着一厘米的距离,虚虚划过她绯红的双颊,低笑道,"可都是红的。"

最后,他指了指那殷红似花瓣的下唇,眼神暗下去:"别咬了啊。"

他从头到尾没碰到她,但那种撩拨人的手段简直高级,梁挽挽的心不由得狂跳起来。她身边也有男性朋友,但要么是不解风情的呆头鹅,要么是幼稚到无力吐槽的中二病,哪里遇到过陆少爷这种高段位的妖孽。

这人怕是修炼万年的精怪吧?摄魂夺魄的,太可怕了。她努力保持头脑清醒,别开眼不再看他,露出一截白玉般的脖颈。

这种半垂着脑袋的含羞带怯姿态,陆少爷可看得太多了。他黑眸沉沉,怕逗过头会引火上身,主动替她打开了门:"行了,走吧。"

梁挽挽得到了久违的自由,一点也不留恋,头也不回地跑了。

陆衍挑了和她不同的方向走,在楼梯转角遇到了正在抽烟的乔瑾和骆勾臣。

听到脚步声,两人双双回头,先是愣了两秒,然后便惊天动地地大笑起来。

乔瑾拍着大腿道:"衍哥,里面那个妹子是谁啊?太极品了。"他相当激动,不料乐极生悲,烟灰落到手背上,烫得他一下子跳了起来,"烫死了!"

挽挽
似月

　　骆勾臣嫌弃地看了他一眼，又转头端详陆衍的脸，笑出声来："你别说，这巴掌扇得还挺有艺术感，怪好看的。"

　　陆少爷面无表情地道："我也给你扇两个？"

　　"别客气。"骆勾臣憋笑，"我皮肤黑，就算扇上十个八个，也就是从张飞过渡到关羽，哪有衍哥你销魂啊。"

　　乔瑾已经往回走了："不行，我得去会会这位佳人，郑重采访一下她，顺便表达一下我的敬佩之情。"

　　他还没迈开步，就被陆衍揪着领子拎了回来："看什么看！"

　　乔瑾挑了下眉："这么护着，有点问题啊。"

　　骆勾臣表示认同："刚才还发消息让我俩滚远点，你说我们衍哥这回是不是要栽了？"

　　陆衍懒得搭理他们，不过是两个给条线索就可以脑补出一场狗血剧的人才。他也没多想，只是考虑到小姑娘脸皮还挺薄的，要是被人看到了，怕是又要炸了。想到那张朝气蓬勃的漂亮面孔，他忍不住轻笑了一声。

　　梁挽挽是在翘了两天课后回到学校的，她从入校起就是风云人物，专业方面和文化方面一直都是佼佼者，一路上遇到不少人和她打招呼。

　　"学姐好。"

　　"学姐回来了？"

　　"学姐气色不错啊。"

　　全是些客套的寒暄，大家都刻意避开了 ABT 甄选的事，只是在她转身后，又窃窃私语起来，语气或惋惜或讽刺。那些无形的言论汇成一股缰绳，缠绕在她脖子上，挤得她喘不过气来。她不得不加快脚步，迅速穿过林荫小道，来到 C 区。

　　院里去年刚建了两栋新的宿舍楼，条件特别好，全是奢华两人间。领导们格外开恩，留给了大四将要毕业的这一届学生。

　　上午九点钟，学生们都去上课了。过道里总算没再遇上什么人，梁挽挽拉着行李箱走到宿舍门前时，又停了下来。宿舍门两侧贴了对联："挽仙子绝世无双，芸尊主万寿无疆。"

她定定地看了一会儿，掏出钥匙开了门。房间里空荡荡的，孟芸还在纽约熟悉舞团，要半个月后才能返校。

梁挽挽的目光一一扫过对方书桌上的物品，小到钥匙扣，大到音箱，全是自个儿送的，她突然就觉得这些年自己活得像个毫无城府的二百五。

痛苦和被背叛的滋味折磨得她坐立难安，她站起来，冲到门口，一把撕掉了那副讽刺的对联。那纸黏得有些牢，弄不太干净，梁挽挽跟着了魔似的，执拗地去浴室提了一桶水，拿抹布拼命擦，擦不下来的就用手指抠掉。

忽然，背后有人出声："你在做什么？"

她下意识地回头，看到了熟人，想要起身打个招呼，可蹲太久了，脚全麻了，一时不备坐到了地上，只能尴尬地笑笑："杨老师。"

杨秀茹叹了口气，扶她起来。看着这个得意门生，她一时间百感交集，说不出话来。

梁挽挽请她进去，泡了杯茶递过去，方才撕对联时的疯狂神色已经从她脸上褪去，这张脸仍旧清灵秀美。

杨秀茹也是昨天才回国的，之前给梁挽挽打过一个不算愉快的电话。后来想想，自己这个学生一直心高气傲，又爱钻牛角尖，这次落选了难免受打击，于是刚听说她回校就过来看她了。

"老师我呢，一不是过来看你笑话的，二不是特意来安慰你的，主要是想心平气和地和你聊聊，可以吧？"

梁挽挽点点头，坐在椅子上，双手放在膝盖上，一副洗耳恭听的样子。

杨秀茹摸了摸她的长发，轻声道："挽挽，你和孟芸……"

"别提她。"小姑娘猛地抬头，眼中戾气十足。

杨秀茹有些无奈，她之前在纽约，得知梁挽挽擅自脱团先行回国，差点被气个半死,也去问过孟芸,可对方一直在哭,半句话也不肯多说,搞得她心力交瘁。

"好,那我不提。"她喝了口茶,继续道,"ABT一年也不是只有一个名额,下学期还有一次交流机会,你别一蹶不振,放弃……"

"老师您在说什么啊?"梁挽挽语气古怪地打断了她,"我这辈子都不会放弃跳芭蕾舞的啊,您把我想得太弱了吧?"

杨秀茹失笑:"是我说错了。"她转了转手心的杯子,想到了什么,温柔地说,"下个月的校庆,你母亲作为荣誉院士,也会出席,你们系不是改编了一段《吉赛尔》吗?到时候好好表现一下。"

梁挽挽愣了一下,这消息没给她带来丝毫喜悦,不过家里的事她也不好和老师多提,只能应付性地点了点头。

送走杨秀茹后,她的厄运还远远没有结束。她竟然迎来了一位稀客,母亲身边最狂热的粉丝、最忠心耿耿的贴身助理——江落月。

"梁小姐,因为太太打您的电话无法打通,我过来通知您一下,她已经把您名下的所有卡都停了,支付软件、理财账户也尽数注销了。"

世界上怎么会有她母亲这样的人?严格监视着女儿的生活,近乎变态地规划着女儿的成长路线,不能差之分毫,否则就是和她对着干。她才不管什么亲情、什么母爱,想怎么折腾就怎么折腾。

梁挽挽烦透了:"你转告她,不劳她费心了,我有手有脚,饿不死!"

"您能自力更生,太太会很欣慰的。"江落月嘴角微笑的弧度恰到好处,"不过太太还留了一句话,如果您回老宅跪着和她认错,她会再考虑一下的。"

梁挽挽"呵呵"一笑,当着她的面摔上了门。

在敌人面前气焰很嚣张,敌人一走,梁挽挽沉思了两秒,就很没骨气地给人脉颇广的左晓棠打了电话:"左爸爸,有没有哪里要兼职啊?本人勤劳、善良、勇敢、诚实,除了扫厕所,啥都能干。"

和左晓棠打完电话后,梁挽挽把所有家当都翻了出来,摊在桌子上,

第二章 / 针锋相对

细细清点了一番。

两张附属卡别想再刷了,她母亲言出必行,说停用那就是停用了,不存在口头恐吓的情况。

她的生活费之前是五千块钱一个月,她平常基本在学校待着,上课都穿练功服,也没怎么血拼,所以大部分都存下来了,少说也快三万了吧。

梁挽挽手撑着下巴,微微松了口气,半晌又觉得放心不下,登录手机银行,想查一下工行卡的余额。她连续输了五次密码,都显示密码错误,再点进去的时候,系统提示该卡已冻结。

梁挽挽瞬间就炸了,翻到江落月的号码就拨了过去:"江助理,你这个人怎么赶尽杀绝啊?"

对方的声音依旧机械且不含感情:"梁小姐,这是太太的意思,只要您能够回老宅和太太好好说一说,相信事情会有转机的。"

梁挽挽从大学开始住校,好不容易自由了,怎么可能再回那个牢笼?她压根就没考虑过这个可能,立马给拒绝了。

江落月表示理解,又勉为其难地安慰了一句:"其实您还有一张校园通的饭卡,太太疏忽了。"

梁挽挽:"呵……"

"还有您高中时期办的邮政储蓄卡,里头似乎有八千多块钱,我只划走了整数。"

前半句倒是还挺鼓舞人心的,后半句就能气死人了。

梁挽挽忍气吞声道:"我喊你一声江姐姐,你敢不敢给我多留一百块?"

回答她的是没有任何起伏的一句"再见"。

梁挽挽对着手机发了一会儿愣,随后,怀着一颗诚挚的心珍惜地翻开了钱包,小心翼翼往外抽着红色大钞,结果没抽几张就空了。她不死心,拼命抖了抖钱包,抖出几个钢镚来。她数了数,最终数额:八百一十块零五毛。

梁挽挽深吸了口气,悲凉到在寝室里跳了一段《白毛女》,跳的还

挽挽
似月

是喜儿风餐露宿的片段。表演完后她还没缓过劲，将腿架到床边金属梯子上，拉到二百一十度，边劈叉边沉思。

皇天不负苦心人，她终于想起自己还有固定资产。母亲再嫁的时候，继父池明朗为彰显大方，在婚礼上送了一辆 Aventador（兰博基尼旗下超级跑车）给她。那辆车实在太招摇了，她开到学校后就停在地下车库，已经两年多没见过天日了。

梁挽挽一拍脑袋，从鞋柜的最下层翻出了车钥匙，随后兴冲冲地跑去了南校区下边的停车场。

角落里停着一辆灰扑扑的跑车，脏到连标志都看不清了。梁挽挽开门时候差点被灰尘呛个半死，捂着鼻子艰难地坐了进去。幸好油箱还是满的，她启动后踩了踩油门，引擎声震得周遭的音控照明灯全亮起来了。

开好车绝对是一件愉悦的事，她平时不开纯粹是不想太高调。当车速渐渐快起来的时候，人的肾上腺素激素随之分泌，那种飘飘然的滋味不亚于微醺。当然，这个时间马路上都是行人，她开不了多快，只能过过干瘾。

梁挽挽兜了两圈，在校门口找到一家特别不显眼的车行。刚吃完午饭，里头的伙计昏昏欲睡，听到动静才抬起头来。看到她，主事的络腮胡男人眼前一亮："美女，洗车啊？"

梁挽挽点点头，看了眼价目表，问他："三十块钱对吗？"

络腮胡男人比了比手指："一百块钱。"见小姑娘睁大了眼，他又笑起来，"你长得这么好看，又开这么好的车，照顾照顾我们生意呗。"

这是什么强盗逻辑？梁挽挽脸色一沉，转身要走，可男人已经把高压水枪拉过来了，不由分说地对着车顶冲，溅起的水花落到她脚边。

梁挽挽惊叫一声，跳到旁边："喂！我还没说要洗呢！"

要搁平时也就算了，可她如今囊中羞涩，一百块钱洗一次车未免太奢侈了。梁挽挽已经打定了主意，一会儿只给三十块钱。

然而，最后结账时，络腮胡男人不依不饶地拉着她的外套袖子："你这姑娘,年纪轻轻的,怎么还赖账呢?"

围观的群众越来越多,这世上仇富的人不少,七嘴八舌尽说些不好听的话。

梁挽挽翻了个白眼,她可不是什么小白花、傻白甜,下巴一抬就开始打嘴仗,从正午时分一直战到下午一点,口袋里的钱硬是分文没少。

络腮胡男人的店门都被她堵住了,别的生意眼看着都做不了,他后悔极了,本以为对方是青铜段位,谁知道人家早就是王者了。他最后只得无奈地道:"我就收你三十块钱好吧?你赶紧走吧。"

梁挽挽捏着车钥匙,毫不客气地拧开一瓶他们用来做活动的农夫山泉,润了润喉后微笑道:"我看到你们还贴了海报,说发朋友圈减十块钱对吗?"

络腮胡男人简直无语了。

这场战役以梁大小姐付二十元洗车费告终,她哼着歌,在众人复杂的眼神里,上了她那辆价值七百万的豪车,扬长而去。

闹剧过后,人群尽散,独留一个穿着米色风衣的青年。他快步走入街对面的咖啡厅,刚推开门,就憋不住笑了:"衍哥,刚碰到熟人了。"

"嗯?"陆少爷头都没抬,还歪坐在沙发上,跟没骨头似的,指尖快速翻着公司软件上的经营审批流程。

瞥到几个快逾期的计划,他慢条斯理地截图,然后发到核心群里:"既然大家都那么忙,要不以后就由我专职来盯节点吧,各位觉得如何啊?"

群里先是一片死寂,然后一封又一封的告罪书接连发出来,内容都是"臣有罪""臣无知""臣惶恐"等等。难以想象,一个才上手公司事务不到半年的年轻决策者,竟有如此强的统治能力。陆晋明若是知道儿子那么能干,估计做梦都能笑醒。

乔瑾还以为他在玩游戏,往前凑了凑,隔着桌子神秘地道:"哎呀,你猜一下行不行?"

陆衍瞥他一眼:"你的语气让我非常不适。"

"我还不是为了引起你的注意?"乔瑾挑了挑眉,继续说,"我刚才送丽香回学校,看到了小仙女,就是在酒廊毫不犹豫地叫你滚的那个美女,你有印象吧?"

他说完这句话,故意停顿了好久,想吊陆衍的胃口。无奈陆衍还在摆弄手机,一副心不在焉的样子,很敷衍地问:"然后呢?"

乔瑾很有说单口相声的天赋,绘声绘色地描述了一番"暴脾气姑娘大战长舌妇"的场景。说到那个发朋友圈减十块钱的梗时,他笑得眼泪都出来了,赞叹道:"不愧是我们陆少看中的女人,这谁顶得住啊。"

陆衍懒得搭理他,收起手机站起身来,皮笑肉不笑地道:"喊我出来看地皮,看到高教园区来了?"

乔瑾手里的文书早就被卷成喇叭筒了,他顿了一下,夸张地叹了口气:"部长,你怎么了?不学无术俱乐部不好吗?是红酒不够香醇了,还是姑娘不够娇俏了?"

陆衍已经走到门口了,没头没脑地抛下一句:"你确定送丽香回学校了?"

"什么丽香啊?"乔瑾一愣,又说,"三天前就分了啊。"他顿了几秒,突然反应过来,心里一阵懊恼,"我说怪不得她进学校就关机了呢。"

对着现任喊了前任的名字,简直是人间惨剧啊。

乔瑾同学在每一段恋爱中都保持着一颗赤诚之心,虽然新鲜度维持不到一周,但苦情人设一直立得很好,何曾栽过这样的跟头。此刻他也顾不上其他的事了,急匆匆地去花店买玫瑰赔罪了。

陆衍一个人去看了两块学校附近挂牌出让的住宅用地,然后给范尼发了邮件,通知投融部一周内了解好其他地产商的拍地意向,并做好开发成本方案。他忙完这些事,时间已近六点,天上淅淅沥沥地下起了雨。他晚上还有个月度会议要主持,时间有点赶,干脆抄了条小道准备回去。

知道这条路的人很少,所以路上也没什么车,不过这一晚确实邪门,他才开了三百来米,双向单车道的一侧就被一辆跑车占得满满当当。有

第二章 / 针锋相对

个长发姑娘在旁边绕来绕去,看来是车出了问题无法行驶。

他随意扫了一眼,朝左打方向盘,绕开障碍物重新回到通畅无阻的马路上后,觉得好像哪里不对,便刹住了车。跑车和他隔得不远,那个姑娘又刚巧站在路灯下,反光镜里看得清清楚楚——正是那个暴脾气丫头。

她头发湿漉漉的,脸上的表情委屈又茫然,揭下那层伪装后,小姑娘不再凶巴巴的,看上去真像一只无家可归的小奶猫,哪里还寻得到半分当初掌掴他的肆意。

陆衍本来是不想过去帮忙的,女人某些时候真是一种特别麻烦的生物,倒不是他过分自恋,只是从前的无数次经历警告他,要特别注意和雌性生物保持距离。免得对方飞蛾扑火不成,还要惹得自己一身腥。

他都往前开了半里路了,脑子里却胡乱闪过她被他压在墙上时脸上露出来的慌乱羞愤的神情,铁石心肠的人倏然就生了那么一点点同情心。他"啧"了一声,猛地掉头。

梁挽挽蹲在轮胎旁看了半天,有心想打开引擎盖瞅瞅,又不知道该怎么操作。她出来时还是艳阳天,身上就穿了条毛衣裙,搭了一双长筒靴,膝盖那一处是光着的。眼下风吹雨淋的,她冻得要死。

她皱着眉想给保险公司打电话,准备拨号时又停住了。她完全不记得这辆车买了哪家保险,那些事从头到尾都是继父的助理帮忙操作的,她拿到车的时候什么都办好了。

狼狈之际,头顶上的雨貌似停了。梁挽挽抱着膝盖,还保持蹲着的姿态,慢吞吞地抬头,看到一把黑伞挡住了黑压压的天色。视线往下,伞柄被白皙修长的手指轻轻握着,很是好看,不会是……

她僵硬地扭头,果不其然看到了年轻男人英俊的脸,耳边传来清润低沉的嗓音,语气还带着点嘲弄的意味:"这次有没有荣幸帮你修个车啊?"

雨势突然就变大了,雨珠不断地沿着伞面朝下滚落,在两人脚边溅起水花。

梁挽挽蹲在轮胎边上,还在发愣,几缕头发丝贴在颊边,让她看上去有些狼狈。

陆衍撑着伞,居高临下地看着她,神色倨傲,眼中还带着点意味不明的情绪。

这人感觉并不像是来雪中送炭的呢,梁挽挽有些吃不准他的意图,犹豫了。

结果,就那么短短两秒钟,陆少爷的耐性消失殆尽,他垂着头,嘴角讥诮地勾了勾,然后弯下腰,潇洒地松开了手。宽大的黑伞恰好落在梁挽挽头顶上,金属柄撑着地,将蹲着的少女罩了个严实。

前边黑色宾利的大灯再度亮了起来,他不再看她,淋着雨,转身拉开了车门。

"喂!"梁挽挽举着伞火速站起来跑了过去,迎接她的却是"嘭"的一声关上的车门。

陆衍发车了,发动机的声音在雨声中依然很清晰。

梁挽挽回头看了一眼抛锚的兰博基尼,再想到电量只剩下百分之三的手机,决定委曲求全。她将手心贴着驾驶座的车窗,轻轻拍了拍。

玻璃窗缓缓降下,里头的人一副清俊贵公子做派,一手随意搭着方向盘,一手有一下没一下拨着打火机的齿轮:"伞送你了,慢慢等救援。"

梁挽挽看着那忽明忽暗的火花,松开了手,慢慢朝后退了一步。

陆衍关窗前又看了她一眼,伞已经歪在她一边肩上了,没遮住多少雨。她的睫毛很长,沾了水珠,衬得那双娇媚的眼睛如点漆。尤其是当她一动不动地看着你的时候,就特别容易让人产生愧疚感。

陆衍莫名有些心烦,眼不见为净,决定马上走。他刚踩下油门的一瞬间,有道黑影一闪而过,车身传来"咚"的一声巨响。

真是服了!他猛踩刹车,惊出一身冷汗,恶狠狠地熄灭嘴边的烟,然后跳下车,脸色很是难看:"你有病?"

梁挽挽已经跳到他的车前盖上了,此刻正猫着腰,双手撑着金属板,一条腿蹲着,一条腿侧伸着。眼下要是给她带一个蒙面巾,那就是活脱脱的暗夜女杀手。

见她不吱声，陆衍冷笑道："你以为自己在拍戏？"

梁挽挽眨了眨眼："没有，我这是在求你帮忙。"

"这是你求人的态度？"他扯了下被雨水淋湿的衬衣领口，玩世不恭的面具从俊秀的脸上揭下，眼里的阴鸷再无遮掩。

少女慢条斯理地收拢了腿，然后跪坐在引擎盖上，双手在胸前合十，甜美又真诚地笑了笑："对呀，你不就想看我这样子服软吗？"

陆衍阴恻恻地盯着她："你倒是能屈能伸。"

梁挽挽把乱了的长发拢到脑后，假装没听懂他话中的暗讽，正色道："前两天我让你在你兄弟面前丢了面子，现在弱小无助的我在风里雨里追着你的车跑，够了吧？"

她话音刚落，逆向车道又开过来一辆吉普，大灯忽闪忽闪的。路过两人的位置时，那辆车放缓了速度。

一个一身腱子肉的光头大哥从里头探出脑袋，对陆衍怒目而视："小子，下雨天让自己女朋友跪在车前盖上，你还是人吗？不要以为你长得帅我就不敢打你！"

大哥挥了挥拳头，又比了个剪刀手势，用食指和中指点了点自己的双眼，大意是：小心点，我会一直盯着你。

陆衍全程面无表情，目送着大哥离开。

梁挽挽想笑，被他一把攫住了手腕，从车前盖上拉了下来。

她挣扎道："做什么？"

陆衍充耳不闻，一把将她拉到跑车前，自己回了宾利车里，从工具箱里拿了个军用手电筒，走回来的时候朝她抬了抬下巴："把你的车前盖打开。"

梁挽挽老老实实地摇头道："我不会。"

陆衍忍耐地闭了下眼，拉开驾驶座的门，俯下身去，拨了下某根制动杆，盖子自动弹起，十二缸发动机上蒙了一层薄薄的灰。

梁挽挽帮他打着手电筒，看他皱了眉，低声问："怎么了？"

"你水箱的管子漏了，油箱泵的线路也有点问题。"

"能修吗？"

陆衍看她一眼："能啊，你变一套扳手和新配件出来。"

梁挽挽不说话了，她算是见识到了，这人的温柔多情公子哥人设全是假的，私底下既毒舌又难伺候，要是内心敏感的人，恐怕能被他气出病来。

雨一直没停，两个人都淋成了落汤鸡。陆衍看上去更惨，嘴角被她尾戒划破的伤还没完全结痂，雨水落到那处，火辣辣的。

梁挽挽想了想，弯腰把那把黑伞捡起来，撑在他头顶。

陆衍没看她，低着头正给什么人发消息，发完后收起手机，淡淡地道："行了，五分钟后会有人过来，到时候你什么都不用管，把车钥匙和联系方式留给他就行。"

说完，他抬脚要走，却被她扯住一边袖口。他勾了勾嘴角，桃花眼里重新荡起涟漪，似笑非笑地道："怎么，现在又舍不得我走了？"

梁挽挽耳根发红，竟像是有些害羞，犹豫了半天才咬牙道："那什么，修车的钱，能不能分期付款啊？"

陆衍听得无语，还真是意外啊，开得起豪车的人，先是为了洗车的一百块钱跟别人争得脸红脖子粗，现在又付不起修理费用。

他抽回袖子，也懒得和她辩驳："不用，那车行是我和朋友一起开的。"顿了顿，他又想起什么，低笑道，"或者你发朋友圈，集赞十八个，给你免费修。"

梁挽挽知道他这是在拿刚才洗车店的破事怼她，她也不生气，掏出随身携带的便签纸和笔，认真地道："我给你写欠条。"

陆衍没辙了，长这么大，他见过各种有性格的美人，可还真没遇到她这种，矜持起来小嘴里吐出的话能让男人颜面扫地，固执起来又七八头牛都拉不走。

他靠着车前的保险杠，瞄了她一眼。小姑娘正歪着头，颈窝夹着伞

第二章 / 针锋相对

柄,边写边自言自语:"今日欠陆先生一次修理费用,限期半年内……"写到这里,她停下来,眼睛飞快地眨了眨,低声道,"还是限期两年内还清吧。"

陆衍无话可说,拿过她手里的纸条,划掉她写的,重新写道:"陆大恩人乃我在世父母,我愿听凭大恩人吩咐一次,但凡力所能及之事,绝不推脱。"

梁挽挽怒了:"这什么东西啊?难道你让我去杀人放火我也去吗?"

"我在你心里就这么无耻?"陆衍把笔塞回她手里,挑了下眉,"你要是愿意就落款,不愿意就别再纠缠,我八点要回公司。"

梁挽挽实在不想欠下这么大一个人情,便提起笔,在后头顺着他的文风又加了句:"不可借机行轻薄之事。"

陆衍气笑了:"我是这种人?"

梁挽挽没理他,落了款,小心翼翼地把纸条折好,递给他:"就这样,等你想好要我做什么,就告诉我。"

两人说话间,雨总算停了,远处飞速驶来一辆皮卡,在他们面前猛地停下,溅起一地泥水。梁挽挽眼睁睁地看着那脏水扑面而来,根本来不及反应。陆衍叹了一声,家教和风度使然,他认命地上前挡了一下。

车上跳下来一个平头青年,长了一张娃娃脸,偏偏配了副壮硕的身躯。瞥见陆衍漂亮面孔上分布的星星点点的污痕后,他尴尬地挠了挠头:"衍哥,对不住啊,我开车太猛了。"

陆衍抿着嘴,也不开口,周围的气压莫名低了下来。青年估计是平日里被他镇压惯了,也不敢造次,扭头看向一旁美貌惊人的少女,惊艳道:"这位应该是……"

梁挽挽礼貌地领首,刚想介绍自己,青年倏然挤出一个热情洋溢的笑容,随后来了个九十度鞠躬,声如洪钟地道:"嫂子!"

这话一出,陆衍和梁挽挽都蒙了。

陆衍踹了他一脚:"别瞎喊,就是路上遇到了,帮一把。"

青年挠挠头,心想,这也不能怪他啊,他在车行干了六年,什么时候看到过外热内冷的陆公子对女孩子这么上心?

他只能眼巴巴地圆场:"啊,真不错,日行一善,胜过日进斗金,以后我不午休了,去路口候着,看有没有老奶奶等着过马路。"

梁挽挽觉得这人还挺好玩的,冲他笑了笑。

青年只觉得那个笑容就如山间清晨的露水,太有仙女范了。他平时接触的都是大老爷们,哪里有机会看到这样的大美女,于是赶紧道:"衍哥,你给小弟介绍一下啊。"

陆衍正在翻信息,范尼委婉地提醒他视频会议准备就绪,参会人员基本都到齐了。他回了句"马上到",又抬头看向少女:"你叫什么名字?"

梁挽挽没好气地道:"欠条上有写。"

陆衍笑了笑,没有计较她的无礼,弯下腰贴在她耳边,半是亲昵半是威胁地道:"你信不信我现在立刻叫阿泗离开,把你和你的车都丢在这里。"

她颤了颤睫毛,抬起头道:"梁挽挽,梁山的梁,挽回的挽。"

陆衍直起身,微微一笑:"嗯,挽挽。"

梁挽挽从小到大一直被身边亲近的人唤作"挽挽",可从未有人像他这样,说这个叠词时嗓音低哑,抵着舌尖绕着圈,像是用羽毛在你心里轻轻刮了一下。

"你不许这么喊。"她捏紧了拳头,耳根却不由自主地红了。

陆衍指尖捏着那张欠条,在她面前抖了一下,低嘲道:"注意和你恩人说话的态度。"他解锁了宾利的车门,轻飘飘地丢下一句,"车修好了,你们自己联系。"

兰博基尼确实出了点故障,但是问题不大,七天就修好了。阿泗虽然喜欢说胡话,但心思极其敏感,总觉得这个大美妞和老板有点猫腻。于是,他自作主张帮全车镀金打蜡,还改装了轮毂,最终效果出来后,显得比新车还张扬。他满意地拍了两张照片,给陆少爷发了过去:"梁小姐的车搞好了。"

　　对方回了个问号。阿泗揣摩了很久老板的心思，扯了个非常蹩脚的谎："我打她电话打不通啊，衍哥你试试？"他还把梁挽挽的号码发了过去。

　　陆衍正在顶楼办公室里听范尼汇报工作，瞥见这条信息，根本就不想理这个蠢东西。

　　直到范特助坐电梯下去了，他无意中瞥了眼上头的号码，莫名觉得有点熟悉。他闭着眼，指尖在桌上敲了两下，拿起内线电话的听筒，拨通了秘书室的号码："慧珊，你帮我整理一份上周的通话记录，现在。"

　　秘书兢兢业业，午休时间也不敢休息，十来分钟后，非常尽责地捧着通话记录单上楼了。

　　陆衍找到十一月二十日的记录，果然在二十二点十九分这个时间点找到了梁挽挽的号码。他记得他那一天和乔瑾、骆勾臣在会所，后来莫名其妙接了个女孩子的电话。

　　对方那气势汹汹的话语，他到现在都记得："你的八千块钱我收到了，不过这钱还是留着给你自己去男科医院看病用吧！"

　　陆衍手撑着额头，想了半天，还是觉得自己从前根本没有见过她。因此，他更加不解，为什么她总是对他充满敌意、处处防备，为什么他第一次过去搭讪就被她毫不留情地驳斥。这一切的一切，都太让人好奇了。

　　如今心如止水的陆少爷难得有了点兴致，换了私人号码，给梁挽挽发消息："梁小姐，宿舍楼几栋？我给你送车过去。"

第三章
一舞动人

芭蕾舞系的大四学生,课程安排相较于前三年轻松了一些,公共文化课已经全部结束,只剩下核心专业训练课程及舞蹈作品赏析课程。

不过因为百年校庆迫在眉睫,系领导特批了集训排练,每天上午连上三节课,一直要上到中午十二点,中间不休息,并且授课老师是大名鼎鼎的祝殷歌教授。

梁挽挽一想到祝教授就有点头疼,她之前旁听过这位老师的课,可以说是全程高能,严格到令人胆战心惊。举个例子吧,祝教授要是狠起来,都能把男生骂哭。

当然,这位教授确实也有那个资本教训年轻人,他曾在英国皇家芭蕾舞团担任首席舞者三年,后因伤病淡出舞台,转而作为国家高级人才被引进,回了母校任教。

梁挽挽走到教室门口的时候,已经感受到了浓浓的绝望氛围,几个主演在栏杆边上压腿,瞅上去都有些愁眉苦脸。

她停在门边,先打了个招呼:"嗨。"

听见声音,两男一女反射性地扭过头来,其中那个女孩子瞥见来人后悄悄松了口气:"学姐。"

"干吗紧张兮兮的啊?"梁挽挽脱掉外套,从随身带着的运动挎包里取出舞鞋,冲她勾了勾手指,"小娴,过来。"

第三章 / 一舞动人

白娴刚上大三，从前和梁挽挽一起参加过校外的比赛，两人关系相当不错。听到好友喊她，她耷拉着脑袋，走过去把头靠在对方肩上，哀号道："挽挽，接下来你将会体验到炼狱般的一个上午。"

梁挽挽缩了缩脖子："这么恐怖的嘛？"

站在白娴身侧的男生接话："是啊，学姐你前两天不在，逃过了一劫，都不知道'魔女祝'有多变态。"

"是吗？"梁挽挽笑笑，没顺着他的话往下说，一来她不是自来熟的性格，二来背后说师长坏话总有点不好。

白娴帮忙介绍了一下两个男孩子，个高一点、文质彬彬的是郁天泽，唇红齿白、染了一头褐发的是林锦，两人都是大二学生。

梁挽挽和他们打了招呼，便开始热身，做一下基本的软开度训练。

练功房里温度有点低，梁挽挽穿着紧身连体衣，只在外头系了一条纱裙，两条腿完全光着，坐下去的时候忍不住打了个哆嗦。她忍着寒意利落地把缎带固定好，先做踢腿训练，拉了拉韧带，然后劈竖叉下腰，双手摸到脚踝处，腰背反弓，拱成一道圆弧。

做这个姿势时，人是倒立的状态，她维持了两秒，看到视野内多出了一双腿，是祝殷歌来了。

另外三个人立马齐齐站好，鞠躬道："教授早上好。"

梁挽挽也爬起来，弯了弯腰，礼貌地微笑道："祝教授。"

祝殷歌三十出头，面容不算很漂亮，但气质冷冽，绝对是让人过目不忘的那种类型。她站在四人面前，眼神一一扫过这几张面孔，扫到梁挽挽时，开口问道："你是杨老师推荐过来演女主角的吧？"

梁挽挽点点头。

祝殷歌表情淡漠："让我看看你的基本功，吉赛尔可不是随便什么人都能演的。"

她这话说得毫不客气，梁挽挽面子上有点挂不住了。她本就是要强的性格，平时上课也经常被杨秀茹拿来当示范标杆，舞蹈水平从未被质疑过。

心底不服气的火苗一下就蹿了上来,她仰了仰头道:"请您指教。"

祝殷歌淡漠的眸子里依旧没什么情绪,嘴唇一张:"Chaines(平转)。"

梁挽挽还以为是要听音乐即兴发挥,谁知道对方是直接报动作,这考验的就不仅是功底了,还有承接的流畅度。

"接三个Sissone(西松跳)。"

"Renverse(中翻身转)。"

"Grande(空中大跳)。"

祝殷歌报的几乎全是翻转跳跃类的动作,梁挽挽其实热身做得还不够,有几个动作甚至拉到了大腿肌肉。她咬牙忍着,只是在做Ending(结尾)的巴特芒伸展时重心异常不稳,动作有点变形了,最后勉勉强强抬高右腿,单腿站立定住。

梁挽挽额前的头发全部被汗水打湿了,终于意识到他们为什么要喊她"魔女祝"了。

她拼命撑着,也不敢把腿放下来,就等着祝殷歌喊"OK(好)"。然而祝教授并没有喊,只是步态优雅地走过来,拿脚尖在少女膝盖窝那里轻轻碰了一下。梁挽挽本就是强弩之末,一点外力都受不了了,一下子就跪坐到了地上,大口地喘气。

白娴三人同情地看着她,眼神里全是兔死狐悲的意味。

祝殷歌继续放冷箭:"你的支撑腿根本就没有力量。"她不近人情地指出,"如果你要达到上台表演的水准,在做Battement(巴特芒,踢腿)亮相或者摆pose(姿势)的时候,必须完全静止,抖一下都不可以。"

梁挽挽在心里尖叫:我刚刚跳了上百下,能不抖吗?

当然,有些话只能在心里想想,她嘴上还是老老实实地说:"是的,教授,我会继续努力的。"

祝殷歌"嗯"了一声,接着说:"还是体能太差,以后每次上完我的课,你都去操场跑三十圈,不要偷懒,我总有办法知道你到底跑了没有。"

第三章 / 一舞动人

梁挽挽猛地抬头,要不是对方神色平静,她几乎要认为"魔女祝"是故意针对她了。

"怎么?不愿意?那就别演女主了,我对群舞的要求没那么高。"

梁挽挽深深吸了口气:"没有不愿意,我等下就去跑。"

祝殷歌没再说什么,开始给他们四人排舞,当然,排的过程也是千般挑剔万般责难。玻璃心的白娴早就红了眼眶,还一直被她疯狂挑刺:"你演的是什么?一个木偶?我要的是伯爵的未婚妻!她骄傲美丽又恶毒,你摆出这副楚楚可怜的样子给谁看?"

诸如此类的话语,持续了三个小时。等到结束,祝殷歌离去后,世界终于清净了,阳光和空气再度回归练功房。

梁挽挽趴在地板上,看了眼旁边状如咸鱼的三人,苦笑道:"朋友们,我去操场了。"

"啊,你真去啊?"白娴费力地坐起身,惊讶道,"你现在还跑得动吗?那可是三十圈,整整十二公里啊!"

"不知道,试试吧。"梁挽挽拖着步子出了舞蹈教室。

怕吃了午饭再跑自己会吐,她干脆空腹去了运动场。

梁挽挽所在的这所大学是艺术类本科院校,除了舞蹈系,还有音乐系、编导系、传媒系等,俊男美女一抓一大把,走到哪里都能欣赏到亮丽的风景。

此刻正值午休,几个男生在草地上踢球,周围坐了一圈啦啦队的姑娘,时不时发出无比激动的尖叫声。她看了两眼,发觉踢球的人堆里有个熟悉的身影,便默默朝外挪了两个跑道。

然而并没有什么用,足球像是长了眼睛,朝她这个方向飞来。伴随着一道弧线,有个身穿白色球衣的少年跑了过来,赶在球落地之前将它重重地踢了回去。

梁挽挽眼珠子都没乱动一下,目不斜视地继续跑,直到那少年上前拦住她。

挽挽似月

少年因为运动有些出汗的手臂横搁在她眼前,让她暂时没法跑了。梁挽挽叹了口气,喊出了他的名字:"右沥。"

少年的双眼皮有些浅,唇红齿白,长相无害,是这个年纪的姑娘都会喜欢的类型。他笑了笑,开口道:"还躲我呢?"

梁挽挽翻了个白眼:"躲你个头。"

少年皱眉道:"女孩子家家的,说话注意点。"

梁挽挽简直无语。说起来,她和右沥真有一段孽缘,两个人是初中同学,后来上了同一所大学,相处得多了就有了几分暧昧。然而,这粉红泡泡没几天就破了,主要原因是梁挽挽发现这家伙就是个中央空调!

就好比现在,在他俩说话的短短几分钟,就来了好几个姑娘。

"右沥,我给你买了水。"

"还有我,我也给你买了!"

"毛巾要不要?我已经帮你拧干咯。"

他全都微笑着收下,温柔地说"谢谢",惹得姑娘们依依不舍,还恶狠狠地瞪了梁挽挽几眼。

梁挽挽很无奈地道:"右沥,你后宫的队伍又壮大了啊。"

少年一愣,随后道:"她们只是朋友,你不开心的话,我会和她们保持距离。"

"别!"她立刻惊恐地道,"我目前对你是完完全全没想法了,请你放心大胆地去爱,不要因为我一个人放弃一片森林,我会过意不去的。"

少年垂下头,汗珠从额前滑落,落到睫毛上,再抬头时,神情就变了:"挽挽,其实我……"

突如其来的广播打断了右沥即将脱口而出的表白,响彻在校园的每一个角落:"梁挽挽同学,您的朋友携带礼物正在C区宿舍楼出口处等您,请您务必在十分钟内出现,我再重复一遍,请您务必在十分钟内出现。"

这是什么荒诞的寻人广播啊?还携带礼物,感觉像是携带了炸弹,饱含着威胁和强迫的意味,她有什么朋友会干这种事?

第三章 / 一舞动人

梁挽挽停下脚步，脑中灵光一闪，想到早上车行发来的消息，脑子里有了个古怪又大胆的猜想。她抹了把额头的汗，匆匆朝C区赶。右沥犹豫片刻，也跟在她后头一起过去了。

C区是舞蹈学院的女生宿舍楼，这会儿听到广播的姑娘们都从阳台边上探出头来，望向大门出口，神色疑惑，看清来人后，又接连发出惊叹声。

梁挽挽走在两栋楼间的小径上，看到宿舍楼出口的空地上停了辆灰黑色、磨砂外壳的兰博基尼，年轻俊美的男人慵懒地靠着车前盖。阳光有些刺眼，他微眯着眼，歪头点了根烟。此人容色上佳，姿态雅痞，惹得现场姑娘们的少女心蠢蠢欲动。

真是够能装的，梁挽挽无力吐槽，在众女生艳羡和好奇的目光中缓缓走向陆少爷。

还没走几步路，她的手臂突然被人扯了一下，右沥板着脸问："挽挽，他是谁？"

陆衍悠哉地站直身子，轻笑一声："我吗？我可是她心甘情愿签了契约、欠了大人情的恩人。"

考虑到围观群众颇多，而这话又如此引人遐思，陆衍说话的嗓音刻意压低了些，刚巧就是距离他两步远的梁挽挽能听到的。

当然，右沥也听到了，少年清澈的眼里染上些许愠怒，表情凝重起来，死死地盯着跑车前一脸漫不经心的年轻男人。

雄性生物大多如此，平日里没有危机意识，可在比自己更强大更优越的对手面前，就会莫名其妙生出点争强好斗的心思来。不过，陆衍是压根没把右沥放在眼里的，更勿论当成情敌了。一来，他对梁挽挽并没什么太多的想法，目前最多就是好奇，想逗弄她。二来，退一步说，哪怕他真看上了，这个乳臭未干的小屁孩又怎么有资格跟他争女人？

因此，陆衍连个眼神都没赏给右沥，直接把车钥匙抛给了梁挽挽。小姑娘抬手接住，眉宇间有些许杀气，像是不满他刚才轻佻的契约言论。

两个同样出色的人先用眼神进行了一轮无形的厮杀，树荫石阶旁的吃瓜群众也看得津津有味。怎么说呢,这世上,大约没有什么东西比二男争一女的狗血剧更能撩拨观众心弦。

"挽挽。"右沥不满这被当作局外人的滋味,上前一步挡在两人之间,又执着地问了一遍,"这人是你朋友?"

"嗯,差不多吧。"梁挽挽说得很含糊,把外套又裹紧了点。

陆衍看了少女一眼,也懒得深究她的答案,利落地坐上兰博基尼的副驾驶座。女孩们追寻着他的身影,直到车门闭合,不约而同失落地叹了口气。

梁挽挽不自觉地抖了一下,感叹世风日下,禽兽只要有了颠倒众生的外表,便足以横行无忌。

她若有所思的样子全落入了右沥眼中,他问:"你是为他躲我的?"

梁挽挽有些无奈,也不知道凭他这智商和逻辑是怎么年年拿到奖学金的。她不想说废话,直接甩了一句:"你也别太纠结,是我审美变了,现在比较偏爱这种招摇的类型。"

右沥愣住了。

梁挽挽没再看他,走到了车前。前挡风玻璃的防爆膜是深色的,车内的具体细节瞅不清楚,只能看到那位大少爷放低了坐垫,又是一副散漫模样。

她吃不准他的心思,有心想叫他下车,可又怕两人拉拉扯扯的,弄得场面不好看。周围看戏的人还没散,梁挽挽顶着那些热烈的目光,感到异常不适,心烦意乱之际也只好躲到车里去。

在阿泗的精心改装下,这辆兰博基尼已经成了一件博取眼球的大杀器,所到之处,不论男女老少,回头率绝对百分之百。

梁挽挽想了想,干脆开到体育学院新扩建的校区附近,那儿还在施工,并没有多少师生。她踩下刹车,熄火解了安全带,很不客气地道:"喂,你什么意思啊?"

回应她的只有绵长的呼吸声。男人闭目假寐,浓密纤长的睫毛未曾颤动一下,也不知是真睡着了还是不想理她。

梁挽挽怎么可能让他装死,拧着秀眉在他靠着的座椅背上用力拍了两下:"我数到三,你再不醒,我就把你拖下去。"

说完,她解锁车门,像是说她的警告并不是虚张声势。

半晌,那睡美男终于掀了掀眼皮,嘴角微勾,略带嘲讽地道:"你就这么和你的恩人说话?忘了你的契约了?"

"胡扯!"梁挽挽握紧了拳,恨不能一巴掌扇掉那刺眼的笑,冷笑道,"我就欠你一次人情,你……"

剩下的话陡然掐断在了喉咙里,她的手腕突然被他攫住,还没反应过来整个人就变成了投怀送抱的姿态,手心下是男人隔着衣服却依然硬邦邦的胸口,梁挽挽顿时就傻了。

"安静点才乖。"陆衍轻轻松松地捏着少女细细的手腕,指腹间的触感细腻得足以媲美羊脂白玉。

他将她整个上半身都扯了过来,微微低下头道:"本来想心平气和地跟你说两句,不过你太聒噪了,那就这么说吧。"

梁挽挽几乎是侧躺在了他腿上,羞愤和恼怒一阵一阵地往脑子里窜,她想都没想,尚且自由的右手就下意识地抬了起来。

陆衍倒是没有拦她,漆黑漂亮的眼瞳里隐含威胁,嗓音低沉、语速缓慢地道:"嗯,继续打,不过今天我既然担了这轻薄之名,要是不做点什么就太可惜了。"

梁挽挽耳朵红了,气到声音都在发抖:"你就只会欺负女孩子对不对?"

陆衍定定地看了她两秒,笑道:"也就欺负了你吧,况且,这怎么能算欺负呢?"

这话倒是不假,陆少爷长这么大,此前从未有过上赶着用武力镇压姑娘的时候,哪回不是他随意瞥两眼,对方就对他掏心掏肺了。不过这种体验还挺新鲜的,尤其是他面前的这个小姑娘,浑身是刺,态度嚣张,明明无甚资本,却总是不怕死地找他拼命。他每次想要她臣服,过程都很艰难。

男性是天生的猎手,喜欢追逐与厮杀,哪怕陆衍自己没意识到,也无法例外。

然而梁挽挽也不是只会一味地喊打喊杀的,从记事起她就和她那手段惊人的母亲周旋,没点智商可能吗?于是,陆衍就听到了一声娇嗔绵软的"恩人",比向情郎撒娇时说出的话更甜腻。他扬了扬眉毛,也没接话,想看看她要演什么戏。

小姑娘垂着头,可怜兮兮地道:"你弄疼我了。"接着,她又扭了扭手腕,示意他放开。

陆衍神情不变,但语气戏谑起来:"和哥哥说说,有多疼?"

这下直接从"恩人"跳到"哥哥"了,连对白都含了几分深意,梁挽挽差点就要跳起来骂他无耻。她强忍着怒气冷静了片刻,抬头看向他,也没说什么话,只是眼波荡漾,欲语还休,这样的浓情阵仗似乎能将铁汉化成绕指柔。

陆少爷噙着笑,轻佻话语信手拈来:"这点疼就受着吧,你要记住,只有哥哥才能让你疼。"

梁挽挽还是炸了:"陆衍,你个人面兽心的⋯⋯"

她骂得相当有气势,可惜肚子"咕噜噜"的一声响让剑拔弩张的氛围陡然转向滑稽。下一刻,狭窄的跑车空间内传来低低的笑声。

陆衍卷了一簇少女的长发,在指尖绕了绕,笑得好不开心:"挽挽饿了?"

可不是嘛,梁挽挽上了三节特训课,饭都没吃上一口,又去操场狂跑了五圈,早就饥肠辘辘了。不过,她是打定主意不和这混账东西说话了,干脆双手抱胸看着窗外,一副冷美人姿态。直到开门声传入耳中,她转头去看,才发现这厮已经下车了。她还没高兴两秒,瞥到车钥匙的位置空空的,又暗骂了一句。

第三章 / 一舞动人

　　驾驶座的门开了，风度翩翩的贵公子站在外头，收起了多情做派，正色道："下来，换个位子，去吃饭。"

　　梁挽挽磨了磨牙："不。"

　　他也不恼，俯下身，单手搭着车顶，亲昵地道："是要哥哥抱出来？"

　　梁挽挽一脸无语。

　　这场战争最后还是没脸没皮的陆少爷略胜一筹，两人开车去了附近的一家养生粥馆，装修和门面都挺高大上的。

　　点菜的时候，来的服务员是个十六七岁的女孩，也不知道是不是附近的学生，来这儿做兼职。她一个劲地盯着陆衍，那眼神，简直恨不能把他揉成雪团一口吞了。

　　女孩两眼放光地问："帅哥，吃点什么啊？"

　　陆衍头也没抬，拿着手机回邮件，指尖轻压着菜单往对面推了推："问她。"

　　于是那女孩又磨磨蹭蹭地挪到梁挽挽身边，张口就道："大姐，我给你介绍一下吧？"

　　大姐？梁挽挽简直不敢相信自己的耳朵，她双十年华，正是青春烂漫时，哪怕比眼前的女孩大个两三岁，也不至于沦落到被喊"大姐"的地步吧？

　　女人的嫉妒心也太可怕了，她狠狠地瞪了一眼始作俑者。

　　陆衍当然也听到了服务员的称呼，抬头时眼里全是戏谑的意味。

　　梁挽挽无语，埋头看菜单，随便要了个大份的招牌海鲜粥，又点了两个开胃菜：花生米、酱萝卜。顿了顿，碍于礼貌，她又问陆少爷："你还要加点什么吗？"

　　"随便。"陆衍皱着眉，手指上下翻看今日汇总的集团日报。

　　梁挽挽便和服务员说："就我刚才点的那两个吧，别的不要了。"

　　服务员下去了，等待上菜的时候，她发现陆衍的视线一直在自己身上打转，看得她毛骨悚然。她拿着湿巾擦筷子，很不愉快地道："你是不是有病啊？盯着我干吗？"

陆衍也不再掩饰他的目的了，直接道："我们之前见过吧？"不然她怎么会有他的对公号码，半夜三更还打电话来骂他。

梁挽挽眨眨眼，以为他想起在日料店的事了，舌尖顶了顶腮帮子，没开口，算是默认了。

陆衍手撑着头，问道："我怎么惹到你了？"

"你还有脸提？"梁挽挽重重地放下筷子，"我不过是脚扭了一下，你就怀疑我投怀送抱，有你这么自恋的吗？"

双方一阵沉默。陆衍眯着眼，脑中不起眼的记忆碎片拼凑起来，洗手台前那张花了妆的脸渐渐和梁挽挽的脸重合起来。

他勾了勾嘴角道："原来你是那只花脸猫。"

梁挽挽翻了个白眼，不想理他。

碰巧服务员过来上菜，殷勤地帮忙盛好粥，再分好骨碟，随后一步三回头地走了。

陆衍舀了一口粥，没入口又放下了。不对啊，就那点破事值得她特地打电话过来骂他？没记错的话，她当时还说了八千块钱辛苦费什么的……

八千块钱又是什么梗？饶是聪明过人如陆少爷，也硬是没找到其中的逻辑关系，他"啧"了一声，手指叩了叩桌面："后来我们还见过吗？"

梁挽挽把浮在粥面上的油脂刮掉，相当暴躁地道："我恨不得这辈子都不要再看见你。"

"是吗？"陆衍意味深长地反问了一句，没再多说什么。有些谜团，太着急了反而解不开，还是慢慢抽丝剥茧，等最终揭开真相的那一刻，才能让人满足。

这顿饭的后半程，两人都没有交谈了。陆少爷不开口，梁挽挽自然也不会挑起话题，一顿午饭吃得宛如哑剧。

第三章 / 一舞动人

买单时,梁挽挽眼观鼻鼻观心,努力把自己的存在感降到最低。从礼节上来说,对方辛辛苦苦送车过来,她请一顿饭是应该的,但……她最近实在是囊中羞涩。她双手撑着下巴,佯装在欣赏店内的装潢,演技有点尬。

至于陆衍,他从来没有让女孩子买单的习惯,便潇洒地结了账,只是出门时刻意刺了她一句:"有那么穷吗?"

梁挽挽再度被踩住尾巴,怒道:"穷怎么了?吃你家大米啦?"说完这句,她后知后觉地意识到自己五分钟前确实是吃了他请的饭,嗓音便小了下去,"我会很快找到兼职的,届时回请你。"

他插着兜,瞥见小姑娘忍气吞声的样子,故意拉长声音道:"其实我公司里呢,还缺个端茶送水、嘘寒问暖的小助理……"

马路上熙熙攘攘,她垂着脑袋一声不吭,发顶被阳光烘着,显得暖融融的,长睫毛都染上了金色的光泽,看上去还挺乖巧的。然而下一秒,这种乖巧就荡然无存了。

"姓陆的,你失心疯了。"她鄙夷地皱着眉道,"我死都不可能去给你打工!"

陆衍傲慢地"呵"了一声,掏出手机打电话让司机过来接他。

梁挽挽乐得轻松,招呼都没打一声就上了跑车开车溜了。

回到学校已是黄昏时分,梁挽挽去操场把剩下的二十五圈跑完了。她疲惫不堪地去食堂打饭时,饭卡显示里面只剩下不到五十块钱了,食堂阿姨善意地提醒她要充卡了。梁挽挽心酸到差点流下眼泪,真是一分钱难倒英雄汉。

她不想闻到别人吃的饭菜的香味,只买了两个馒头就出了食堂。回了宿舍,她边啃着干巴巴的馒头边把兰博基尼的照片用 PS 简单处理了一下,改了车身颜色并把牌照模糊掉,随后上传到隔壁 Z 大的论坛里,匿名发了个帖子:"本人长期出租超跑,请各位想带女朋友出去兜风的优

挽挽
似月

质男青年踊跃联系我，价格优惠，欲租从速。"

编辑完后，她检查了两遍联系方式，确认无误，才关掉网页，转身去了浴室。

梁挽挽沐浴时喜欢听点音乐助兴，通常是把手机放到架子上，边放歌边洗澡。今天也不例外，她打上肥皂正哼着曲，手机铃声却在这个节骨眼上不合时宜地响起来。

屏幕上，"左铁公鸡"四个字赫然出现。她犹豫了一下，把手冲干净，按了免提。

左晓棠嗓门很大："爸爸来给你雪中送炭了！惊不惊喜？意不意外？"

"有话快说，我还在洗澡呢。"梁挽挽调高水温，抽了浴巾裹住自己，问道，"你是不是给我找到活儿啦？"

"我和你讲，天上真的要掉馅饼了！我们集团吃饱了撑的，办了个员工兴趣爱好班，每周一、周三、周五晚上开课，现在缺个专业的舞蹈老师，你来不来啊？"

梁挽挽想起自己中午还在陆衍面前发誓绝对不给他打工，咽了口口水道："算了吧。"

左晓棠尖叫道："你脑子里是不是有坑啊？我好不容易给你弄了个面试机会。你知不知道，要是真进了，工资可是两小时五百块钱，一周三次，一个月多少你好好算算吧！"

六千块钱，比她的生活费还高！梁挽挽很没出息地认怂了："那什么……面试不需要经过你们总裁那关吧？"

电话那头的人嗤笑道："想得美！皇上日理万机，只会召见三品以上的大员，你这种浣衣局的宫女，省省吧。"

梁挽挽这才兴高采烈地答应了。

事实证明，真香定律从不放过任何企图玷污它的凡人。

三天后，新来的小秘书顶替了因急事请假的林慧珊，捧着各分公司

第三章 / 一舞动人

运营端口的总监备选人简历，敲了敲总裁办公室的门。

陆衍正在和美国的投资商谈公事，示意她放在桌上等会儿，挂了电话后才翻了翻那叠简历，问道："这是什么？"

小秘书战战兢兢地道："陆总，我和范特助确认过您的行程了，这些都是您周五晚上要最终面试的人。"

陆衍在公司里可不像平日那么懒散，抿着嘴冷冷地道："你觉得我很闲？"

小秘书凑过去一看，那根本不是什么总监备选人简历，全是围棋高手、书法大师的简介。她吓了一跳，都快哭了："对不起，陆总，我应该是拿错了，我马上下楼去换！"

她急急忙忙补救，怎料越是心急越是容易出错，高跟鞋一不留神没踩稳，整个人扑倒在地毯上，怀里的资料全飞了。

漫天的白纸"哗啦啦"落下来，其中有一张像是被老天爷眷顾了，不偏不倚落到了陆衍的桌上。简历内容不算太多，上面贴着的照片倒是异常惊艳。少女仰着天鹅颈，穿着纯白的纱裙，踮起双脚，立在盈盈湖水之畔，气质古典，姿容无双。

他先是随意瞥了一眼，然后突然反应过来，眯起眼，拾起那张纸，手指在上头轻轻弹了一下，阴恻恻地笑了。

梁挽挽的租车生意开展得不太顺利，她还是想得过分天真了，一来兰博基尼实在太张扬，一般人不敢轻易驾驭；二来大部分学生看到这帖子的第一个反应就是，你都开得起兰博基尼，还会想把车租出去换钱？一定有诈。

总之，她那帖子的浏览量虽然不断地往上涨，可除了接到几个暗示想和车主有点来往的电话之外，就如石沉大海，杳无音信了。

梁挽挽的日子过得那叫一个捉襟见肘，她已经没胆量再去食堂了，怕花完最后的三十七块五。最可恶的是，陆氏集团迟迟没有给她面试的电话,她问了左晓棠一百遍,对方抓狂地表示,简历绝对过了初审,现在应该在人事总监那里,让她再等等。

可是她再等就要饿死了!梁挽挽不得不厚着脸皮去了学校的勤工俭学处,询问是否有适合她的岗位,然后就在值班老师诧异的目光和竞争者愤慨的眼神中默默退了出来。

谁让她有个同校音乐系毕业、又在全球举办巡回演奏会赚了个盆满钵满的母亲呢?没有人会相信戈婉茹的女儿竟然需要靠打工来维持生计。

其实梁挽挽还有一条后路,她前几天收到了池明朗的消息,大概也是听说了她母亲下的绝杀令,特地来询问她是否需要帮助。但她和这位继父的交情实在少得可怜,而且过去在家经常跟他儿子闹得水火不容。她想了想,无功不受禄,便婉拒了。

梁挽挽从未想过,她有一天会落魄至斯,而平时颇为自傲的美丽外表并没有在找兼职这件事上为她带来多少好处,反而一直在扯后腿。去超市应聘,人家怀疑她是来捣乱的;去西餐厅端盘子,领班说她不适合;至于洗碗、清洁什么的,对她这个十指不沾阳春水的大小姐来说就更为难了。兴许母亲早就料到了她失去家里的经济支撑后会有如此下场,才那么狠绝地断了她所有后路。

梁挽挽绝望了,周四这一天上完课后,就自发去操场疯跑了八公里。最近祝殷歌开恩,允许她只跑二十圈,不过等到结束后,她依旧是连内衣都汗湿的狼狈状态。

白娴坐在跑道内侧的草坪上,掏出纸巾替她擦了擦额头上的汗水,担心地道:"又没限定时间,干吗跑那么疯啊?"

还不是没钱惹的祸。梁挽挽烦透了,不过不想把这种暴躁的情绪传染给身边的温柔少女,于是只能笑笑:"早点结束,早点回寝室休息嘛。"

白娴闻言垮下肩膀,半是遗憾半是撒娇地道:"啊,我还想叫你陪我去Z大的。"

Z大就在他们学校隔壁,走路十分钟就到了。Z大的校区有些老旧,外头看起来不太显眼，不过里头可全是来自各个省的高考状元，知识面能甩他们学校的学生一条街。

梁挽挽那继兄池瑜就在Z大的物理系，因此，她对这所百年名校并无任何探究欲望。她问白娴："你去那里干吗呀？"

白娴突然变得有些羞涩，不自然地道："我有朋友在那里念书，她说今天有联谊，叫我也去看看。"

看来是春心萌动了，梁挽挽了然地道："你去吧，我就不去凑热闹了，毕竟……"她相当自恋地甩了甩头发，"我去了还有你们什么事儿啊？"

"你怎么那么自恋啊？"白娴笑着扑过去打她。

两个女孩子闹成一团。后来梁挽挽实在受不了自己身上的汗味，三催四请地把白娴送走了，后者一步三回头："你真不和我一起啊？我听说Z大的池相思可能也会出席呢。"

"池相思"是池瑜的外号，据说女学生们见了他，无不为其辗转反侧、夜不能寐，自此堕入情网，害上相思病。梁挽挽当初听到这段颇有渊源的故事时，差点吐出来。她和他干过的架都不下一百次了，此人表里不如一，品性之恶劣，实在罄竹难书。

她是绝对不会让旁人知道自己有这样一个兄长的，即便是没有血缘关系的也不行！于是她说："什么池相思、池黄豆，我没听过，你小心点吧，知人知面不知心，别到时候被人卖了还在帮忙数钱。"

"你就是不开窍，白瞎了这张脸。"白娴嘻嘻笑着，跑远了。

梁挽挽叹了口气，这个年纪的小姑娘哟，春心荡漾起来可真了不得。她把手背在身后，优哉游哉地回了寝室。

洗完澡后，梁挽挽跳上桌子，盘腿坐下，如老僧入定般思考了许久，然后又一跃而下，从书桌下的矮柜里取出一个牛皮纸袋。袋子里鼓鼓囊囊的，装着八千块钱现金，还有一张皱巴巴的纸条。纸条上是神秘人的笔迹，上书"有事联系"，以及一串电话号码。

挽挽
似月

  这个号码她在会所的时候拨过了,还痛骂了一顿对方羞辱她人品的行为。至于这钱,她纠结了半天,最终还是没过心里那关,又藏了起来。死也不能花!她还要等着砸到那人脸上呢!

  梁挽挽咬着牙,指腹用力地在桌面上擦了擦,决定有生之年要是想起来这渣男长什么样,她就追杀到天涯海角去,拿着这些百元大钞一张张叫他吃下去。

  梦想很美好,现实却相当骨感。梁挽挽叹了口气,爬到床上躺好,睡前再度进入"如何挣钱"的冥想中。

  她放在枕头边上的手机突然振动了一下,是收到了一条短信。她侧过身,手指划开屏幕,看清消息后一个鲤鱼打挺坐直了身。

  信息不长,就短短的一行字:"我想长租,能先看下你的车吗?"

  这时候还打什么字啊,梁挽挽赶紧拨了电话过去,可惜被对方掐掉了。她这才意识到自己的吃相难看了点,于是耐着性子回道:"可以,什么时候看?"

  对方又发过来:"现在。"

  没想到客户比她还心急,梁挽挽看了下时间,距离熄灯还有两个小时。于是,她换了身加绒的运动套装就出门了。

  为了方便取车,两人约在南校区的花坛边上见面,旁边就是地下停车场的入口。

  夜色很美,幽深的夜空遍布着璀璨星辰,看得人心情都好了几分。不过等梁挽挽看清那个倚在苗圃栏杆边上的少年后,心情瞬间就多云转暴雨了。

  她几乎是扭头就走,后头的人追上来一把拉住她的手腕。她直接一个后回旋踢,脚腕被对方冰凉的手背挡了一下,再换另一只腿攻他下盘,也没成功。

  两人过了三招,然后分开、站定,空气里仿佛响起古老又肃穆的背景音乐。

梁挽挽盯着这张清冷出尘的面孔,这人的五官秀雅精致,气质高冷,如高山上最圣洁的那抹白雪,可惜怎么就这么讨人厌呢?她怒道:"姓池的你太过分了吧?"

池瑜脸上没什么表情,慢条斯理地拍掉手背上的泥,淡淡地道:"我看了帖子就知道是你。"

梁挽挽本以为一桩大买卖即将办成,心情无比激动,现下这情况,便如烧红的烙铁被浇了一桶冰水,彻底熄灭了。她很是恼怒地道:"所以呢?你是特地来耍我的?"

池瑜没说话,只是从钱包里取出一张卡,递过去。

梁挽挽没接,冷冷地道:"你什么意思?"

池瑜那张漂亮的面孔在路灯映照下显得更加迷人,左眼眼尾下有一颗小小的红色泪痣,怪不得有资本被女生们唤作"池相思"呢。

只是这厮吐出的话实在不怎么好听:"别糟蹋我爸送你的车,这点钱够你挥霍的了。"

梁挽挽要是现在手边有武器,绝对会终结掉这个表里不一的混账,她深吸了口气:"趁我现在还有理智,你快逃吧。"

"死要面子对你没什么好处?"少年又把卡往前递了递,见她不接,便直接丢到地上,一点也不留情面,嗤笑道,"这么久了,还是一点长进都没有。"他说完就走了,背影透着一股孤傲的感觉。

哇!这个人!梁挽挽觉得自己的暴脾气绝对是被这些内心和长相成反比的人渣给激出来的,她单身这么久也全是他们的锅!是他们让她对爱情失去了幻想。

她看了眼可怜巴巴地躺在水泥地上的黑卡,气不打一处来,拿脚狠踩了好几下,又捡起来重重地折了一下,丢进了垃圾桶。

当天晚上,兴许是摸过了牛皮纸袋里的钱,她又做了个荒诞古怪的梦。长廊上的灯明晃晃的,她撑着墙壁艰难地前行,胃里火烧火燎的,只想

挽挽
似月

找个地方躺下休息。突然，有人从尽头的房间里伸出手来，一把将她拉了进去。

是个男人，他的脸模糊不清，可她和他靠得那样近，近得都可以闻到他身上混着薄荷味的檀香。真好闻啊，她把脸在他怀里蹭了蹭，指尖无意识地抚着他脖颈边的皮肤，又朝下探，忽而摸到他锁骨下有一道浅浅的伤疤。她反复摩挲着那道伤疤，冥冥中有个声音告诉她，必须要记住这道疤，否则醒来后又是一场空。

男人低笑着，抓住她的手指在嘴边轻吻，那灼热的温度可以烫掉她所有理智。他的声音怎么那么好听，喊她名字的时候缠绵酥麻，每一声"挽挽"都像是在用羽毛撩拨她的心房。

她根本抵抗不了，抬头看向他。遮住男人面容的白雾适时散去，露出了那张足以让日月失色的惑人面孔，竟然是陆衍！他勾着嘴角，有一下没一下地摸着她的长发，轻笑道："你怎么认不出我？"

他一遍一遍地问，一秒都不停歇，这一声声的询问简直要挤破她的头颅。

梁挽挽尖叫一声，一下从梦中醒来。天刚蒙蒙亮，她看了下手机，才六点。她抹掉额上的汗，下床给自己倒了杯水，一饮而尽后用力摇了摇头，想要驱赶掉脑海中那些旖旎的画面。真是见鬼了，她怎么会梦到那个孔雀男？

那道伤疤，还有那种味道，梁挽挽竟然在醒来后都没有忘记。潜意识里的记忆不会骗人，她忽然意识到，那个和她共度一夜的人，大概身上真的有这道疤，她应该亲手摸到过，所以才有印象。

梁挽挽还挺满意的，要是天天做梦都给点线索，那要找到渣男岂不是指日可待？她认为这是一个吉兆，恰好这天没课，便决定奢侈一回，去食堂喝了碗黑米粥，外加一屉小笼包。

她吃饱喝足后，陆氏集团的通知来了："梁小姐，您的面试安排在今晚八点，伊莎歌剧院，一楼。"

第三章 / 一舞动人

梁挽挽参加过不少比赛,面试倒是大姑娘上轿——头一回。不过,即便没参加过面试,她也觉得陆氏集团安排的面试相当古怪。

哪有公司把面试的地点设在歌剧院的?她可以理解陆氏集团作为大企业,在选人方面相当严谨,或许想要考验一下培训老师的舞蹈基础,这也无可厚非,可用得着安排在临市最具标志性的文化建筑里吗?那可是包场一晚费用接近六位数的地方。如果真的拿来面试她这只小虾米,那就只能说明这家集团的人力成本预算太随意了。

不过,梁挽挽还是很有诚意的,既然对方精心准备了这么好的舞台,她也不能辜负对方的专业性。她筛了一遍又一遍的曲目,最后选了《卡门》的片段。

比起其他经典曲目,这支舞或许没有过多的技巧、过高的难度,但它所能呈现的表现力绝对是毋庸置疑的。换句话说,只要你跳得足够大胆奔放,哪怕外行人来看,都会惊为天人。

梁挽挽带好舞裙和足尖鞋,六点多的时候,在左晓棠的强烈要求下去她公寓那儿穿着便服先跳了一段。没有伴奏,也没有太大的空间便于她舒展动作,梁挽挽跳得很随意,不过沙发上唯一的观赏者依旧看直了眼。

"你安安静静跳舞的时候……"左晓棠艰难地咽了口口水,"有种能让我俯首称臣的魔力。"

梁挽挽得意地挑了挑眉,交叠双腿坐到高脚凳上,捧着柠檬红茶喝了一口:"我已经满足你的愿望了,记得一会儿把车借我。"

"你那辆兰博基尼呢?"

这话一出,梁挽挽心情陡然变差,她的帖子被池瑜给黑了,后来连IP都给禁了,美其名曰外校学生没资格上Z大BBS(论坛)。不仅如此,他还发消息威胁她,要是哪天看到车主非她本人,他一定会报警。

看看,这世上竟然有这样的神经病,管得比黄河还宽。

梁挽挽很无奈地道:"哎,被我那兄长盯上了,再说也加不起油,先放一阵子吧。"说罢,她看了眼时间,站起身来,"我得走了。"

左晓棠把小奥迪的钥匙丢给她,打开笔记本电脑上的 CAD 软件,回头抱拳道:"我就不多此一举过去替你摇旗呐喊了,等你凯旋!"

"必不辱命。"

伊莎大剧院临江而立,外形肖似三面扬帆的大船,是曾获得过普利兹克奖的肖大师退隐前的最后一件作品。除开建筑本体,泛光照明和景观灯效也都特别设计过,远远望去,静谧之中透着一股优雅,让人心生叹服。

梁挽挽到了一楼歌剧厅,正门紧闭着,唯有后台通道专用的一扇侧门虚掩,她轻轻推开,发现里头已经有人在等了。是个三十岁左右的女人,脸很瘦,柳梢眉,单眼皮,个子不高,穿着西装套裙,外头罩了件驼色大衣,整个人看上去很干练的样子。

梁挽挽看出她不是左晓棠形容的那位苹果脸的人事总监,愣了一下。

对方很快伸出手,微笑道:"梁小姐,您好,我是负责您本次面试的林慧珊。"

"啊,林经理好。"梁挽挽立刻弯腰,礼貌地和她握手。她当然是没见过林慧珊的,也不知对方就是陆氏集团八面玲珑的总裁办秘书,和范尼都是陆衍的左臂右膀。林慧珊主控集团行政流程,范尼则偏向外界商务应酬。

"梁小姐现在可以把背景音乐交给我了,然后换衣服的话可以去走道尽头的那个化妆间。"

梁挽挽点点头,走了两步又回头道:"面试官只有您一位吗?"

林慧珊笑了一下:"为了让梁小姐尽情发挥,这次打算让高速摄影机来记录您的舞姿,后期会和另外几位老师的录像一起进行筛选。"

不知怎的,梁挽挽觉得那笑容有点怪。不过她的重点显然放到了后半句话上,迟疑道:"您的意思是说其实今晚并没有真正的面试官?"

第三章 / 一舞动人

"是的呢。"

梁挽挽实在不明白这公司到底有什么毛病,但为了一个月六千块钱工资的诱惑,她选择闭嘴,安心去做准备工作了。

她带来的红色舞裙是去年在迎新会上表演穿过的,高开衩、裹胸的款式,前短后长,布料相当轻薄,转圈的时候显得尤其飘逸。考虑到自己的五官特色,她不打算化那种常见的深色烟熏妆,化出来的眼妆很淡,在眉骨处细细缀了点金粉,反倒是口红用了最浓烈的红色,既娇媚又惑人。把一头浓密的长发放下来后,梁挽挽盯着镜子里的姑娘,满意地笑了笑。

林慧珊在外头轻轻敲了两下门,询问她是否已经准备好。梁挽挽穿上舞鞋,拉开门,成功看到对方眼里的惊艳神色,心里更加自信了,嘴角的笑意越发浓了。

舞台非常宽敞,足够他们芭蕾舞系两个班的人在上头跳群舞,灯光也布置得异常完美,她甚至还看到了一束追光,非常专业地笼罩着她的周身。

她站在高处看着,下头一片漆黑。整个一楼的大厅都被巧妙地隔离开来,以观众席前三排为界限,前边到舞台都是明亮的,然后头则一片幽暗,就像坐在电影院里的感觉。

梁挽挽心想,今晚的观众大概就是二楼那台摄像机了。她也不在意,虽然没人看,依旧自娱自乐地行了个宫廷礼。

等到第一幕主旋律哈巴涅拉舞曲响起来的那一刻,那个原本还带着几分稚嫩的少女就不见了,转而代之的是大胆奔放、热情如火的吉普赛女郎。女郎的樱唇灼灼似焰,舞步轻盈似雪,当她踮起脚尖不停旋转时,那红裙子就像是有了生命,如海水泛起波澜,又如潮汐涌动,让她整个人呈现出惊心动魄的美丽!

第一幕画上句号,她舒展身体,右腿慢慢往上抬,裙摆顺着动作一点点下滑,修长笔直的长腿一览无遗。还没给人喘一口气的时间,塞吉迪亚舞曲又变奏了。

女郎仰起脖子，长发散开，姿态极尽妩媚。她与下士贴面热舞，眼神热烈又明媚，像一朵怒放的野玫瑰。她扭着身子，腰身盈盈一握，柔软得不可思议。听到下士同意偷偷放她走时，她笑着给了他一个飞吻。

最后一幕，是在城墙边，那美丽到不可思议的吉普赛姑娘拎着裙摆奔跑，黑发在空中飞舞，她边跑边回头，又看了一眼魂不守舍的男人，冲他勾了勾手指。

下一刻，音乐戛然而止，整场表演结束了。可空气中那种躁动的感觉似乎还在，让人恨不能抓她回来，抬高她的下巴，尝一尝那张红唇甜如蜜糖的滋味。

一切都美好到不真实，直到舞台的灯全部亮起来，这令人意乱情迷的旖旎氛围才烟消云散。

梁挽挽拢了拢汗湿的长发，看一眼依旧黑漆漆的、毫无动静的观众席，不免有些遗憾。作为舞者，她相当清楚方才自己发挥得有多棒，甚至比过去的每一次比赛都更为出色，可惜这次没有观众。

她捡起角落里的外套披上，从左侧楼梯走下去，重新从进来时的通道出去。

林慧珊还等在门口，依然非常得体地道："梁小姐，辛苦了，早点回去休息，有消息了我们会立刻通知您。"

这句话就让梁挽挽很是伤心了，她还以为能得到当场录取的喜讯，谁料还是那么一句客套的场面话。她压下失落的情绪，礼貌地跟对方告别，随后去停车场取了小奥迪，直接朝左晓棠的公寓开去。

林慧珊注视着少女离开，然后匆匆回到大厅。她打开门，外面的光照射进来，后排隐约可见一个人影，她尝试着轻唤了声："陆总？"

"嗯，你先回去。"男人一动不动，半边脸隐在黑暗里，睫毛低垂着，表情有一点复杂。

陆衍坐了好一会儿才回家，途中，脑子里再也没想过其他的事，全是那个勾魂摄魄的笑容，简直快魔怔了。本来，他只是闲着无聊，想逗

第三章 / 一舞动人

一逗那只小野猫，计划在她跳到一半时就把灯全打开，让她看到他，让她恼羞成怒。可眼下看来，他简直就是搬起石头砸自己的脚。

回去后，他甚至做了一场美梦，梦里的姑娘有着熟悉的娇媚面容，穿着一身红裙坐在他怀里，嗓音娇软，柔媚入骨。她勾着他的脖子笑一笑，他就沉醉了。

第二天早上醒来，陆少爷还有点没缓过来，在深秋的季节洗了个冷水澡，围着浴巾出来后犹豫了很久，喉结滚了滚，还是皱着眉给林慧珊发了消息："叫她来上班。"

第四章
失策的再遇

乔瑾和骆勾臣最近的生活过得不太滋润，主要是因为圈里花样最多的陆公子突然淡出了他们的视野，要知道不学无术俱乐部就是因为这位公子哥的存在才大放异彩的。他不在的日子里，鲜花、美人、香槟、跑车，统统失了颜色。

恒温泳池边，乔瑾枕在女伴膝上，很是惆怅地道："不行啊，我衍哥从良后，我连组局的兴趣都没了。"

骆勾臣反倒没什么情绪，将杯中酒一饮而尽，看着在射灯映照下波光粼粼的水面，笑道："也好，你那什么跳海的party，我可不想参加。"

乔瑾不乐意了："我的idea（主意）不好吗？"他直起身来，捏了捏女伴的小脸，温柔地说，"宝贝，我找了处悬崖，特别刺激，你想从多少米往下跳？"

女伴附耳过去，娇声娇气地道："我不跳，要跳也得拉着你垫背。"

乔瑾哈哈大笑，笑了一阵子又叹道："哎，前阵子荆念回来，衍哥不还搞了个暗童话拍卖会吗？最后那只关在纯金笼子里的夜莺，我都没细看，听说是鸳鸯眼，是不是啊？"

"你看个头。"骆勾臣解开浴袍，一个鱼跃下了水，嗤笑道，"那是他特地为念哥准备的封山之作，人家大少爷早说过，公司接棒之后就不玩了。"

第四章 / 失策的再遇

乔瑾坐起身，拧着眉道："至于吗？他们家当年死了一个儿子，就非得把所有责任往另一个身上压啊？"

骆勾臣没接话，直接抓住他的脚往下拉。

乔瑾一时不备摔进了水里，还有点呛到了。他咳了好几声，不过意外地没发飙，只是悻悻地道："都过去那么久了，还不给说吗？"

"上一个说他哥闲话的人，坟头草得有五米高了吧。"

乔瑾僵了僵，挥手让女伴和仆人都走开，小心翼翼地道："我听说他哥死得有点蹊跷？"

"我哪里晓得。"骆勾臣踹了他一脚，戴上泳镜游了个来回，见他还在发愣，不由得道，"我劝你一句，少在衍哥面前提这出，不然我都不知道该去哪里给你收尸。"

乔瑾沉默了，想到曾几何时有个富二代喝醉酒后口无遮拦，就因为说了这事，被陆衍压着脑袋摁在水里，差点闹出人命来。当时陆衍那张漂亮的面孔上满是杀意和戾气，整个人如同地狱修罗，现在想来都骇然。

"不提不提。"乔瑾抖了一下，给自己的嘴上了封条，于是这话题就此揭过。

两人回别墅休闲区打了一会儿台球，再度感叹日子真无聊时，收到了部长的召唤："今晚来梨落，请你们看点儿好玩的。"

乔瑾撑着台球杆子，差点痛哭流涕："陆衍爸爸终于想明白了，他还是惦记着我们的，我得赶紧换身衣服，换辆跑车，才能对得起爸爸组的局！"

骆勾臣翻了个白眼。

梨落是陆衍名下的庄园，在临城最出名的湿地公园后边，临着湖泊，占地面积差不多五万平方米，整体是典型的巴洛克式风格，不管是建筑外形，还是内里装修，都运用了矛盾又别致的浓重色彩。

乔瑾和骆勾臣被仆人带到异常宽阔的花园里，原本种满郁金香的地方全空了，搭了一个华美又精致的舞台，红丝绒幕布、音响器材、灯光设备一应俱全，甚至连身着晚礼服的报幕员都站在台前了。至于那个年轻俊秀的男主人，正坐在台下的高背沙发椅上，指尖捏着一张珠光白镶金边的节目单，看得出神。

乔瑾跟着坐到男主人旁边，凑过去看，节目单上头居然是些芭蕾舞剧。他愣了愣，半晌，又脑补了某些画面，暧昧地眨眨眼：“衍哥，今天的节目挺特别的嘛。”

陆衍看都没看他，只敷衍地"嗯"了一声，

骆勾臣用食指顶了一下金丝边眼镜，倒是挺期待的。

事实上，陆少爷想出来的新奇事物，全是别人没玩过的。他总能把他们的胃口高高吊起，却从未让他们失望过，一次比一次更离经叛道。要说这个组织者唯一的缺点，大概就是他似乎只享受客人们的欢乐和尖叫，却从未真正主动融入或者参与过，大部分时间都是那副意兴阑珊的困倦样。

不过，陆衍今晚确实有些不对劲，骆勾臣看出点不同寻常的味道来，试探道：“衍哥，你状态不对啊？”

可不是嘛，他从头到尾都轻皱着眉，一副若有所思的样子，完全不是往日里那个游戏人间的公子哥。

陆衍抬头，勾了勾嘴角：“也没什么，想做个实验罢了。”

说话间，舞台上的幕布被拉开了，七八个身穿纯白纱裙的姑娘站在背投的湖蓝色光屏前优雅地舒展着手臂。

乔瑾激动地坐直了身体，异常跳脱的思维发散开来，脑海中已经想象出数百种有意思的画面了。然而，半小时后，他绝望了，因为台上的姑娘们从头到尾都在旋转跳跃，他看得简直想闭眼了！这感觉好比你趁着家里人不在，偷偷打开一部禁片，可屏幕上跳出来的却是《白雪公主和七个小矮人》，你可以想象这种落差有多大。

乔瑾看了眼同样茫然的骆勾臣，忍不住跟陆少爷抱怨：“衍哥，我……”

陆衍眼睛直勾勾地盯着台上，冷声道：“闭嘴，自己好好感受！”

第四章 / 失策的再遇

乔瑾很想问一句：看这玩意儿能有什么感受？十五分钟后，他没再挣扎，在优美绵长的背景音乐中睡死过去，留下死撑着的骆勾臣，手撑着下巴，哈欠一个接一个地打。

从《天鹅湖》跳到《胡桃夹子》，再到压轴的《卡门》，每一个舞曲都只精选了高潮片段。表演者技巧卓绝、表现力完美，再加上现场乐队的恢宏气势，绝对是视觉和听觉上的双重享受。

结束后，陆衍带头鼓了掌，礼貌地和诸位表演者握手，再安排管家送她们回剧团。然后，他踹了昏睡不醒的青年一脚，力道不算轻，直接把人给踹醒了。

乔瑾立马跳了起来："哪个小子……"他回过神，看了眼嘴角噙笑的陆少爷，后半句话胎死腹中。

陆衍坐回椅子上，淡淡地道："有想法没？"

乔瑾一愣："什么想法？"

陆衍似笑非笑。乔瑾立马意识到了他问的是那几个跳舞的姑娘，顿觉一阵恶寒："这是高雅艺术，我怎么可能有想法？我又不是禽兽。"

乔瑾说完，不知是哪句话触到了陆少爷的逆鳞，他的脸色陡然阴沉起来。

"你呢？"陆衍侧头询问另一个斯文败类。

骆勾臣笑笑："换成钢管舞可能好点。"

陆衍"啧"了一声，神色淡漠，垂着眼睫，没再开口。不过，哪怕他面上再不显，心里也翻起了水花——原来有"病"的人只有他一个。

比起心魔初现的陆少爷，梁挽挽自从接到录用通知后就心情大好，好到连上祝殷歌的集训课都充满了干劲。无论祝殷歌如何严苛、如何毒舌地对待她，她都能毫无怨言、通盘接受，甚至全程面带微笑，说上一句教授"您骂得对"。

有言道伸手不打笑脸人，饶是祝教授也没什么脾气了，反而觉得这姑娘韧性足、天分佳,放下了藏私的想法,课里课外都不遗余力地指导她。

梁挽挽倒是不怕吃苦,就是周一、周三、周五晚上要去兼职,不能太累。于是,她忍痛舍弃了玩游戏的爱好,下午在寝室睡觉。

陆氏集团人事部的人已经联系她了,约定从今晚开始上课,具体时间是晚上六点到九点,中间有休息时间。

她来到十五楼的员工休闲区,那里装着二百七十度的落地窗,随便站在哪个角度都能看到临城春江的美景。至于布局,左边是娱乐中心,右边是能量补充站,顾名思义,加班累了可以过来吃吃喝喝,大企业的福利确实没话说。

梁挽挽跟着人事部的小姑娘来到特别准备的舞蹈教室,磨砂玻璃门掩着,看不清里头的具体情况,只能听到叽叽喳喳的交谈声。人数不算多,听声音也就十来个吧,全是年轻的女孩子。

有女人的地方就有八卦,短短十秒钟,梁挽挽听到"陆衍""总裁""老板"等关键词出现了不下五次。她心想,左晓棠说得没错,这位陆总可不就是皇帝嘛,坐拥后宫佳丽三千,每个人都眼巴巴地盼着他能来看一眼呢。

梁挽挽没什么反应,倒是小姑娘有些尴尬,赶紧推开门,介绍道:"老师来了。"

女员工们回过头,先是粗粗瞥她一眼,面上划过诧异的神色,然后将她从头到脚扫视一遍,好像非要从鸡蛋里挑出些骨头来。女人嘛,遇见太漂亮的同性总忍不住生出点攀比心来。

梁挽挽自己也是,舞蹈学院里娇花辈出,她可是偷偷翻过好几次论坛里评比校花的帖子,还非常心机地注册了好几个小号给自己投票,那都是黑历史了。

幸好上课的过程挺顺利,梁挽挽本就是聪明人,脑子转得快,上来先给她们画了张大饼:学芭蕾可以提升气质,告别虎背熊腰,从此让男神青睐、让老板器重等等。然后,她挑了几个简单又优美的动作,展示

第四章 / 失策的再遇

一遍,成功收获数道惊叹声。女员工们那点嫉妒的小心思烟消云散,剩下的只有"我如何能和她一样优秀"之类的想法。

梁挽挽性格率真,说话跳脱,三个小时的课上得异常顺利,直到结束,女孩们还没走,依依不舍地要了她的联系方式,约定周三还要多叫几个同事一起来听课。

她笑着说好,拎起包包,去洗手间换衣服。

隔间有个姑娘在给闺密打电话,语气轻松俏皮:"我最近都加班,你不用约我了……我打探过了,工作日晚上九点半,在一楼大厅可以偶遇顶级美男……这怎么能算春秋大梦呢?上回有个客服中心的还搭了总裁的顺风车呢。"

梁挽挽穿外套的手一顿,感叹世风日下,原来电视剧里那些人妄图"麻雀变凤凰"的情节是真实存在的。想到陆衍,她不免又有些不自在,上回信誓旦旦地说死也不给他打工的场景还历历在目,菩萨保佑,让她千万不要偶遇他!

她出来后,学员们全走了,十五楼空荡荡的,也不知姑娘们是否一窝蜂地去一楼求邂逅了。

梁挽挽看了看表,九点二十七分,时间有点尴尬,她干脆靠在电梯外的墙上,摸出手机玩了会儿游戏,一盘游戏结束后才慢吞吞地按了电梯的下行键。

这栋大楼有五部电梯,两部显示正在维修,正常运行的三部电梯中,其中两部分别为单双层停靠,还有一部在最左边,上头只有一个停靠数字——76,估计又是无耻的资本家想出来的总裁专属电梯。

意外的是,偏偏是这一部电梯在十五楼停了,里头还站了个熟人——林慧珊。见到梁挽挽,林慧珊微笑着跟她打招呼:"梁小姐。"

梁挽挽很诧异:"林经理,这么巧。"她特地往电梯里头瞄了一眼,确定没有旁人后才施施然走进去。发现控制面板上全暗,她也没多想,很自然地往"1"摁去。

下一秒，有只手快她一步摁了"76"，电梯顺势上行。林慧珊语带歉意："耽搁你一会儿，我突然想起来有份文件落在陆总办公室了。"

梁挽挽张了张嘴，隐约觉得有些古怪，可对方的神色太坦荡了，坦荡到她没敢往诡异的方向去猜测。

因为不熟，两人在电梯里也没有过多交谈。

快到七十楼时，梁挽挽右眼皮狂跳，忍不住问："你们老板九点半走了吧？"

林慧珊侧过头，意味深长地看了她一眼："通常来说，是的。"

这六个字炸得梁挽挽措手不及，她就算再后知后觉也意识到了事情不对劲。

下一刻，金属门朝两侧打开，外头站着一位风度翩翩的贵公子，不是陆衍又是谁？

林慧珊一边顶着梁挽挽足以杀人的视线往外走，一边和顶头上司说话："陆总，我东西落下了。"

陆衍点头："去拿吧，记得锁门。"

演什么戏！梁挽挽磨了磨后槽牙，疯狂按着关门键。

电梯门开始关了，但合拢的前一秒门中间多了只白皙的手，自动感应防夹系统随即启动，电梯门再度敞开。两人面对面站着，气氛剑拔弩张。

"您先请吧。"梁挽挽抬脚想出去，大不了这一趟让给他，她再等等也无所谓。

陆衍面无表情地道："谢谢。"他静静站着，单手插在裤袋里，脸上的神色看起来一点波澜都没有。

梁挽挽经过他身侧时，他眨了下眼，突然一把拉住少女的手腕，把她往怀里一带。

一切发生得太快，等到梁挽挽反应过来时，人已经被他压在了轿厢壁上，清冽的气息混着肆无忌惮的侵略感，在她耳边弥散。

"瞧瞧，这是谁？"他低笑一声，半晌又低下头，直勾勾地盯着她

第四章 / 失策的再遇

的眼睛,"啊,原来是宁可去死都不愿意给我打工的挽挽。"

他刻意压低了嗓音,恶劣地调侃她,惹得她颈侧的皮肤都起了鸡皮疙瘩。梁挽挽的双手又被反剪了,这个姿势绝对是她最讨厌的,没有之一。她恼怒地扭着手腕:"放开。"

男人空出一只手,托着她坐上扶手,然后摁了一楼的数字。

两人视线平齐,他嘴角勾着的笑轻佻极了:"我们现在有两分钟时间不受打扰,做点什么好呢?"

梁挽挽头皮发麻,下意识地看向顶上,那里空空的,并没有监控。

两分钟,不过短短的一百二十秒,稍纵即逝。然而对于此刻的梁挽挽来说,每一秒都是煎熬。她简直像个毫无抵抗能力的小女孩,被男人半强迫地压着坐在轿厢里的扶手上,而他就站在她面前,和她隔了不到五厘米。

两人几乎是鼻尖对着鼻尖,陆衍呼出的温热气息如余火,一点一点烧到她脸上,烧得她连眼周都是燥意。

梁挽挽活到二十岁从没有和异性这样亲近过,浑身上下都写满了不自在,想要别过头去,偏偏下巴被他捏着,被逼着和他对视。她不得不微仰着头,看着他漆黑的眼睛,里面酝酿着她看不懂的情绪。

"哑巴了?"他轻笑道,"之前不还挺猖狂的?"

近距离听着,他的嗓音比平时还暗哑几分。梁挽挽已经没法控制脸上的燥热了,她现在不用照镜子都知道自己是什么模样。可她明明有万千种叫嚣反击的方式,却始终不敢说话,只怕一开口嘴唇就会碰到什么不该碰的东西。羞愤之下,没有他法,她只能紧抿着嘴,努力给他一个饱含杀气的眼神。

陆衍微微侧着头,也在看她。总是一点就着的小辣椒破天荒安静下来的时候还挺养眼的,尤其是凑近了看,小姑娘欺霜赛雪的皮肤早被红霞染透,盈盈大眼里酝酿着的怒火与其说是威胁,倒不如说是嗔怒和撒娇。

他品出了乐趣,松开她小巧的下巴,指腹暧昧地摩挲着她泛着红晕的眼尾,那触感比奶油还甜腻,又比棉花更轻柔,真有意思。

他舔了舔嘴唇,想起她在舞台上散着长发回头勾手指的样子,把她绑马尾的发圈取了下来。

青丝如瀑布般落下,衬得那张小脸更娇柔了。她真是个奇怪的女孩,性子那么野,却长了张古典柔美的脸。陆少爷这会儿还没意识到,这种矛盾感带来的新奇吸引力,正悄无声息地蚕食着他的心。

电梯已经下行到五十楼,梁挽挽垂着头不看他,余光一直盯着控制面板,只恨速度不能再快一些。没想到下一秒,这个人更放肆了。梁挽挽感到下嘴唇被他的拇指重重地揩了一下,她脑子里的火"轰"的一下全着了。她压根没考虑后果,咬着牙朝后仰了仰头,然后脑门朝前重重地撞了过去。她也不知道撞到哪里了,只听到男人隐忍地"嘶"了一声。

好消息是她重获了自由,瞬间大挪移,站到离他最远的角落里去,恨恨地道:"你还要不要脸?"

陆衍没吭声,捂着鼻子,拧着好看的眉,半晌,慢慢松开了手。他直挺又脆弱的鼻梁遭了殃,殷红的血从人中流到嘴角。他的五官其实偏阴柔,这副流血的样子,看上去还真像古言里受了内伤跌落山崖的男主。啊呸!顶多是男配!

梁挽挽可不会同情他,指着他的鼻子冷冷地道:"你这种动不动就占女孩子便宜的人渣,在电视剧里绝对活不过三集。"

陆衍擦了一下血,嗤笑道:"那也要得手了再死。"

梁挽挽不想和变态废话了,专心数着黑色液晶长屏上跳动的数字。

15、14、13、12、11……到十楼的时候,电梯突然毫无征兆地停了一下,外头还隐约有重物撞击的声音。两人对视一秒,心中同时涌起不祥的预感。

陆衍皱眉:"你不要……"

他想告诉她,不要直着膝盖站,可惜话还没说完,轿厢就开始剧烈抖动。门两侧的间隙里全是巨大摩擦力带来的火光,尖锐又可怕的嘶鸣声充斥着耳膜。

第四章 / 失策的再遇

猝不及防的失重感把她整颗心脏都提起来了,梁挽挽根本来不及反应就摔倒了。她惊恐地感觉到自己正和这个轿厢一起垂直坠落,整个人彻底蒙了,又突然被一股大力拽了起来。

"不想活就继续发呆。"陆衍沉声道,身体紧贴着轿厢壁,迅速从下往上按楼层号,现在只能祈祷或许在某一楼还能停下来。

可惜老天爷并不打算放过他们,厄运一重接一重,顶板和电线开始松动,眼看快要掉落了。陆衍没辙了,再也顾不得其他,将小姑娘搂入怀里,单手托着她的臀,让她双腿离地,全靠在自己身上。

他粗粗估算了下最惨烈的状况,身体紧绷着,可面上还是没心没肺的,轻笑道:"我说,我要是挂了,你不会放鞭炮庆祝吧?"

梁挽挽在他怀里尖叫:"闭嘴吧你!都死到临头了。"

轿厢坠落到了一楼,巨大的冲击力使得两个人都摔在了地上。顶板摇摇欲坠,眼看着要全塌下来了。陆衍叹了一声,俯身过去替她挡住,重物落下的那一刻,背部的剧痛逼得他喉头腥甜,差点以为自己要吐血。

"你还好吗?"梁挽挽惊魂未定,被他压在身下,也不知道具体情况,尝试着从他肩头越过去,搬开顶板。

顶板有点沉,她这个姿势挪不开,干脆抵着他的肩膀,想和他一块坐起身。

陆衍闷哼:"别动。"他瞥了眼惊弓之鸟般的少女,慢吞吞地道,"我手臂应该废了。"

"啊?"

"你先钻出来。"他眯着眼,用尚且完好的左臂给她撑出点空间。

"好。"梁挽挽小心翼翼地朝外挪,出来后伸腿蹬掉乱七八糟的电线,弯腰把他背上的半块棚顶搬开。

陆衍艰难地翻了个身,左手撑地,然后单腿屈膝靠坐在轿厢壁旁。疼痛让那张漂亮的面孔失了血色,额上的黑发被汗水浸湿,连眼睛里都隐约含了层水雾。

挽挽
似月

梁挽挽见不得别人因她受伤，愧疚感快要爆棚了，赶忙凑过去道："我扶你起来？"

陆衍点点头，站起来后稍微活动了下身体，确定别处未受伤后，走到门边。万幸的是电梯门没变形，他尝试着掰了一下，缝隙扩大了几厘米。梁挽挽见他独臂掰门很费劲，也过去帮忙。

两人齐心协力，拉开了一个三十厘米左右宽的通道。他们一前一后钻出去，讽刺的是外头提示"正在维修"的黄色警示牌早就不见了，这起事故也不知是人为还是意外，总感觉有些蹊跷。

陆衍环顾四周，若有所思。

梁挽挽埋头正准备打120，还没接通手机就被他抽走，她颇不认同地看着他："我认为你需要急救。"

"你智商下线了吗？"陆少爷瞬间恢复毒舌本性，冷冷地道，"等救护车来的时间，足够你带我去附近的医院了。"

这么说也有道理，梁大美人摸了摸口袋，尴尬地道："我没开车。"

陆衍懒得看她了，兀自从安全通道朝下走。梁挽挽跟在后头，走到地下二楼，见他没有停步，反而往人防通道里拐去，不由得好奇道："这栋楼最低的不是负二楼吗？"

"不是。"他推开尽头一扇不起眼的小门，又往下走了一段阶梯。

眼前出现了像银行金库里才有的那种厚重的圆形防盗门，陆衍输了密码，回头冲少女挑了下眉："挽挽帮帮我吧？"

梁挽挽云里雾里的，还是依言帮他转动硕大的金属六角把手。

"咔嗒"一声响，门自动开启。陆衍走进去，感应灯顺着他的脚步一盏接一盏亮起，很快将八百平方米的空间照得亮如白昼。

梁挽挽惊讶地捂住了嘴，其实她很少失态，她毕竟是戈婉茹的女儿，什么好东西没见过？可她还真是头一回看到有人能这么烧钱，全世界最出名的限量款跑车几乎全在这儿了。她看到了柯尼塞格，看到了布加迪威龙，甚至还有迈伦凯F1，随便哪一辆开出去都能惊爆路人的眼球。

第四章 / 失策的再遇

"宾利今天我让司机开回去了。"陆衍随手从门边的柜子里取了个糖果罐子出来,递到她面前,懒洋洋地道,"你就在这儿挑一辆吧。"

梁挽挽瞅了眼里头花花绿绿的一大把车钥匙,沉默片刻后,抬头道:"说真的,你不显摆会死吗?"

陆衍先是一愣,然后笑得弯下腰去,肩膀都在抖。后来因为动作实在有点大,扯到了伤口,他才收敛,靠着最近的一辆法拉利,得意地道:"可能会死,但这让我快乐。"

无奈天不遂人愿,三十分钟后,陆少爷便快乐不起来了。

急诊科医生是个四十来岁的中年男子,冷漠地看着 X 光片道:"右边肩胛骨脱臼了,先给你复位,你一个大男人没必要打麻药了吧。"

陆衍不以为然地道:"不用,您随意。"

他以为没多疼,可没料到这医生手法之粗鲁、力道之诡异,简直令人叹为观止。对方就连基本的心理准备时间都没给他,说完就是"咔咔"两下。

梁挽挽看着他双眼赤红一声不吭,默默咽了口口水,问道:"疼吗?"

陆衍微笑:"还好。"

医生仔细摸了摸他骨头的位置,遗憾道:"还差一点。"说着,他以迅雷不及掩耳之势反手又是一下。

陆衍心道:我真是醉了。

他面色阴沉地站起来,却被梁挽挽按住,硬生生地坐了回去。少女娇娇软软地恳请道:"也请您帮忙看看他的鼻子吧。"

医生颔首,拿着医用手电筒照了照,嫌弃地道:"你鼻梁骨错位了,怎么走路的?脸朝下摔的吗?这个我现在弄不了,你明天来看门诊。"

梁挽挽这下没忍住,笑出声来。

陆衍阴恻恻地盯着她,用口型示意:你做的好事,秋后算账。

这一通折腾完后,时间已过十一点。梁挽挽把车开出来,无意间瞥了眼液晶电子表,急道:"完蛋了,我寝室门禁过了!"

舞院先前有一阵子风气不太好,女学生们夜不归宿的事件层出不穷。后来校领导下了最后通牒,晚上十点半查寝,谁不在,谁的名字第二天就会出现在公示板上。

陆衍坐在副驾驶座上,嗤笑道:"多大的人了,还每天乖乖回寝室睡?"

梁挽挽对他怒目而视:"我没你那么混。"

"我怎么混了?"他垂着右手臂,瞥了眼脚垫上的冰袋,懒洋洋地道,"你晚上还得帮我冰敷,忘了医生说的话了吗?"

梁挽挽反唇相讥:"你自己不能敷啊?真以为你是杨过,断了一条手臂吗?"

陆衍突然笑了,手伸过去压着她的后脑勺,笑得满是邪气:"是啊,姑姑,你就当发发善心,照顾照顾过儿吧。"

那声"姑姑"成功掐断了梁挽挽的思考,她盯着陡然凑近的俊颜,紧张地眨了眨眼。

陆衍还嫌不够,恶劣地拉了下她的头发:"如果不行,我就要拿出你签的契约,行使我作为恩人的权利了。"

梁挽挽戒备地盯着他:"你想怎么样?"

"不怎么样。"他眯起眼,勾了勾嘴角,"我右手使不上力,最近加班时得有个丫鬟'红袖添香'啊。"

第五章
猫捉老鼠

　　陆少爷骨子里还是骄傲自负的，临城圈子里的公子哥们，哪个不唯他马首是瞻？他平日里肆意妄为惯了，感兴趣的事不多，收集跑车算一件，游戏人间追寻刺激勉强算另一件。至于对女孩子，他还真没花过什么心思。这大概是所有长得好看男人的通病，前赴后继倒贴他的姑娘太多了，他自然就觉得腻味。

　　但是梁挽挽出现了，当他莫名其妙地总是梦见这姑娘，突然就对她起了点兴致。他可不会委屈自己，既然感兴趣，那圈在身边多放一阵子也未尝不可。

　　当然，陆衍本人压根不认为这是动心的征兆。在他看来，时不时逗一逗这位脾气暴躁的小姑娘，就和逗弄老宅里那只金贵的虎猫一样，两者并没有什么区别。

　　这种逗法其实相当致命，要搁"傻白甜"姑娘身上，对方可能就一头栽下去了，结果就是万劫不复。幸好梁挽挽是见过大场面的人，面对陆衍的盛世美颜，内心也没有太大的波动。主要是因为她家里优质的美人太多了，她母亲堪称国色天香，便宜哥哥池瑜尽管欠揍了点，但那张脸还是无可挑剔的。

　　因此，梁挽挽连装装样子考虑两秒的机会都没给他，直接拒绝了："我学的是跳舞，在公事上给不了你帮助。"说罢，她转过头，想重新发动车子，

挽挽
似月

谁知道发尾还缠在男人修长的手指间，动作间扯到了头皮，有些疼。

"你干吗啊？"她愤怒地拍掉他的手，"不要以为你受伤了我就不敢再打你了。"

"打啊，随便打。"男人语气懒洋洋的，听上去有点困，"反正我手臂废了、鼻骨歪了，不怕再多点伤。"

梁挽挽不吭声了，心虚地扫了他一眼。

月光透过玻璃窗照进来，他流畅的侧脸线条一览无遗，下巴的血迹未清理，鼻梁最高的那处肿了一块，看上去有些狼狈。视线再往下，他没受伤的左手虚扶着右臂，似是怕扯到痛处，他整个背都没靠上椅背，坐姿也异常别扭。

这一切的罪魁祸首好像就是她，梁挽挽的愧疚就和慢慢被水浸透的干瘪海绵一般，一点点膨胀开来。她不是没心没肺的人，当然知道他为她挡顶板的时候有多痛，也明白要不是为了护住她，他完全可以全身而退。

恍惚间，耳边又传来他凉薄的声音："气温就五摄氏度，你能不能先把空调开了再发呆？"

梁挽挽意外地没顶嘴，相当听话地打开了热风，垂着脑袋指了指冰袋："我还是找个地方帮你冰敷吧？"

"行吧。"陆少爷掀了掀眼皮，打了个哈欠，"那就开间房好了。"

他的语气相当自然，说开房就和讨论天气似的。

梁挽挽张了张嘴，一个字都没憋出来，脸上青一阵白一阵。苍天可鉴，虽然她经常和戈婉茹对着干，可在私生活上是一点都不叛逆的，在这荷尔蒙泛滥的年纪，她活得简直像个尼姑。现下孤男寡女的，她是实在不想和这位轻佻危险的公子哥共处一室。

陆衍怎么会不知道她在挣扎什么，也不点破，解了安全带，左肩靠着椅背，眼睛半阖，大有一副陪她耗到地老天荒的架势。

良久，小姑娘开口了："我没带身份证，你也没带吧？"

听出她的语气充满希冀，陆少爷笑了："有些小旅馆不登记也行啊。"

第五章 / 猫捉老鼠

梁挽挽被那双黑漆漆的眼睛看得心烦意乱，正要发作，却听到他的语气陡然缠绵起来："你在怕什么？怕你自己把持不住？"

她抬头下意识地反驳："我才不会！"

跑车内空间狭隘，因为他的刻意靠近，梁挽挽周围的温度猛地上升，仿佛烧了把火。

两人停车的位置是医院停车场出口外的过道，来来往往的路人挺多，其中有不少人路过时慢下脚步，朝车内投来好奇的目光。

陆衍没兴趣被当成展览品观看，放低座椅，把外套往脸上一盖："你随便找个隐蔽的地方，我先睡会儿。"

梁挽挽对附近不是很熟，又问了他两句该去哪儿，可那人像是睡死了，不理她。她没辙了，转来转去好几圈，最后来到一个废弃工地。

一片烂尾楼，对面不伦不类地造了个绿岛公园，然而看起来也像是久未打理，安静得可怕。梁挽挽熄了火，轻轻推了推他："喂，到了。"

陆衍一动不动，脸被外套遮着，也不知听到了没，她于是提高音量喊道："陆……"

"我还没聋。"隔着层衣服，陆衍的声音模模糊糊的，他扯开外套，眼睛却还没睁开，"你弄吧，别听医生的折腾一个小时，冰敷三十分钟就差不多了。"

梁挽挽心中百转千回，犹豫了好一阵子，才鼓起勇气去解他的扣子，无奈手指有点哆嗦，不听使唤。他睁开眼看了她一眼："你抖什么？"

她红着脸恼怒地道："换你你不抖？"

听到她反问，陆少爷竟然异常认真地思忖片刻，然后勾起嘴角道："如果对象是挽挽的话，我应该会解得很麻利。"

梁挽挽深吸了口气，忍住想暴打他一顿的冲动，迅速拉开了他的衣襟。

年轻的男人毫不戒备地躺着，睫毛浓密，又长又翘，五官精致，半边衬衫敞开，裸露的右边肩膀有着漂亮的肌肉线条。梁挽挽眼皮一跳，不敢多看，粗鲁地拿起冰袋，按在他红肿的肩胛骨上。

陆衍倒是哼都没哼一声,甚至还空出一只手慢吞吞地回邮件。他进入工作模式时相当专注,卸下往常那副吊儿郎当的样子,半分注意力都不肯给旁人。

梁挽挽乐得清闲,一手摁着冰袋,一手掏出手机看小说。她最近正在追一篇连载文,剧情跌宕起伏,狗血得别出新意,出乎意料地好看。她看得全神贯注,没留心他的动静,直到耳根处痒痒的,才发现他不知不觉又靠了过来,连冰袋都错位了。

梁挽挽怒道:"姓陆的,你知不知道隐私两个字怎么写?"

陆衍指着屏幕,似笑非笑地道:"这男主,喜欢的女人跑了,还有工夫买醉。"

梁挽挽没好气地翻了个白眼:"你懂个头!人家是霸道总裁,有自己的格调。"

"是吗?"他笑了笑,丢开冰袋,单手慢条斯理地系上扣子,漫不经心地道,"既然这样,那打断腿,就不会跑了。"

梁挽挽顿觉毛骨悚然。

他歪着头眨眨眼:"你不会跑吧?"

"神经病。"心脏重重地跳了一下,梁挽挽迅速发动车子,踩下油门,只想赶紧回学校,摆脱这个变态。

深夜的马路上空荡荡的,一路畅通无阻,连红绿灯都格外体贴。

不到半小时,梁挽挽送他到了公司,连声"再见"都不想说,跳下车就要走,谁料副驾驶座的车门也开了,陆衍跟了下来。

也是见了鬼,不知道这个男人是学了擒拿术还是别的什么,她两只手都打不过人家独臂侠,又被他摁在了车前盖上。梁挽挽气得七窍生烟:"陆衍!我是你的女奴吗?"

他舔了舔嘴唇,好整以暇地欣赏了一会儿她红霞遍布、美得惊人的小脸,然后俯下身,贴着她的耳朵亲昵地道:"你先学着做做助理吧。"

梁挽挽奋力挣扎:"我不要,你是不是有病?非缠着我干吗?"

陆衍还在笑，只是多情的眼里覆上了一层冰霜："你写给我的欠条只是做戏的？我让你这阵子晚上帮我整理文件影印资料，委屈你了？"

梁挽挽僵住。

陆衍面无表情地松开她："林慧珊下周出国考察，白天有别的秘书顶替她，下班后我可不想差遣其他员工。"言下之意，他是个体贴的好老板。

梁挽挽垂着脑袋，心里天人交战，一边是"言出必行、欠债还钱"的基本准则，一边是慌乱无措的逃避心理。良久，她小声地道："我还有一个要求。"

陆少爷没耐心了："你放心，工作时间，我不会混账到调戏女下属。"

"不是。"她尴尬地摸了摸鼻子，心一横，咬牙道，"加班费怎么算啊？"

陆衍愣了两秒，然后就笑出了声："你想要什么我都给。"

大半夜的打车实在不安全，陆少爷提出暂时把车借她时她选择了恭敬不如从命，便开着那辆火红色的法拉利回了学校。怎么说他也是顶头上司了，那么多跑车，借一辆给助理开一下也不为过吧。

梁挽挽把车停在南区就回了宿舍，等到收拾完毕、可以睡觉的时候，已经过了凌晨两点，她洗完澡后只觉口干舌燥，猛灌了两杯水。当时没多想，第二天早上起来后，才惊觉病来如山倒，她竟然连下床的力气都没了。

这状态根本不可能再去上"魔女祝"的集训课了，梁挽挽选择放弃，凄凄惨惨地躺在床上，打电话让白娴给自己请了假，又请她上完课带点饭过来。

整个上午，她睡得昏昏沉沉的，快十一点时，手机铃声响个不停。

她闭着眼不想理会，艰难地翻个身，把头埋到枕头下面。没想到对方不依不饶，硬是展开了追魂夺命Call（打电话）的手段，她被逼得没法子，只得拿起手机接通："喂？"

少年冷冽的嗓音堪比二月冰霜："你昨晚夜不归宿？"

挽挽
似月

听到这讨人厌的声音,梁挽挽感觉自己的病情又加重了几分,有气无力地道:"你是不是在我身边安排了眼线啊?"

电话那头清静了,唯有浅浅的呼吸声。

她嗓子干得要命:"没事别烦我了,求求你了,好哥哥。"

对方顿了一下,迟疑地道:"你生病了?"

梁挽挽皱着眉道:"关你什么事?"说完这句,她直接挂断了电话。

没想到电话挂断后,池瑜还不肯放过她,消息接连不断地轰炸过来:"你下来,我在你寝室楼下。"

梁挽挽其实就比池瑜小了三个月而已,不过因为是重组家庭,在戈婉茹的耳提面命之下,才勉勉强强喊他一声"哥哥"。

池瑜十五岁时跳了两级,梁挽挽念高一的时候,他已经在准备高考了。他生性冷漠,从小天资卓绝,唯独和生母感情相当深厚。

而池明朗在丧妻三个月后就找到新欢这件事给他造成的阴影相当大,哪怕他明知道父亲并没有婚内出轨,对戈婉茹母女的印象却仍然差到了极点。

梁挽挽还记得第一次和他见面的情景,在琴声悠扬的西餐厅里,少年坐在她对面,切着名贵的黑松露牛排,眼睛里满是不加掩饰的鄙夷和敌意。她碍于面子没发作,去洗手间时又撞到了故意来找碴的他。难以想象,学富五车的人一张嘴,吐出来的竟然全是恶毒的暗讽。

她这个暴脾气怎么可能忍得下去,当时就脱了鞋,痛痛快快地往他身上砸。他先是一愣,然后很快反击,只是为了保持风度不好意思对女孩子下手太狠,被她抓出了好几道血痕。

两个人打得难解难分,到后来还是池明朗过来劝的架。池大老板是这样对池瑜说的:"以后她是你妹妹,你只能护着她,不可以欺负她。"

而池瑜的回答是他活了十五年来说的第一句脏话。

自此,两人的梁子便结下了,在家里时,能动手绝不废话,能吵架

第五章 / 猫捉老鼠

绝不忍气吞声。

后来他去了Z大念书，战火暂时停歇。也不知道是不是讨厌极了她，他五一假、国庆假从不回家，甚至暑假都在学校参加竞赛、搞科研。

梁挽挽一度遗忘了这个便宜哥哥，直到他春节逼不得已回老宅。两人再见面时，他自持大学生身份，不屑于和她周旋，眼高于顶，改用下巴看人。总之，在梁挽挽去舞院之前，两兄妹的关系一直是冰冻状态。

真正打破僵局的是高中毕业后的某一天，她头一回去参加舞蹈比赛，盛装打扮，和少年擦肩而过时没留意，不小心撞到了他，自己重心不稳从楼梯上滚了下来。膝盖骨撕心裂肺地疼，她一直抓着他的领子，哭着喊着"以后不能跳舞了怎么办""都怪你走路不长眼"。

他破天荒地没有反唇相讥，而且那天实在是运气不好，家里没人，司机又请假了，就连的士都没有一辆是空的，他额上全是汗，只能抱起她往医院跑。

跑了整整两个街区，他一声不吭，也没说任何安慰的话，任由少女的泪水沾湿他的衣襟。最后到了骨科，他缠着医生一遍一遍地重复道："她是学舞的，腿不能有事。"

她的腿被诊断为膝盖韧带拉伤，可能是老天眷顾吧，也没留下什么后遗症。那场比赛她当然是参加不了了，不过事后她还是检讨了一下自己。打探到池瑜的生日后，她买了个蛋糕，既是为了赔罪，也是为了致谢。

结果呢？他在外面和同学吃饭庆生，喝了点酒，回来后看到她买的蛋糕，顿时表情复杂，眼睛赤红，盯着她冷冷地道："何必惺惺作态。"

那句话差点把她气得当场去世，那天之后，梁挽挽便再没和他说过一句好话。仔细想想，前两个礼拜戈婉茹把她的生活费全没收后，池瑜过来找她的那次似乎是他们久违的见面了。

回忆一开始就很难结束，梁挽挽躺在床上，呆呆地看着十五分钟前他发来的消息，叹了口气，忍着浑身不适下楼去了。

池瑜穿着黑色大衣，站在女生宿舍楼下，皮肤白皙，眼尾狭长，这

挽挽
似月

长相绝对能入选清冷系美男的TOP3(前三)。有女孩子刻意来来回回地在他身边走,他一点也没留意,只是低头翻着手机。

梁挽挽极其怕冷,裹了两层厚厚的睡袍,跟头熊似的,小脸埋在围巾里,嗓音沙哑地道:"你是来看我死了没?"

"你死不了。"他抬起头,淡淡地道,"祸害遗千年。"

梁挽挽用力捶了两下胸口:"池瑜,求求你做个人好吗?我病成这样,你还敢乱说话。"

他还是一点愧疚都没有:"我这是夸你长寿。"

梁挽挽注意到他手里的袋子,里头全是感冒药,不由得怒从中来:"你是不是很早就在咒我生病了?"

"我刚买的。"池瑜冷笑一声,"你这种没心没肺的人,不晾我十五分钟怎么肯下来。"

听听!这就是她名义上的哥哥!不开口则已,一旦开口,威力之大足以令人暴毙!

梁挽挽真心倦了,伸手接过他的袋子,摆了摆手道:"谢谢,药我拿走了,你放心走吧。"

他却没有离开的意思,插着口袋,黑玛瑙一般漂亮的眼睛盯了她片刻:"公告栏上夜不归宿的名单里有你。"

梁挽挽顿觉头疼,叹了口气道:"就算是我妈派你来监督我的,你也没必要这样吧?我都二十岁了,就不能有点私生活?"

他定定地看着她:"什么时候交的男朋友?"

这种对犯人式的审问让梁挽挽非常不自在,恍惚间,她感觉自己回到了被戈婉茹操控人生的日子。她垂着头,缓慢又坚定地道:"你别管,行吗?反正不干你的事儿。咱俩还是保持原来的那种关系,你懂的吧?你突然这样,我不习惯。"

她一直盯着自己的鞋面,半天没有等到他的回答,再抬头时那人已经走了。她长长地舒了一口气,转身回了寝室。

第五章 / 猫捉老鼠

这一病就是将近两天，她去了医务室，打了点滴、喝了好几壶温开水才缓过来。幸好陆氏集团那边安排的是周一、周三、周五的课，她周二休息了一整天，等到周三精神好点，就开着陆衍的车过去了。

自从周一折腾到半夜后，接下来的日子陆衍再没找过她。梁挽挽不由得想，是不是这个变态有间歇性失忆症，忘了让她做助理的事，如果真是这样，那可就太好了。

怀着这种愉悦的心情，她在培训课上全程带笑，还颇有兴致地给学员们表演了经典的《黑天鹅》三十二圈挥鞭转，出了一身汗后感觉身体又轻松了点。

宣布下课后，她照旧来到休闲区自带的卫浴间洗澡换衣服。外头很快围了一群年轻姑娘，大概是约好了要去KTV，这会儿都在镜子前补妆。

于是，卫浴间就变成了万恶的八卦中心。梁挽挽万分不愿意再听到任何有关陆衍的消息，可惜哪怕她能捂住自己的耳朵，也堵不住那些"叽叽喳喳"的兴奋议论声。

"你们听说没？陆总两天没来上班了。"

"这事儿我知道，老黄开车送他去的医院，好像是鼻子受伤没及时处理，感染了细菌之类的，一直在发高烧。"

"不是吧！那么帅的一张脸，不会毁容吧？"

"你就关心这个，外貌协会的吧？没救了你。"

后面的交谈夹杂着笑声，慢慢听不见了，是姑娘们走了。

梁挽挽关掉花洒的水，拿浴巾擦干身体，擦着擦着，她怔住了。陆衍鼻梁骨错位是她的手笔，当时确实流了很多血，但是说到高烧不止，有那么惨烈吗？她宁可相信是那些女孩子说得太过夸张。

梁挽挽收拾好东西，在电梯边上迟疑片刻，想着得把车钥匙送去他办公室，又担心门锁了。她心神不宁，按错了楼层，坐到了一楼，然后茫然地跟着里头刚加完班的员工走出了大楼。

冷风一吹，她才清醒过来，烦躁地抓了下头发，还是挨不过良心的谴责，决定破罐子破摔，拨了陆衍的号码。

"嘟嘟"声很快响起，七八声后，传来"您拨打的电话无人应答"的机械女声。她也分不清是失落还是焦虑，想再打一个，又觉得自己太神经质了，最后一个人坐在外头的长椅上思考人生。

没过多久，手机屏幕亮了起来，"小变态"三个字在上面跳动，显得异常喜感。她犹豫片刻，接通了。

对方没等她说话就是一阵咳嗽，咳完后才慢慢开口问："你是来打探我死了没？"

这台词为何如此熟悉？仿佛三天前她才对便宜哥哥说过。原来，不知不觉间，她已经和池瑜一样没人性了吗？梁挽挽抖了抖，贴着听筒小声道："那你死了没？"

他在那头嗤笑道："祸害遗千年，听过没？"

梁挽挽心想：好家伙，把我原本想好的几句慰问全给打消了。

陆衍又咳了几声，听上去有点虚弱，语气却仍旧轻佻："我马上就到公司了，你要是想等我就待在那儿等我。"

她皱了皱鼻子："我想个锤子。"说完飞快挂断了电话。

陆衍听上去好像状况还可以，那就不用她多操心了。梁挽挽看了眼手中的法拉利钥匙，钥匙圈扣在指尖转了转，心想，无所谓了，后天再还他也行。

她转身回去，准备去地下车库取车返校。电梯门打开时，竟然又看到了一个熟人。不，是她仇人排行榜的第二位，恨不能挫骨扬灰的那个人！

那人戴着黑框眼镜，一张瘦削的脸，还有干巴巴的萝卜条身材，不正是之前来取手表的那个混账吗？

新仇旧恨顿时全搅到了一起，梁挽挽指着他的鼻子，气势汹汹地嚷道："辛苦费先生！你可真让我好找！"

"什、什么？"冷静睿智的范特助惊得倒退一步，手中的文件全掉了。

范尼当然认得这位漂亮的小姑娘，甚至还能清楚地想起来当初她在咖啡厅摘掉墨镜和兜帽的情景。可他想不明白的是，为什么她又阴魂不散地出现在了自己眼前。还了手表拿了辛苦费不够，还想来痴缠陆总吗？

范特助脑回路清奇，立刻把眼前的少女归为了重点盯防人物。他捡起掉落的资料，侧着身子想从她刻意挡住的电梯出口挤出去。

梁挽挽脚一抬，非常恶霸地抵住了电梯门。她眉眼含笑，语气却异常冷冽："辛苦费先生，我现在要问你几个问题，麻烦回答一下。"

范尼推了推眼镜，默不作声。少女微眯着眼，下巴的线条因为愤怒和兴奋紧绷起来，一手握拳垂在腿侧，一副蓄势待发的模样。他毫不怀疑，如果一会儿自己没说真话，一定会得到她一爪或一拳。不过，范特助好歹是见过大风大浪的人，微微一笑，四两拨千斤地道："如果是要问手表的事，抱歉，无可奉告。"

梁挽挽磨了磨后槽牙，深吸一口气，视线扫到他的工牌，突然一愣。

工牌上写着"总裁办特别助理&高级运营总监 Fanny"。

她皱了下眉："你在这里上班？"

这话问的，果然还是有蹊跷，范尼心里立马有谱了，疏离地道："抱歉，我还有事，先走一步。"

梁挽挽扭了扭脖子，把腿又抬高了些，这下子可是彻彻底底的"腿咚（伸出一条腿，直接搭在对方单肩上）"了。她挑了下眉，用相同的句式回敬他："抱歉，我还没问完，你走不了。"

因为两人僵持着，电梯门迟迟关不上，发出了"滴滴滴"的警告声。

两人沉默两秒，同时开口了。

"你到底要问什么？""手表是谁让你来取的？"

范尼总算听出来不对劲了："你不知道手表是谁的？"他不明白，既然她不知道是谁的，那为什么还眼巴巴地上门来堵人？

"不关你的事。"梁挽挽冷冷地开口，"他让你送钱过来，没说明缘由吗？"

范尼听得云里雾里："没有，他就说给点辛苦费，意思意思……"

挽挽
似月

领口突然被她用力揪住,他瞠目结舌地看着身高同自己相仿的少女。察觉到那双美眸里满是杀气后,他爆发出强烈的求生欲,身子一弓,硬生生挤了出去。

梁挽挽站在电梯里头,脸色阴沉,眼睛一直盯着他。

金属门缓缓合上,范尼松了口气,抬脚转身就看到角落的阴影里有一个熟悉的颀长身影。他走近了些,喊道:"陆总。"

年轻男人鼻梁上贴了块医用纱布,那纯白的颜色衬得他的眼神越发幽深,他捏着打火机,挑了挑眉:"你们在聊什么?"

范尼犹豫片刻,还是老实交代了:"那姑娘就是捡到您手表的人,那会儿您说拾金不昧总得表示表示,我就……"

陆衍抬头:"你就给了她八千块钱当报酬?"

范尼尴尬地道:"给太少了?"那块表价值七位数,随便放到哪个典当行都能当个几十万,这么想想确实有些给少了。

陆衍不语,良久,单手按了下眼角,慢悠悠地开口:"范特助,你觉得她看起来像不像跟我……跟这块表的主人有仇?"

范尼愣了一下,正色道:"感觉就像您上辈子灭了她全家。"

陆衍捂着嘴,咳嗽了好一会儿才道:"你没告诉她表是我的吧?"

"没。"范尼想到那张满是戾气的面孔,不由得咽了口口水,"危险人物以后就让安保拦在外头吧。"

"不用。"

"啊?"

陆衍摁了下电梯按钮,淡淡地道:"她会顶替林秘书一阵子,你早点习惯吧。"

范尼张了张嘴,表情万分精彩,如果情况允许,他真想抱着老板的腿吼一声"皇上三思"。可惜君臣有别,到最后他也只能叹一口气,抱着文件回家加班了。

电梯迅速上行,光可鉴人的面板上映出男人面无表情的脸,他的嘴唇先是轻轻抿着,然后嘴角不受控制地勾起,漂亮的眼睛里透出一种兴致盎然的意味。

她身上到底有多少秘密?陆少爷好像找到了狂欢派对的曼妙替代品,破碎的宝藏地图仿佛就散落在他眼前,只要他耐着性子一片一片地拼起来,就能寻到那最终的惊喜。

他舔了舔嘴角,心里头一回塞满好奇,靠在轿厢壁上给她发消息:"把车还我,现在。"

对方几乎是秒回:"明天吧,我在寝室了。"

他嗤笑一声,直接打了电话,一接通就说:"十分钟前我还在公司一楼看到了你。"

…………

梁挽挽最终还是屈服了,人在屋檐下,不得不低头,眼她下身无分文,还得靠他日结加班费。不就是打印文件、端茶递水吗?忍忍也就过去了。

她做了无数心理建设,在总裁办的门外踱步许久,终于鼓起勇气敲了门:"陆衍。"

里头没动静,她又喊了一声:"陆衍?"

还是没反应,这人怕不是耍她吧?梁挽挽皱着眉,刚想发作,攥在手里的手机突然亮起了屏幕:"喊我什么?"

她忍耐地闭了下眼,缓慢地敲了三下:"陆总,我来报到了。"

等了良久,她才得到男人的一声"嗯",懒洋洋的,又带着点傲慢的意味。

梁挽挽推门而入,然后立马怔在原地。里头没开灯,房间是扇形的,很是宽敞,被全景落地窗环绕。楼层很高,穿西装的男人背对着她,靠着书桌,俯视着楼下的万千灯火。

梁挽挽走过去,把随身带着的运动包放在会客沙发上:"需要我做什么,请您吩咐吧。"

吊顶灯亮起,他转过身,鼻梁上的纱布不见了,看不出什么毁容感

挽挽
似月

染的痕迹,但隐隐泛红,说话也带着很重的鼻音:"没穿正装,扣钱。"

梁挽挽恨不得一巴掌拍死这个装模作样的家伙,伸出去的手指几乎要戳到他脸上,笑得异常扭曲:"下不为例,可以吗?陆总?"

他双手交握,撑在桌上,皮笑肉不笑地道:"那要看一下你今晚有多努力。"他这话配着沉沉的眼神和喑哑的语气,太容易让人浮想联翩。

然而事实证明梁挽挽还是想多了,因为陆衍真的从头到尾都在奴役她,万恶的资本主义在他身上体现得淋漓尽致。她抱着笔记本电脑坐在桌子另一侧,帮他梳理明天的董事会汇报资料,他口述,她负责记录和整理语句。陆衍口述一个小时都不带停的,她打字打得手指都酸了。在他大发慈悲颔首示意结束时,她还得把内容复制粘贴到林慧珊之前准备的PPT模板里。

"行了,你弄完就可以走了。"陆总裁压榨完小员工,便拉开角落里的一扇门,走了进去。

里头是总裁办自带的套房,他自从正式上任后就没怎么睡老宅,多数时候就在公司应付一晚。因此,里头不管是卫浴还是就寝设备,都准备得很完善,就连床垫都参照了肯塔梨落庄园的标准。

梁挽挽没管他去了哪里,安安分分地鼓捣PPT,但她毕竟是艺术生,也没怎么学过office软件,所以动作有点慢。等里面那人洗完澡出来,她才堪堪敲完最后一个句号。

"瞧你这速度慢的,我都怀疑你是故意想留下来了。"陆衍温热的气息散开在她耳畔,梁挽挽反射性地缩了下脖子,侧头看去。

他的头发没擦干,水滴划过眉梢,落到眼睫上。可能是因为还在发低烧,他嘴唇殷红,衬得皮肤更加白皙,显得比中世纪传说中优雅邪恶的吸血鬼更惑人一些,梁挽挽都有点看呆了。

突然,她从他身上闻到一股似有若无的味道,清冽的薄荷味混着檀木香。她犹如被雷劈了一般,脑子里闪过断断续续的画面,昏暗幽深的房间,朦胧皎洁的月光,还有锁骨下那一道细细的伤疤。她突然有了个大胆的假设，他身上会有那道疤吗？

陆衍站在她背后，弯下腰越过她的肩头，视线迅速掠过屏幕，检查她写的材料。看完后，他分神瞥了她一眼，小姑娘好像挺容易害羞的，他一靠近，她就抖个不停。

他扯了扯嘴角："你怕什么？"他本是想故技重施，逗一逗她，没想到少女突然站起身，拖着他的手腕把他往沙发上拽。

措手不及外加身体虚弱，他倒了下去，又努力直起身，单手撑在软垫上，似笑非笑道："你这是要造反？"

她眼神灼热地盯着他的领口，小脸上带着一种即将揭开谜底的兴奋，抬起纤细的手指竖在嘴唇间："嘘，别说话。"随后，她撩开毛衣裙的下摆，分开修长的双腿，跨坐到他的腿上，双手抵着他的胸口，用力把他按下去。

"梁挽挽，你作死是吧？"陆少爷这辈子头一回屈辱地被女孩子压在身下，灿若琉璃的眼里划过诧异和不甘的神色。

少女眉眼娇艳，神情冷漠，骑在他腰腹间，犹如女王降临："闭嘴，现在我要脱掉你的衣服，检查一下身体。"

陆衍是真服了这姑娘，平时稍微凑近点说两句话她耳根都会泛红，哪怕硬撑下来也都是虚张声势，可这会儿不知道受了什么刺激，竟然这么奔放地坐在他腰腹间。

她难道不知道这种姿势是特别容易擦枪走火的吗？而且那双含着暗光的小狐狸眼还定定地盯着他，微凉的手指慌乱地解着他的衬衣扣子……

陆衍突然觉得整个人烫了起来，发着低烧的身体似乎受到了蛊惑，温度一路飙升。他感觉头晕的状况比先前更严重了，这样仰躺着，眼睛直视着吊顶四周的灯光带，脑子里竟然开始胡思乱想起来。想起她穿着红裙扭着腰的模样，想起她在暗夜的舞台上回头笑着勾手指的样子，再联想到她如今就这样贴近他，体温透过裤子熨烫着皮肤。

"别闹了。"他猛地坐起身，牵制住她的手。

梁挽挽顿住，隐约察觉出有什么不对劲，还来不及细想，就被他掐

挽挽
似月

住腰抱到一边。

男人和女人的力气差距本就悬殊，方才陆衍是一时大意才让她得手。如今陆衍可不想让她继续坐在身上了，再坐下去绝对要出事。他按着太阳穴，迅速站起身，胸口还有点燥热。

身后的姑娘不依不饶地扑上来："你让我看一下！"

陆衍差点又要被她缠上，他病体未愈，是真有些吃不消，只能顺势避开，趁她被地毯绊了一下，把她推到书桌上。现在风水轮流转，轮到他在上头了。不得不说，还是这种姿势更能满足陆少爷的喜好。

他站在桌边，微微弯下腰，单手桎梏着少女纤细的腕骨，她挣扎得很厉害。陆衍"啧"了一声，渐渐有些制不住她，干脆拿起放在椅背上的领带，嗓音喑哑地道："坦白说，我没有这方面的癖好，今天为你破例。"

梁挽挽愣了一下，手就被领带绑得结结实实了，涨红了脸道："你变态啊？"

"有你变态？"他单手插着兜，看起来相当惬意，居高临下地睨着她，"我怎么不知道你有霸王硬上弓的喜好呢？"

她没吱声，眼神不甘地落在他领口，恨自己动作不够快，纽扣才解到第三颗。

空气中那点零星的火花总算熄灭了，旖旎氛围也散得七七八八。陆衍俯下身，在她耳边别有深意地拉长声音道："我现在准备松开你，如果你再乱动，我就对你不客气了。"

梁挽挽咬着嘴唇，冷静下来后就有些尴尬了。燥热一点一点从耳根处蔓延开来，她想到自己刚才那么迫不及待地扒他衣服的样子，可不就是个女色魔吗？

没等到她的反应，陆少爷看着躺在桌上偏着头的小姑娘，白玉般的脖颈泛着樱粉色，睫毛轻轻颤动，一副可怜兮兮的样子。他有点怕这是暴风雨前的宁静，主要是少女实在太闹腾了。想了想，他松开手，把领带解开："说吧，刚才发什么疯。"

第五章 / 猫捉老鼠

梁挽挽慢慢坐起身，抬头直视他的眼睛："我问你一个问题，你认真回答我成吗？"

陆衍顿了一下，坐回沙发上，表情似笑非笑："爱过。"

梁挽挽用力咬了下嘴唇，认真地道："你左边的锁骨下边是不是有道疤？"

时间仿佛凝固了两秒，她死死盯着他，不肯错过他面上一丝一毫的变化。

同一时间，她的心跳速率往上狂飙。梁挽挽也不知道自己是怎么了，只要稍微把眼前这张妖孽脸代入那天晚上的男人，她就浑身不自在。

她想过一万种"手刃"仇人的方式，或许是把钱塞到他嘴里，或许是给他的命根子一脚，又或许是指着鼻子骂他自以为是。

但她从没想过，在等待答案的时候她竟会如此紧张。就仿佛被押解到了断头台上，铡刀悬于颈上三寸处，只待他一个回答，马上就要落下。

最终，那把刀还是偏了几分，她听到他用稀松平常的语气说："没有。"

梁挽挽睁大双眼，猛地从桌上跳下来："你说没有就没有吗？"她逼近他，想故技重施。

陆衍拧着眉道："真没有疤。"只有一个文身而已，不过那里刻着他心底最阴暗的记忆，他不想让她看到。

"好好好。"梁挽挽一连说了三个好，在办公室里转了一圈，又踱步回来，"那我问你，我们第一次见面在香舍酒店五楼的渔火对吧？后面两晚你在那里住宿了吧？"

陆衍罕见地陷入迟疑的状态之中，有那么一瞬间，他的记忆竟然出现了短暂的空白，在他非常想要认真地回忆那两天的事情时，竟然什么都记不起来。

在渔火的那晚，他是请几个投资商一起吃饭，然后他连夜去了C市，准备第二天在那里和从北美赶来的客户开重大的接洽会议。再然后呢？再然后就直接跳到了老宅。至于中间两天发生了什么，会议开了没有，他居然完全没有印象。如果说记忆是一盒磁带,那就好像有人刻意把他那两天的事情剪掉了。

他的前额传来剧烈的疼痛感,如利刃从眉间穿过,折磨得他坐立难安。

梁挽挽以为他心虚,冷冷地追问:"你为什么不回答?"

"我不记得了。"如针扎一般的痛楚在他脑子里乱窜,细细密密的,他强忍着不适,抬起头问,"这对你很重要?"

黄色的吊顶灯下,小姑娘依旧惨白着脸,使劲点了点头。

陆衍也没精力去深思这背后的含义,指了指文件柜上用黑色封皮包着的本子,低声道:"那是林慧珊替我做的日程表,你去翻一下。"

梁挽挽立刻拿起本子,翻到十一月的行程,显示,十五号晚上他确实安排了飞机去C市。她歪着头,手指插入发间狠狠捋了一把自己的头发,突然道:"不对,我十六号在香舍酒店的行政酒廊见过你,难道你十五号飞走,十六号又飞回来了?"

陆衍已经听不见少女的自言自语了,尖锐的耳鸣声一阵接一阵响起,就仿佛有什么人在警告他,逼迫他不许记起来。

梁挽挽终于意识到了陆衍的不对劲,他的眼神没了焦距,脸色变得惨白,额前的头发被汗水尽数打湿,这副样子实在古怪。

她心里一惊,在他面前蹲下,这才发现他手背上青筋毕露,像是在承受莫大的痛楚。

"你没事吧?"梁挽挽小声问,"要去医院吗?"

男人没有回应,一动不动,跟具雕像没什么两样。

她颤悠悠地伸出手指,戳了戳他的肩膀:"至于吗?问个问题把你刺激到了?"

下一秒,男人突然放下手,缓缓抬起了头。他的眼神冷冰冰的,完全没了往日轻佻多情的模样,像是变了个人。

梁挽挽看得心悸,一时间怔住了。

陆衍站起身,视线在办公室里扫了一圈,随后看了她一眼,冷冷地道:

"又是你。"

他语速非常慢,话语像是一个字一个字从肺里挤出来的,不带丝毫情绪。

梁挽挽下意识地"啊"了一声。

"别再出现了。"说完这句话,他拉开门,率先走了出去。

梁挽挽盯着他的背影,觉得莫名其妙。半晌,她又觉得生气,追出去喊道:"姓陆的,你凭什么对我召之即来挥之即去啊?明明是你逼着我来做兼职的,你现在什么意思!"

他头也不回地说:"我不是陆衍。"

他不是陆衍?有病吧?梁挽挽恨恨地踹了下门。

她憋着一肚子火下楼,法拉利已经还给陆衍了,没了代步车,在午夜十二点的寒风里,她只能瑟瑟发抖地等的士。

她感冒本就刚好,这会儿冷风一吹,头晕脑热的症状又犯了,真是叫苦不迭。她把这些锅都甩给了陆小变态,要不是他,自己早就在寝室里睡大觉了。

更郁闷的是,她还没揪出那个可能毁了她清白、还拿钱侮辱她的混账是谁。陆衍还是最大嫌疑人,他的不在场证明实在太站不住脚了,而且他洗完澡后的那个味道和她梦里的一模一样。

梁挽挽上了出租车还在细细地串这些线索,想着想着,脑中突然灵光一闪。她不是还有那个神秘人的号码吗?当初糊里糊涂地过完一夜后,对方可是给她留了张纸条。她记得她之前还打了电话过去骂了他一次,只是眼下却记不得那人的声音了。

梁挽挽计上心头,掏出手机迅速拨号。等待的过程中,她的心跳也越来越快。

电话终于接通,她听到了一声有点熟悉的"喂",皱起眉毛道:"辛苦费?"

对方反应过来:"你怎么阴魂不散啊?"

她冷笑一声："这号码不是你的吧？"

范特助呛了一下："你希望是谁的啊？"

梁挽挽无语，挂掉了电话。

她明明就快接近真相了，为何总是有乱七八糟的人或者事出来搅局呢？她无非就是想狠狠教训那人一顿，让他不要那么目中无人、随意侮辱女孩子，难道她错了吗？

梁挽挽心情差到了极点，回寝室后闷头就睡。

第二天早上起来后，她又想起昨夜陆衍毫不留情地斥责她、让她离他远一点的情景，不由得怒从中来，立刻给他发了短信："以后你那便宜秘书的活我不干了，麻烦把这两天的工资结给我。"

这条消息发出去后犹如石沉大海，又过了两天，她都没再和陆衍联系过，也没有得到他的任何回信。

梁挽挽还是照常去陆氏集团上课，姑娘们八卦的声音变得特别小，隐约能听到"总裁缺席董事会议""莫名失踪"等等小道消息。她也懒得探究，安心上课，拿钱走人，就这么简单。

梁挽挽的生活过得有条不紊，直到校庆前夕，十二月十一日，也就是她生日当天，傍晚在礼堂彩排完后，她遇到了许久未见的母亲。

女人穿着一条黑丝绒连衣裙，外罩一件米色羊绒大衣，身材纤细，依旧似二八少女，保养得宜的脸上挂着淡淡的笑容。

在座师生纷纷站起来，惊喜地道："戈教授。"

她优雅又矜贵地点头，随即看向穿着湖蓝色纱裙的女儿，笑意未达眼底："挽挽，跟我走。"

梁挽挽不想在人前驳她面子，沉默地跟着她坐上车。

车窗挡板升起来，隔绝了外界的视线，戈婉茹慢条斯理地让司机下车去抽根烟，后者连忙应了，下车离开。

梁挽挽转头盯着看不到景色的车窗，心不甘情不愿地开口："您怎么来了？"

女人摘下头顶的圆呢帽，用手指梳理了一下自己的长发，温柔地道："今天是你的生日。"

梁挽挽不太适应地扭了扭身子："谢谢，我……"

"啪"的一声响，突如其来的一个耳光打断了她的话，她偏着头，还有点难以置信，脸上火辣辣的。她痛得眼泪差点就要流出来，又硬生生憋回去，回头愤怒地瞪向自己的母亲。

戈婉茹冷笑道："你还有脸瞪我？你在后台跟你室友打架的视频，这个圈子里的人都快传遍了。"她调整了下坐姿，继续道，"我怎么和你说的？你的一举一动，有太多人在盯着，你不要脸面，我还要。"

梁挽挽扯着嘴角道："您这些年要的脸面未免太多了，从老公到女儿，从首饰到包包，不累吗？"

听到这话，女人瞬间被激怒，又扬起手来。

梁挽挽没躲，小时候就连成绩落后在家长会上被老师点名，回家都挨了一顿揍，现在长大了，经历的事情多了，她早就不在乎了。反正，她的母亲一直就跟正常人不一样。

戈婉茹忍了一下，放下手："我今天不教训你，你明天上台领舞好好表现，我会在台下看着你。"

梁挽挽点点头："感谢您的明智，不然我顶着两边巴掌印上台，估计又得给您丢脸了。"

"你什么态度！"

梁挽挽不再回话，抬头看了母亲一眼，女人光滑白皙的皮肤并没有因为扭曲的表情而挤出皱纹来，估计是打了肉毒素吧，连抬头纹都没有。她突然就有了些奇思妙想，觉得眼前的戈婉茹就像个假人，可能被巫婆调包了，用丑恶的灵魂换走了原本真正疼爱她的母亲的灵魂。想着想着，她偷偷笑了起来。

女人仿佛觉得她碍眼，移开了视线："我给你准备了蛋糕，你给同班同学分一分,拍一点照片过来。"

梁挽挽没说什么,拎起礼品盒子就走,头也不回。路过C区门口的垃圾桶时,她把那个包装奢华的生日蛋糕丢了进去,戴上卫衣帽子,低头匆匆往寝室走。

一路上,手机振动个不停,她从口袋里翻出来,随手划着屏幕,发现竟然有不少消息是姓陆的小变态发来的。

"董事会的资料你给我备份了没?"

"居然随便翘班?"

"梁挽挽,我看你是不想要兼职费了。"

要你个头!她现在恨不得把手机砸到地上,再踩上两脚。

快走到宿舍楼下时,周围窃窃私语的女孩子人数激增,比平时翻了好几番,她突然有种不祥的预感。侧头一看,果然!年轻俊秀的男人站在花坛边,一脚抵着阶梯,一副风流倜傥的模样。烦死了!一个个的,都来找她的晦气!

梁挽挽把脑袋又垂低了点,和他擦肩而过。眼看她就要走过去了,后边突然传来脚步声,她的手腕被他一扯,整个人被他强行拖了过去,兜帽也歪了。

陆衍漫不经心地笑了笑:"怎么?胆子挺大的,这几天……"

梁挽挽转头看向他。

陆衍的话音戛然而止,脸色变得很难看。他俯下身子侧过头,黑眸沉沉地盯着她脸上的巴掌印,语气森冷地问:"谁打的?"

黄昏时分,浅金色的光线透过树荫间隙投射下来。陆衍看着垂着头立在他身前的小姑娘,暖色调并没给她带来丝毫暖意,她神情漠然,左边脸颊上有一个清晰可见的巴掌印。在另一边白皙无瑕的脸颊的衬托下,显得更加触目惊心。

碰巧是饭点,来来往往的学生挺多,不少人怀着好奇心,经过时驻足打量她。

第五章 / 猫捉老鼠

陆衍不知怎的就有点烦,抬手帮她把兜帽戴好,手指无意间触碰到了少女温热的额头。她朝后仰了仰头,避开了,一副不想和他有过多牵扯的样子。

陆衍收回手,再看她一眼,又问了一遍:"谁把你打成这样的?"

第六章
怦然心动

梁挽挽双手插在卫衣的兜里,帽子垂下来,挡住了她脸上的神情。她眨了下眼,缓缓道:"这好像……和你没关系吧?"

陆衍沉默,他心里何尝不知晓呢?确实和他没关系,一毛钱关系都没有。他和这位花脸猫姑娘的关系,无关情爱,充其量就是上下级,再加一条亦敌亦友。当然了,这个亦敌亦友得这么理解——她视他为头号宿敌,他待她像逗弄小朋友。

可自从上回见了这个小朋友在暗夜舞台上的惊艳一舞,他对她的感觉不知怎的就有点变味了。后来回想起来,她浑身上下都带着一种令他着迷的味道,惹他心动。

陆衍也挺无奈的,她似乎还不满二十岁,和他差了七岁,他念大学的时候,估计人家小姑娘刚上小学六年级呢。

他虽然能分辨出来自己目前对她的感觉还没到那个程度,可这危险信号跳动得一日比一日剧烈,他都没把握能压下日渐清晰的心思。如果乔瑾和骆勾臣此时此刻能体会到陆少爷的心理活动,必然会大叹一声:卿本禽兽,奈何装人!

陆衍看着眼前这张倔强冷漠的小脸,是真不愿意贸贸然把这朵娇花给折了,他现在的感觉说不清道不明的,有点怕吓到她。

另一边,梁挽挽等了半天也没等到他的回应,有点不耐烦了。脸上

第六章 / 怦然心动

还有隐约的胀痛感,她不想在这儿跟他大眼瞪小眼,直接说:"走了。"

下一刻,男人的手隔着卫衣轻轻按住了她的肩胛骨,又使了点力道将她往回一压。

梁挽挽跟个陀螺似的又转了回来,心里的火压不住了。老天爷非要这么玩她是不是?她念了舞院,专业舞蹈学到极致,甄选时却被最好的朋友坑了;她借酒浇愁,走错房间,现在都没搞清楚那一晚发生了什么;她离开母亲的牢笼,被断了生活费,连咸菜就馒头都吃不起,还得出去打工;打工就打工吧,她还被个变态耍来耍去,一会儿要她每晚报到一会儿要她离他远一点;就连如今,好不容易挨到校庆,等着在舞台上大放光彩,还被赶过来的亲妈结结实实地甩了一巴掌。

真是倒霉透了!她梁挽挽是不是上辈子造了太多孽,所以这辈子要这样子还债?她越想越气,委屈又恼怒,没能找到合适的宣泄途径,全化成眼泪流出来了。她当然知道这样子很丢人,哭并不能解决任何问题,可她太恨了,恨到只想抱着被子痛痛快快哭一场。

泪水充斥着眼眶,视线变得模糊了,她死死咬着嘴唇,没有发出任何声音。

良久,她隐约听到男人的一声叹息:"别咬了啊。"

陆衍将手指伸过来,掐着她的下巴,逼她松口。梁挽挽脑子一热,想都没想就张开嘴,恶狠狠地咬住那根手指。

陆衍"嘶"了一声,也没躲,任由她咬,还不忘自嘲,他什么时候也变成了个烂好人?那早就丢到八百里开外的同情心怎么就回来了呢?他低头盯着正跟他的食指厮杀的小姑娘,她眉间都是戾气,和陷入绝境的小兽并没有什么不同。

直到感觉到嘴里的铁锈味,梁挽挽才松口,退开一步,微微仰起头。

陆衍看了她一眼,顿时心惊。

正是白昼与黑夜交替之时,传说中的逢魔时刻。少女浓密的眼睫湿漉漉的,上翘的眼尾带着红晕,饱满的嘴唇染得一片殷红,她甚至还不自觉地舔了一下。

陆衍突然就产生了错觉，仿佛她是天地间纯阴之地化成的精怪，天真魅惑又不自知，要靠吸食男人的阳气才能存活。至于他，没有抵抗的勇气，只能予取予求。

幸好，她很快就收起了那副惑人的样貌，磨了磨牙道："再缠着我，我就咬死你！"

"你属狗的吧？"陆衍突然就笑了，朝C区出口抬了抬下巴，"去车里，我有事问你。"

梁挽挽不动："我要回寝室。"

陆衍盯着她："去车里。"

梁挽挽深吸了口气，握拳吼道："我说了要上楼，听不懂是不是？"

她的吼声成功让附近的学生再次将视线投过来，毕竟他们这出戏怎么看都像是情侣闹分手，一人死缠烂打，一人铁石心肠。对围观群众来说，这绝对是吃瓜讨论的大好时机。

陆衍甚至听到了一句"长得那么帅也会被甩"，他倒是无所谓背后会被人如何议论，只是这些话确实会影响小姑娘的名声。他视线朝外扫了一圈，微微俯下身，看着她的眼睛："你心情很糟，对吧？"

梁挽挽没说话，又听他低声道："不跟我走，可能会更糟。"

随后，像是为了印证这句话，本来还干燥的天空突然就下起雨来，远处雷声轰隆。她戴着帽子，还没意识到下雨了，只看到有水滴落到了男人眉骨处。

陆衍也因这突如其来的暴雨愣了一下，随即轻笑道："你也看到了，别逼我扛你走。"

梁挽挽认识他不过短短一个月，对这人任意妄为的性子却见识得七七八八了，她骂过打过反抗过，可惜都没什么用。

最终，她还是铁青着脸上了他的车，一辆没有标志但外形很流畅的银灰色轿跑。车子发动后，引擎的声响并不大，可那推背感是真能让人

第六章 / 怦然心动

把前一天的晚饭都吐出来。

陆衍单手撑着方向盘，语气慵懒："这辆车是我亲手改装的，还没让别人坐过。"

梁挽挽用五个字回敬他："关我什么事？"

陆衍从后视镜里看她，小姑娘眼睛还红着，透出一股愤世嫉俗的味道，暴躁得不行。他也不恼，勾了勾嘴角，直接带她上了高速。

漫漫长夜，路灯的光射不穿浓重的黑暗，绕城高速上没几辆车，只有无限延伸至远方的大道。

梁挽挽从头到尾双手环胸，闭着眼睛，耳边是暴雨冲刷挡风玻璃的声响，还有雨刮器接连不断的摩擦声。

也不知开了多久，前方渐渐有了灯光，雨势渐小，跑车穿过显示"H市入口"的收费站，拐过几条主干道，在闹市区的街边停了下来。

听到车门"咚"的一声响，梁挽挽的睡意立马散了，她揉了揉酸胀的脖子，将座椅调回原位，趴在窗口朝外看。

入眼的是二十四小时营业的便利店，男人走进去，随意挑了几样东西，然后走到柜台前等着结账。即便隔得不算近，梁挽挽凭借良好的视力依旧能看出收银员小妹的耳根红了。

真是个祸害！她收回目光，没再多看，放在口袋里的手机发出电量不足百分之十的警告。她拿出来看了一下，发现有好几条未读短信，全是银行、基金、加油站等官方系统发来的生日祝福。微信倒是静悄悄的，只有下午彩排时左晓棠发来的消息。左晓棠去国外出差了，特地在机场给她买生日礼物，发了张照片过来。

说来真是不甘心，她二十岁的生日，除了得到亲生母亲的一个耳光，别的竟然什么都没有。她看了眼时间，现在是下午六点三十七分，再过五个多小时，这一天就正式结束了。说不难过是假的，她鼻子一酸，强忍着泪意，余光瞥到男人拉车门的身影，赶紧侧过身装睡。

挽挽
似月

　　陆衍顺手把袋子丢在后排,也没看她,直接把车开到了H市最负盛名的花园餐厅,那可是传说中要提前三天预约的烧钱餐厅。

　　他倒也不是为了显摆,只是单纯地觉得这家的东西确实做得不错,而且主厨是骆勾臣从法国学艺七年回来的堂姐,西餐和甜点都做得相当有水平。既然心情欠佳,那就好好安慰一下味蕾。

　　陆少爷把车开到地下车库,先下了车,从后排取了袋子,又拉开副驾驶座的门,把东西丢到装死的小姑娘怀里。

　　梁挽挽不得不醒了,怒道:"陆衍!"

　　陆衍笑笑,看了眼手表,没头没脑地丢下一句:"给你半小时,够了吧。"他说完就直接走向五米开外的空车位,倚在墙边摸出烟盒,抖了根烟出来。

　　梁挽挽恨不得掐死他算了,然而自己抵不过好奇心,还是打开了袋子。里头一大堆五花八门的小玩意,冰袋、免洗洗手液、湿纸巾、干纸巾、清凉油,还有通鼻喷雾。她琢磨了半天,总算反应过来,这似乎是一个豪华大礼包,能让人没有后顾之忧地哭鼻子。

　　真是好笑,她用得着他同情吗?她有那么惨吗?自以为是的孔雀男!

　　梁挽挽面无表情地翻下遮光板,抬头看着镜子里狼狈的自己,左脸的巴掌印像是一个耻辱的印记。她仿佛看到了过去的无数个记忆碎片里,幼年扎着双马尾的她、背着书包的她、抱着小熊哭泣的她,无一例外都顶着一张红肿的脸。

　　她的母亲,就喜欢用这样的方式来告诫自己的女儿,脸面有多么重要。

　　当然,她也曾傻乎乎地渴求过母亲的疼爱,所以什么事都尽力做到完美,盼望能得到母亲的一句赞美。可惜,她最终还是敌不过那些变态的苛求,稍有行差踏错,得到的就是恶意的谩骂和体罚。

　　终究是撑不下去了,痛苦和委屈铺天盖地般袭来,梁挽挽捂着脸,任由泪水落下。她没有压抑声音,痛痛快快地放声大哭了一场。

　　不远处,陆衍皱了下眉,听着少女伤心欲绝的哭声,一动不动,烟灰带着炽热的温度落到手背上,明明烫得很,他却浑然未觉,只是心底

第六章 / 怦然心动

泛起如针扎一般的疼痛。那种感觉就好像中了同心蛊,她在疼,他也烦躁难安。

他被这异样的情绪折磨良久,暗骂一声,踩灭烟头,疾步走过去,将她从车里拉出来。

梁挽挽泪眼朦胧,还没反应过来就被拥入了一个怀抱,头顶是男人温润的嗓音:"别说恩人不疼你,看你伤心,勉强借你抱一抱。"

她挣扎了一下,没能抵抗住他身上独有的温暖,埋在他衣襟处呜咽。

陆衍一手虚虚圈着小姑娘的腰,非常正人君子,君子到他都快不认识自己了。也不知怀中的少女到底哭了多久,他脚都快站麻的时候,领口突然被一双小手揪住。他顺势低下头,看到她打了个哭嗝,满是眼泪的脸上带着不匹配的凶狠表情:"姓陆的,你是不是想泡本姑娘?"

陆衍措手不及,她那句"你是不是想泡本姑娘"直接让他的大脑死机了。他的领口还被那个红眼睛的小姑娘拽在手里,两人之间的距离太近了,近到可以清晰地看到她上翘的睫毛,他突然就词穷了。

讲道理,陆少爷和乔瑾他们很早就在一起"为祸人间"了,那会儿念书,嘴上也没个把门的,女孩子来表白,他举止轻佻,什么话都敢接,压根不知道"矜持淡漠"这四个字怎么写。

然而此时此刻,面对梁挽挽气势汹汹地捅破窗户纸的行为,他竟无言以对。可能是无法对着那样一双被泪水洗涤过的漂亮眼睛瞎扯吧。毕竟,在陆衍过去的人生里,他还真没有考虑过认真追姑娘、正儿八经谈恋爱之类的事。

就在他开始认真思考要如何委婉又礼貌地劝她别胡思乱想时,花脸猫小姐开口了:"很感谢你今天带我出来,虽然我并不怎么领情,但如果你认为这样就能泡到我,那我只能说一声抱歉。"

陆衍有点无语,世上竟有如此清新脱俗的拒绝之词。他眼睛一眨不眨地盯着少女,发觉她并不像是在开玩笑,便笑了一声:"你这也太自恋了吧?我说了,有点事儿要问你。"

挽挽
似月

"那你现在问吧。"梁挽挽点头，松开他的衣领，还装模作样地帮他抚了几下褶皱。

"现在没心情问。"陆衍俯身从车里抽了张湿纸巾出来，往她脸上胡乱擦了一把，一手隔着卫衣拉着她的手腕，"上楼，先吃饭。"

梁挽挽吸吸鼻子，被他拖着走。车库顶部的照明灯很亮，拉得两个人的影子长长的，如果光看人影，完全就是小情侣手牵着手的甜蜜模样。

梁挽挽有点不自在，扭了扭手腕："你能不能注意一点，别总是动手动脚的，我……"

他猛地回过头来，似笑非笑地道："这也算轻薄你了？"

"不是。"她抽回手，放到衣兜里，轻声道，"但你要搞清楚，普通男女不会这样子拉拉扯扯的。"

陆衍挑了下眉，意味深长地"哦"了一声，随后在电梯前站定，嗓音低哑地道："可我们的关系也不普通啊。"

梁挽挽站在他身后，透过观光电梯的反光玻璃和他对上视线，没坚持几秒就挪开了目光。陆衍那双眼长得真是太惑人了，他什么都不用做，只要轻飘飘地瞅你一眼，就能让你生出许多小心思来。

幸好，他很快又恢复了那副吊儿郎当的模样："怎么说也是恩人和小丫鬟，你说对不对？"

梁挽挽当着他的面翻了个白眼，惹来他一声轻笑。

电梯门开了，陆衍率先走了进去，等了会儿发现她还站在外头，勾了勾嘴角道："我不喜欢强人所难，你可以现在打车回去，一百三十公里，打车费也就五百块不到吧。"

一听这话，作为穷人的梁挽挽立马闭上了刚刚张开的嘴。

花园餐厅的人均消费接近四位数，格调高低和隐私保障程度成正比，各桌之间都隔了数米远，确保客人们不会被打扰。复古的设计和现场的小提琴演奏是这里的两大亮点，无论你是想浪漫地求婚还是想体面地分手，都能得到一个不错的结局。

第六章 / 怦然心动

梁挽挽坐下没多久,就看到前边有一位男士捧着钻戒单膝下跪,三个小提琴手围在餐桌边,拉出一首《爱的致意》,将气氛烘托到了极致。至于对面被求婚的那位美女,早就捂着嘴泣不成声了。

梁挽挽还是头一回看到这等场景,不由得多看了两眼。

陆衍慢条斯理地铺好餐巾,语气慵懒:"很羡慕?"他眯着桃花眼,又摆出了轻佻的姿态,"如果挽挽很想的话,我也不是不可以陪你演……"

"你演负心汉比较合适。"梁挽挽迅速接话,"我可以当场哭出声,骂你脚踏两条船、四处玩弄感情,要不要试试?"

陆衍:"呵……"他差点忘了,这只牙尖嘴利的小狐狸脾气有多暴躁。

服务员送了柠檬水和菜单过来,梁挽挽捧着杯子喝了口水,意兴阑珊地翻着那本厚厚的精致菜单。她其实对国外的食物并没有太多好感,以前戈婉茹特别喜欢上流社会那一套,不是请贵太太们来自家后院喝下午茶,就是约私厨来家里做法餐。

她小学、初中念书都是在家里住,早餐基本是本尼迪煎蛋或者可颂面包加培根,好不容易挨到中午在食堂可怜巴巴地吃两个红烧鸡腿,晚上放学回去又是香煎银鳕鱼配烤蘑菇。总之,对梁挽挽来说,她宁可大汗淋漓地坐在长板凳上吃麻辣烫,也不愿意衣冠楚楚地坐在高级餐厅里切牛排。

陆衍倒是没看出来蹊跷,还以为她没从低迷的情绪里缓过来,直接帮她要了开胃酒和前菜,甚至连主食都照顾到了:"这家的奶油意面做得很棒,你尝尝。"

梁挽挽反射性地抬起头:"我不吃那些的,给我沙拉和汤就好。"开玩笑吧?她每天上课前都要被祝殷歌逼着称体重,哪怕重了二两都得被骂个狗血淋头,而这家伙点的都是些高热量食物,足够让她跑上二十圈了。

服务员有些犹豫,看了看两人,为难地道:"要不两位再商量一下,我晚点再过来。"

陆少爷合上菜单,直接道:"不用,按我说的上吧。"顿了顿,他眯着眼打量了一下对面的少女,嘲弄地道,"够瘦了,刚才抱你就跟抱柴火似的。"

这可是天大的冤枉!梁挽挽虽然只有九十来斤,但架不住母亲爱折腾,从小家里有营养师伺候着,让她发育得异常完美,再加上跳芭蕾舞可以拉长身形,她的身材可以说是相当不错了,姓陆的肯定是瞎了!

她涨红了脸,没好意思在大庭广众之下反驳,说自己身材非常好,只能忍气吞声道:"求求你闭嘴吧。"

见她恼怒,陆少爷笑笑,果真不再开口,自顾自地玩起手机来。

等待上菜的间隙里,两人都没说话。直到服务员把海鲜浓汤送上来,陆衍才收起电话,手指扣了扣桌面,成功引起少女注意后,淡淡地道:"有正事跟你说。"

梁挽挽舀了口汤,银勺子在盘子里搅了一圈,随意地道:"说呗。"她等了半天也没等到男人再开口,狐疑地看了他一眼,问道,"你还在抖什么包袱呢?"

陆衍靠着椅背,一动不动,像是陷入了回忆里,又像是在纠结什么。良久,他才拧着眉低声问:"那晚,发生了什么?"

"哪晚啊?"

他提醒道:"你在公司陪我准备汇报资料的那晚。"

"啊。"梁挽挽动了动耳朵,有点不爽地道,"你现在什么意思?装失忆吗?后面说过的话全都不记得了?"

陆衍手撑着头,垂着眼睫:"我那天生病了,记忆有点混乱,我和你说什么了?"

"我不过就问了你身上有没有疤。"梁挽挽重重地放下勺子,没好气地道,"然后你就突然发神经、装高冷,叫我离你远一点,我后来就甩门走了。"

"是吗?"他沉声道。

第六章 / 怦然心动

记忆又缺失了一大段，应该是第二次了。头一回是在渔火，范尼说他失踪了两天，他自己却完全没印象。这次更夸张，隔了五天，中间发生了什么他一概不知。唯一能确定的是，他这段时间里没有昏迷，否则他醒来时应该是在医院里。

这感觉相当讨厌，就好像身体里住了个别的灵魂，在操纵自己的躯壳。陆衍开始意识到了问题，他不得不妥协，想着是不是要去心理医生那里一趟。可他又非常排斥那个诊所，当年陆叙带给他的阴影，多亏有周医生才渐渐转好。他只要再次踏进那里，年少时被催眠的恐惧、可怕的梦魇就会缠得他透不过气来。

想到这些，他的眼睛失了焦距，手不受控制地微微颤抖着。

"喂，你没事吧？"梁挽挽看了他老半天了，"你别盯那碗汤了，想喝就喝啊！"

少女娇软的嗓音将他拉回现实，陆衍回过神，揉了下眉心："吃东西吧。"

他心事重重的样子让梁挽挽觉得莫名其妙，她不是喜欢冷场的人，中途特地和他搭了几次话，无奈他全程神游，大部分时间都在敷衍她。于是她也恼了，只埋头吃，不再热脸贴冷屁股。

万幸的是，这家店的食物味道极其美妙，入口的一瞬间，简直像是在味蕾上跳起了华尔兹，梁挽挽本来烦躁的心情一下子就被抚平了。不知不觉间，她打破了引以为傲的自制力，干掉了小半只香茅烤鸡，甚至看到别桌的冰激凌火锅后还有点蠢蠢欲动。

陆衍却没怎么动，吃了两口就给周医生发信息预约时间，对方回得也挺快，直接让他明天晚上八点去她诊室详谈。

一顿饭吃得并不愉快，主要是双方毫无交流。梁挽挽不免有些悻悻的，怎么说也是二十岁的大生日，有个养眼的美男相伴没错，有顿昂贵又奢华的晚餐也没错，可惜总觉得少了点什么。

她叹了口气，没了胃口，拿起纸巾擦了擦嘴。神奇的是，下一秒，

挽挽似月

惊喜就来了。

服务员捧着一大束火红的玫瑰，微笑着跟陆少爷打招呼："先生，您订的花到了。"说完，他不由分说地把庞大的花束塞到面无表情的男人怀里。

事情还没完，主厨也过来了，右手把镇了香槟的冰桶往桌上一放，左手还捧了个精致小巧的熔岩巧克力蛋糕，优雅地送到梁挽挽面前："祝两位有个美好的夜晚。"

陆衍蒙了，梁挽挽也是。气氛诡异地凝滞了一瞬，周围夹杂着客人友好的口哨声。

梁挽挽眨眨眼，看着那估计有九十九朵的一大束红玫瑰，花瓣层层叠叠，非常美丽，上头还沾了水珠，看起来应该不是凡品。她调整了下坐姿，又缓缓扫了眼蛋糕，女孩子的虚荣心在这一刻被彻底满足了。

隔壁桌刚求完婚的大哥起哄道："快送花啊！"

陆衍脸上的表情很是精彩，不过他到底是见惯了这种手段的公子哥，勾起嘴角，从善如流地把花献给了少女。

梁挽挽接过花，耳根有点红，小声道："你怎么知道今天是我生日啊？"

小姑娘说话的神情带着一点窃喜，还有几分感恩的意思，像是冬天苦苦等在烟囱下的小孩子，看到圣诞老人出现的瞬间喜笑颜开。

"你的入职表格上有写。"陆衍突然就不忍心戳破她的美梦了，拉开椅子站起身，做了个到外头打电话的手势。

回廊上天寒地冻，他点了根烟，打了一个人的电话。

对方秒接，开口就大笑道："衍哥，我听骆勾臣堂姐说你在餐厅追美人，还不敢相信呢！别说兄弟不帮你，我特意为了小雅从奥斯汀空运过来的玫瑰，全留给你借花献佛了。"

陆衍吸了口烟，嗤笑道："你还挺愿意牺牲的。"

乔瑾在那头笑得很是猥琐："少爷，你都憋多久了，清心寡欲得都不像你了，为了你的性福，我怎么着也得替你添把柴火啊。"

第六章 / 怦然心动

"呵。"陆衍掐灭烟,把电话挂了。

他回去后,看到小姑娘已经问服务员要来了蜡烛,小心翼翼地一根一根往蛋糕上插,她弄得很认真,神色间是满满的仪式感。他看了一会儿,心软得一塌糊涂,分不清是同情还是别的什么,不敢多想,只觉得她这个样子太可爱了。

梁挽挽见他回来,还挺不自在的:"不是,你干吗突然弄这样的惊喜啊?"

"唔。"陆少爷掀了掀眼皮,沉吟片刻,轻叹了一声,"其实你说得没错,我就是想泡你。"

没有女孩子能抵挡这种攻势,空运鲜花,烛光晚餐,气氛无懈可击。再加上几个小提琴手非常有眼色地过来拉了一段温柔舒缓的旋律,乐声悠扬,比丘比特之箭更能戳中人心底的柔软。

梁挽挽能察觉到周遭的姑娘们似有若无的打量,那种眼神当然很容易读懂,有"为什么不是我"的愤恨,也有"她凭什么"的嫉妒。凭良心讲,这滋味还不赖。

尤其是对面那个男主角,微微卷起衬衣袖子,摸出了打火机,正在低头帮她点蜡烛。这种深情谁不心动?他本来就是神仙长相了,撇去平时吊儿郎当和毒舌的属性,像现在这样一言不发地认真替她做事的样子,就连原先对他有偏见的梁挽挽心跳都漏了一拍。

不过感动归感动,进一步的想法还是算了。她脑子里虽然有点混乱,但还是很清楚,像陆衍这样的公子哥,是非常不适合正儿八经地交往的。

一来,他太从容,在异性间游刃有余,段位比她高了不知多少。二来,他这副皮囊实在过分了些,外在情敌千千万,如果真和他在一起,怕是没过多久就会患得患失。

当然,最让她敬而远之的是,这男人身上有种致命的吸引力,让人只要跟他多待一会儿就会忍不住沉沦。梁挽挽从小到大一直很好强,非常喜欢胜券在握的感觉,任何会给她带来危机的事物她都敬谢不敏。

挽挽
似月

　　蜡烛亮起的时候，她舔了舔嘴唇，轻咳了一下，那是即将拒绝的准备动作。

　　陆衍哪里会不晓得她要做什么，小姑娘道行还是太浅，心里的想法都挂在脸上。他低头把玩着打火机，也没出声打断她，就这么好整以暇地等着。

　　梁挽挽看着对方的坦荡做派，反而觉得有些尴尬："你不在意我接下来要说的话吗？"

　　"有用？"他嗤笑道，"难道我说在意你就换台词？"

　　梁挽挽瞥了眼插着生日蜡烛的巧克力蛋糕，再看看手边一大束怒放的玫瑰，犹豫半晌，还是决定给他一点面子，小声道："我们晚点出去再说。"

　　"我谢谢你了。"陆少爷挺无奈的，其实刚才送玫瑰，主要还是骑虎难下，氛围都烘托到这地步了，他就算再没风度也不会直接戳破小姑娘的粉红泡泡。

　　不过，此刻看到她回过神后眼里并没有半分迷恋，他的心情就陡然变坏了。她什么意思？这辈子还没有哪个姑娘有荣幸听他的追求之语。她不感动也就罢了，还这么一而再再而三地回绝他。他行情有这么差吗？他是洪水猛兽吗？

　　陆衍沉着脸，把掺了冰块的香槟一饮而尽，大冬天的，冰得他喉咙发颤。他想起在酒廊里搭讪时她那句毫不留情的"滚"，再想到接下来即将面临的悲惨结局，在心里将乔瑾这个始作俑者痛骂了一顿。

　　梁挽挽没再看他，安安静静地闭上眼许愿。她的皮肤相当细腻，在烛火映衬下，呈现出奶油般的质地。煞风景的是左边脸颊上的巴掌印，即便已经过了几个小时，也用冰袋敷过了，现在也还没消干净，足见当初那一巴掌扇得有多用力。

　　他扫了一眼，情绪就变了，莫名生出点暴戾之心，想将那个欺负她的人揪出来折磨一通。

第六章 / 怦然心动

梁挽挽睁开眼时恰巧对上陆少爷阴沉的脸色,还以为他是因为再度被拒绝心情不佳。她想了想,觉得于心不忍,给他发了张好人卡:"其实你人不错的。"

陆衍气笑了:"算我求你了,闭嘴吧。"

她皱了皱鼻子,不吭声了。

吃完饭差不多九点钟,两人直接去地库取车,出口处是H市最繁华的商业街,华灯闪耀,路人熙熙攘攘。

梁挽挽贴着车窗,看到有餐饮店为了宣传,让店员穿着巨大的玩偶装在店门口招揽顾客。大玩偶憨态可掬,她突然就移不开视线了,记起八岁那年生日,爸爸出差前特地买了个一人多高的抱枕熊给她,她当时开心得不行。

可惜命运总是让人无法预料,最疼爱她的父亲那次出门就再也没回家,死在了一场车祸里。那只熊这些年来一直陪着她,现在还在宿舍床头乖乖躺着。

记忆太过痛苦,令她内心酸涩,不敢多看,只能用力掐着手心。恰巧到了十字路口,红灯的时间还挺长,陆衍察觉到了什么,手指勾了勾她的头发,下巴一抬,问道:"喜欢?"

梁挽挽摇头道:"没有,我又不是小孩子。"

陆衍笑笑,也没拆穿她,可他是真看不得少女露出那种落寞的神态了。说来奇怪,他今天就像是入了魔,看她哭,他坐立难安,看她怅然若失,他也烦得慌。最后,陆少爷都没意识到自己干了什么,等他反应过来时,已经把车停在了礼品店门口。

梁挽挽茫然地问:"做什么去?"

高冷的陆衍不发一语,直接下了车。他还能做什么?给自己找事去!

梁挽挽坐在车里,等了半天才看到男人出来,他还一脸嫌弃地拎着一只巨大的白色独角兽玩偶。她忍不住笑出声来,等他将独角兽丢过来的时候张开双手抱住,脸埋在绒毛里狠狠蹭了蹭。

陆衍相当煞风景地道:"脏不脏啊?"

梁挽挽没跟他计较,眨了眨眼:"很可爱,我很喜欢。"小姑娘说话的时候嗓音沙哑,不知道想起了什么,脸上在笑,眼里却含满了泪水。

他定定地看着,伸手接了一滴她流下的眼泪,"啧"了一声:"这都不开心?还有比你更难伺候的大小姐吗?"

梁挽挽弯下腰,慢慢捂住了脸。

陆衍叹息道:"行吧。"他再度跳下车,给乔瑾打了电话。

"衍哥,你等会儿啊。"对方接得倒是很快,电话那头充斥着震耳欲聋的摇滚乐声,还夹着男男女女的笑声。

片刻后,音乐声弱了一些。陆衍倚着车门,淡淡地道:"晚上谁的局?"

乔瑾兴奋地道:"我组的啊!等下去山道那边玩赛车,赌注还没想好,要不衍哥你……"

陆衍答应得很爽快:"嗯,我过去。"

乔瑾还没高兴两秒,又听见太子爷随意说了句玩车没劲,他相当识时务地接话:"那换什么主题?只要陆少一句话,什么花样我都给你变出来。"

"是吗?"陆衍看了眼车里哭得眼睛红红的少女,面无表情地吩咐,"那就弄个粉色主题,越粉越好。"

对方沉默了很久,小心翼翼地道:"皇上,您什么时候有了少女心?"

"滚一边去。"陆衍皱了皱眉,语气森冷地道,"我给你一个小时,弄不好,以后你就跪着见我。"

乔瑾没怎么听明白,不过等他把原话一字不差地转述给骆勾臣后,后者直接鄙夷地皱起了眉:"你是不是傻?这么明显的泡妞手段看不出来?"

乔瑾愣了一下,惊呼道:"天!"随后他掐灭烟,提高音量道,"我明白了,就是你堂姐说的和他在餐厅约会的那个姑娘。"

骆勾臣晃了晃杯中的酒,轻笑道:"说真的,我也有点好奇,不知是什么样的天仙，居然能降服这世上最薄情的男人。"

乔瑾也叹道："是啊，等下我肯定要在暗中观察观察。"

"行了，你别磨磨唧唧的。"骆勾臣出言提醒，"难得太子爷开窍了，还不赶紧去办？"

"就剩下五十五分钟了。"乔瑾看了眼手表，匆忙跑了，就连泳池边的美人娇笑着拉住他的衣袖，他都没心思应付。

一个小时后，陆少爷准时到达。整个别墅区空荡荡的，像是没有一丝一毫的生气。

梁挽挽跟在他背后，小脸上满是纠结的神情："我们学校明天上午有校庆，十点准时开始呢，你早点送我回去行吗？"

陆衍猛地停步，转身冷冷地扫她一眼："来，继续扫兴。"

梁挽挽不说话了，亦步亦趋地跟着他进入花园，入目的依旧是一片漆黑，她实在没搞懂："你带我来这里做什么？"

陆衍懒洋洋地道："我也不知道，你四处看看吧。"

总之，按照乔瑾追女孩的套路，应该不至于让她失望。

果然，下一秒，烟花毫无征兆地升上天空，一下炸开，绚烂夺目的光在夜空中交织成最美的梦，撼动人心。这是一场完美的视觉盛宴，收尾时，金色的烟花堆成一句缠绵的情话："宝贝，你是我此生唯一的永恒，我爱你，生生世世。"

梁挽挽被这土味情话惊到目瞪口呆，至于陆少爷，脸彻底黑了。

梁挽挽这种大美人，屁股后头自然跟满了追求者，她收到过形形色色的礼物，也见识过别出心裁的表白方式，但是能像眼前这个画面如此狗血的，那还真是头一回。

坦白说，烟花很美，绽放在夜空中瑰丽又震撼。如果不是末尾的那句土味情话，这场求爱大作战绝对是她有生之年见识过的最大手笔，同时也最惊艳的，可惜了。

挽挽
似月

她很努力地憋住笑意,仰着头一动不动,佯装沉浸在美景里,实则眼角余光偷偷瞥了身边的男人好几眼。陆衍微眯着眼,嘴里叼了根烟,大约本来是想点的,结果一直到最后都没把打火机摸出来。

他脸上没什么神色,表情挺漠然的,可梁挽挽还是能看出他下巴紧绷,似乎正咬着牙,莫非是太激动了?她想了想,轻声道:"那个……"

毕竟是一番心血,她想硬着头皮称赞两句,谁知道陆衍直接转过头来,取下嘴里抿着的烟,面无表情地道:"想笑就笑。"

听到这句话,梁挽挽差点破功,强忍着才没笑出声来,连连摆手道:"没,我挺感动的。"

"那你哭一个看看。"

"什么?"

陆少爷脸上又挂上了负心汉的凉薄笑容,扯着嘴角道:"不是很感动吗?感动就哭啊。"

梁挽挽心想,大概是自己表现得太随意了,让他没有那种千金博得美人笑的成就感。于是,她也就没计较他话里的讽刺意味,用食指和拇指摆了个手势,开玩笑道:"我就快哭了,还差那么一点点吧。"

陆衍冷哼一声,没再开口。不过,纵使面上不显,他心里早已把乔瑾那家伙骂了八百遍了。这是什么样的猪队友啊?台词写得比九十年代的恶俗言情剧里的还恶心。

陆衍原本是想让小姑娘开心点,毕竟人家过二十岁生日嘛。平时听乔瑾吹牛吹得仿佛嫦娥下凡都会拜倒在他的西装裤下,陆衍就以为一切都会进行得很顺利。谁知道那家伙自作主张改成了大型真情表白现场,若是手上有枚钻戒,怕是可以当场求婚了。

陆衍的人设瞬间被狐朋狗友拉低了三个档次,从金字塔顶端的傲娇美男变成跪在地上苦苦等待女神回眸的有钱土包子。他长长地叹了口气,有些无可奈何。

烟花美景落幕,四周一片寂静。别墅里没有任何灯光,一个小时前

第六章 / 怦然心动

那群醉生梦死的男女消失得干干净净，应该是乔瑾刻意吩咐过了。

此刻，静谧的花园里只有他们两个人，月光朦胧，照在少女身上，让那张脸看起来就像清晨沾了露水的白蔷薇，清新柔弱，惹人采撷。

他看了一眼，忽然俯下身，凑到她耳边轻笑："我生生世世的宝贝，高兴点了没？"

这土到掉渣的称谓，刚才在夜空里闪烁时还异常辣眼睛，如今到了男人的嘴里，简直比催情药剂还可怕。他的嗓音低哑暗沉，还勾着尾音，带来的酥麻感似乎能把人的骨头缝都填上。

梁挽挽庆幸黑夜给她蒙了层遮羞布，否则对方一定能发现她耳根爆红。她下意识地退了一步，不自在地用长发遮住耳朵，小声道："能回去了吗？"

"怎么感觉你有点紧张啊？"陆衍一手插着兜，一手拉着她卫衣领口垂下的兜帽绳子，轻轻一用力，又把她往自己的方向拉近了点，轻笑道，"还是说，你是怕把持不住自己，所以急着要走？"

他说这话时吊儿郎当的，活像个调戏清白姑娘的纨绔公子哥。

梁挽挽心跳确实有点快，不过她不认为这能说明什么问题，不过是美色惑人罢了。她抬起头和他对视："明天有校庆，要早点回去。"

陆衍是想逗逗她的，可惜姑娘一副铁石心肠，他"啧"了一声，发觉越来越看不懂她了。这姑娘脑子里究竟在想什么？香槟、玫瑰、烟花，三大杀器都上了。要说无感，她在餐厅时的脸红也不是装的。要说心动，可她看他的眼神又很是清澈，没有半分迷恋。

他现在分不清自己对她的态度是什么，只是隐约意识到他感兴趣的程度已经超过危险警戒线太多了。就好比现在，她说想走，他无端生出点强人所难的心思来，想圈着她囚着她，让她哪里都去不了。

两人对峙时，半空中又飘来几个不明飞行物。那些东西看着身形挺大的，飘近了才发觉是三只粉皮猪模样的巨大气球，四周挂着长串小夜灯。

陆衍盯着那几个滑稽的小玩意，脸色阴沉。

梁挽挽惊喜地叫了一声:"哇,这个东西好萌啊,也是你准备的吗?"

陆衍右眼皮直跳,想到乔瑾那张欠揍的脸,下意识就想否认,可惜还没开口就听到几声气球的爆炸声。

两人齐齐抬头,一瞬间,漫天的粉白羽毛打着卷落下,比它们先一步落下的是一大捧红蔷薇花瓣。

梁挽挽再度目瞪口呆,她这一晚上的心情就跟过山车似的,忽上忽下,太刺激了。

陆衍忍耐地闭了下眼,也没吱声。

两人被花瓣雨和羽毛雨包围了,那场景堪比少女漫画的封面,浪漫又唯美。

梁挽挽缓缓眨眼,看到他发间落了好几根粉色羽毛,肩膀处有几片红蔷薇花瓣,她抿着嘴,抬起手帮他扫了下来。

陆衍相当平静地道:"别忍着了。"

"什么啊?"小姑娘一开始还装模作样的,渐渐地嘴角上扬,手指着他的鼻子,大笑道,"你怎么那么中二啊,多大的人了,还玩羽毛?"她笑到眼泪都流出来了,撑着膝盖,上气不接下气地道,"笑死我了,陆衍,你是不是没追过女孩子?"

她又说:"你这套路太剑走偏锋了,一般人不可能接受的。答应我,下次少看点爱情电影好吗?对不起,我也不想笑,但是我实在忍不住,哈哈哈哈。"

整个夜空都充斥着少女张扬明媚的笑声,还伴随着陆少爷周身萦绕不散的低气压。他全程一张面瘫脸,看不出情绪,唯有眼底一片晦暗,透着山雨欲来的意味。

危险不知不觉地靠近,梁挽挽还没怎么反应过来,人就落到了他的怀抱里。男人清冽的气息里含着满满的侵略感,那张俊秀的脸压下来,离她不过三五厘米。

"怎么停了?"他用拇指压着她的下嘴唇,慢条斯理地道,"接着笑。"

第六章 / 怦然心动

梁挽挽不安地咽了口口水,第一个念头就是好像嘲讽过头了,把没心没肺的公子哥给逼得黑化了,于是认怂道:"对不起啊,我没那个意思。"

"别说对不起,来点实际的。"陆衍隔着外套揽住少女的腰肢,不怀好意地将她往怀里带了带。这姑娘身体柔软,神色娇怯,仿佛是为他量身打造的。

梁挽挽愣了一下,睫毛不由得颤动起来,拼命给他戴高帽:"别开玩笑,你不是那种人。"

"很抱歉,我就是那种人。"他勾了勾嘴角,戏谑地道,"我对你够耐心了,今晚的利息总得给我吧。"

梁挽挽挣不开他,懊恼极了。她怎么忘了呢,这家伙当初在酒廊的洗手间里就敢利用她演戏,如今孤男寡女的,还有什么好顾忌?她怕是被他近来那些温柔优雅的手段给迷住了,完全放松警惕了,这人压根不是什么善男信女,而是头实打实的凶兽。

眼瞧着男人的嘴唇近在咫尺,炙烫的呼吸剥夺了她全部的思考能力。梁挽挽又急又怕,干脆闭上了眼。

她这么听话,陆衍反倒停下了动作,近距离看,小姑娘眼角又泛起了红晕,睫毛湿润,也不知是不是被他吓的。秀气的眉毛拧着,双手哆哆嗦嗦地抵着他的胸口,总之,这是一副被强迫的姿态。

陆衍看了半晌,松开她,懒洋洋地道:"怎么退步了?"

"什么退步?"梁挽挽惊魂未定,立马离开他三步远,警惕地瞪着他。

他突然笑了:"之前那几回不是挺厉害的吗?又是抓又是挠,还附赠耳光套餐,刚才为什么不依样画葫芦?"

梁挽挽一愣,竟然被这个问题给难倒了。

陆衍见她面上青一阵白一阵,感觉下不了台了,勾起嘴角,又凑过去道:"我知道挽挽心疼我,那要不我们再试试吧?"

这回,梁挽挽没再客气,高高举起了手。

陆衍低笑一声,没再逗她,长腿一伸,把蔷薇花瓣随意踢到一边,车钥匙在指尖晃了两圈:"行了,送你回去。"

陆少爷一路炫技,踩着高速公路的极限车速,赶在离寝室关门还有二十来分钟的时候把她送到了生活区门口。

这个点,外头大多是刚约完会的小情侣,要么在树下互诉衷肠,要么直接吻得难分难舍,看到陆少爷的豪车过来,也没分神关注。

梁挽挽最怕高调,解开安全带就想去拉车门,谁知道拉了两下都没反应。她急了,回头怒瞪他:"干吗啊你!"

陆衍手还压在指纹锁上,这车改装过,车门没他允许开不了。他好整以暇地靠着椅背,挑了下眉:"把你那幼稚的玩偶拿走。"

梁挽挽回头看了一眼,独角兽孤独地躺在后座。她赶紧伸手把它拖过来,紧紧抱在怀里。下车前,她想了想,认真地道:"今天很谢谢你。"至少,他让她的二十岁生日看起来没那么糟糕。

陆衍敷衍地"嗯"了一声,瞥见她散着青丝冲自己道别的模样,不知不觉就将她和在舞台上跳《卡门》的那个身影重合了。他滚了滚喉结,问道:"等会儿,你想怎么谢我?"

梁挽挽难以置信地睁大双眼:"你还能不能做个人?"

"别乱想。"他眼神灼热,嗓音低哑,"单独给我跳支舞怎么样,就和伊莎歌剧院那晚的一样。"

梁挽挽先是愣了两秒,接着突然意识到什么,一把捂住嘴,脸瞬间爆红。难怪林慧珊说没有面试官,只有高速摄影机,原来都是他安排的。她想到那个黑漆漆的观众席,原来他从头到尾都坐在下面。她以为没人,所以将卖弄风情的戏码演到了极致,把魅惑的动作也做得非常完美,没想到最终全入了这个变态的眼。

她的脸面全没了,羞耻心折磨得她快疯了,不过能逼疯她的显然不止一件事。

就在她和人面兽心的陆少爷展开眼神厮杀时,车窗被人从外头重重地敲了两下。贴膜颜色很深,看不清来人,梁挽挽降下车窗,吓了一跳,竟然是池瑜!

少年的脸色比往日更冷,仔细分辨,还夹杂了些许怒火。

气氛先是沉寂了一下,然后两道声音同时响起。

陆衍:"你有男朋友了?"

池瑜:"你有男朋友了?"

第七章
误会丛生

此时此刻,梁挽挽的心情很是微妙。讲道理,她实在没理由承受身边这两个男人的质问。

右手边车窗外,站着她的继兄,她和他毫无兄妹之情,从小到大都不对盘,不是冷眼嘲讽就是直接动手过招。她毫不怀疑,如果哪天她沦落到上街乞讨的地步,对方和她擦肩而过时也能铁石心肠到瞥都不瞥她一眼。

她左侧坐着人面兽心的小变态,三言两语就能撩得年轻女性缴械投降,一顿烛光晚餐,让她的少女心蠢蠢欲动。她看不清这个花花公子的皮囊下是什么,只觉得他嘴里的全是玩笑话,没有半分真心。

其实梁挽挽压根就没想过谈恋爱,十五岁之前,她都是为了戈婉茹的面子在奋斗,等后来真真切切地爱上了在舞台上踮脚旋转的滋味,又怎么可能为了男人停下脚步。

更何况,她早就想好了,明年ABT的甄选她一定要通过,接着就跟团演出,短则三年,长则五载。这个节骨眼上,她完全没必要在国内交男朋友,一来会浪费时间、影响训练,二来跨国恋也不实际,届时万一分手了,势必会哭天喊地、劳心伤神。

所以这两位,无论是谁,她都不想扯上任何关系。哪怕是她自作多情,也要及时将火苗掐死在摇篮中。

第七章 / 误会丛生

夜色静谧，临近熄灯，依依不舍的情侣们都散了，生活区门口仅剩他们三人各怀鬼胎，谁都没开口。

池瑜站在车门外，清冷的视线越过副驾驶座的小姑娘，扫了眼靠在椅背上、神情慵懒的公子哥，心里立马下了结论：人模狗样，举止轻佻，不是什么好东西。

至于陆少爷，手指搭在方向盘上，有一下没一下地点着，眼角余光冷冷地瞥了眼少年，无声地嗤笑道：一个心智不成熟的少年罢了，没啥竞争力。

两位同样出色的美男子不怀好意地对视一眼，又同时移开了眼神。

梁挽挽缩了缩脖子，脑海中突然浮现出某首歌的歌词——我应该在车底，不应该在车里。

对对对，她现在特别后悔上了陆衍的车，莫名其妙地沦为男人们用来宣示主权的象征，成了夹心饼干，偏偏两人都还在等她的回答。

梁挽挽不得不硬着头皮应对，张了张嘴巴，眼睛一亮，一个绝妙的点子浮出水面。

她趴在窗口，对池瑜小声道："你去那边等我一会儿。"

少年一言不发，揣着裤兜站着，神情更冷了。

梁挽挽只好咬牙道："拜托，就五分钟，我很快就过去。"

池瑜这才退了一步，不过也没走远，就站在宿舍楼下的路灯处。

梁挽挽依稀看到他手里还拎了个袋子，想再看仔细点，下巴突然被车里那位少爷用手指掐住，不得不把头转了回去。她毫无征兆地对上了一双漂亮的桃花眼，此刻，那双眼中没有平日的温柔多情，反倒显得晦暗阴沉。

梁挽挽被他那样凝视着，心中无端生出了一丝愧疚，仿佛她红杏出墙被抓了个现行，而他作为正牌老公，正在遭受巨大的折磨。

这种错觉可要不得，她连忙甩开了他掐着她下巴的手指。

毛茸茸的独角兽还横搁中间，梁挽挽用力抱着，想要掩饰心里的那点不安,为她即将要说的谎话增加一点可信度。

陆衍盯着她,脸色阴沉:"你喜欢那样的?"

梁挽挽心里一颤,垂下了眼睫。她是真的怕死了这个人,不是传统意义上的那种恐惧,而是担心事态发展得不受自己掌控。

陆衍太肆意了,性格阴晴不定,行为举止难以琢磨,每句话都是半真半假,总是让人一颗心悬在半空中,上不去下不来。梁挽挽骨子里的安全感这些年被戈婉茹消磨得差不多了,最怕的就是对方给点希望又抽身离去后给她造成的那种巨大失落感,她习惯了龟缩在自己的安全区里,寸步不出。

可陆衍万万想不到她有那么重的心事,久久没等到她的回答,冷笑道:"既然有男朋友,还和我出去?"他一点也没掩饰轻蔑的语气。

梁挽挽睁大了双眼,心尖似乎被小刀轻轻划了一下,她缓缓坐直身子,一字一顿地道:"是我求你带我出去的吗?"

陆衍没再看她,解了车门的锁,说:"下去。"

梁挽挽捏紧拳头,推开门就要走,怀里的独角兽突然被他拖走。陆衍脸色阴沉,把玩偶丢到后排,摆明是不想给她了。

她气红了脸:"你以为我稀罕!"

陆衍直接踩了油门,引擎声轰鸣,月色下,跑车扬长而去。

梁挽挽完全冷静不下来,奇怪的是她都不明白自己为什么会那么生气。直到走到少年面前,她才稍稍收起了气急败坏的神情。

池瑜的态度也算不上好:"你就和这种人在一起?"

"关你什么事啊?"梁挽挽心里的火瞬间燃了起来,她实在压不住暴脾气了,这些男人像是刻意组团过来给她二十岁的生日添堵的,不骂一顿都不舒服。

少年漆黑的眼中怒火渐起,随即又被压下,他别开眼,淡淡地道:"我懒得管你,只是过来把我爸的礼物给你。"说着,他把手里的袋子递过去。

梁挽挽接过袋子,狐疑地皱起眉:"池叔叔给我的?"

第七章 / 误会丛生

这可真是意外，池明朗对她虽然还算不错，可也没到那么上心的地步，一般也就是做做表面功夫。她毕竟是继女，又不是他的亲骨肉。梁挽挽低头看了眼包装袋，里面是一个鞋盒，是英国那边挺小众的牌子，专门定制手工舞鞋的，一双要大几千，算得上奢侈了。

她奇怪地道："你爸怎么知道我喜欢……"

池瑜突兀地打断她："不要就扔了，啰唆什么。"

梁挽挽气得肝疼，这一晚她操的心太多了，不想再跟他吵，拎起礼物转身就走："好好好，你凶你厉害，帮我转告叔叔，谢谢他。"

"等会儿。"少年上前挡住她的去路。

她叹了口气："又怎么了？"

池瑜嗓音低沉："那个男人不适合你，早点断了。"

梁挽挽深吸了口气，挤出一个微笑："说真的，我更喜欢过去的你，话少且面瘫，做事简单粗暴。"

池瑜面无表情地问："现在呢？"

梁挽挽斜睨着他，转了转眼珠子，恶劣地笑道："现在，你就像我看过的一本伪骨科言情小说，可以用一句话总结——我把你当哥哥，你却想泡我。"

池瑜的脸色僵了一瞬，随即难看起来："你真该去看看精神科了。"

梁挽挽毫不客气地反唇相讥："我就算要去看，也是被你逼的。"说完这句，她无心恋战，快步跑上楼去。

她没注意到的是，直到她洗完澡躺在床上准备进入梦乡时，阳台下那道孤傲冷清的身影还未离去。

陆衍没有把那只独角兽带回家，只胡乱塞进了后备厢。那辆轿跑他也再没开过，明明是他曾经最喜欢的改装车，却被抛在陆氏集团的地下车库，整整一个月无人问津。

价值几千万的车拿来积灰尘，陆少爷也不心疼，不过事实上他也没

挽挽
似月

　　时间飙车了，日程被范尼安排得满满当当。二十几天的时间，他飞了两趟纽约，中途还抽空绕去慕尼黑谈了并购案。

　　高强度的工作让他白日里精神高度紧张，晚上空下来后却整夜整夜地做梦。多数时候梦到的是年少时跟陆叙一起放学回家的画面，然后场景一转，视野中全是鲜血，耳边还听到了凄厉的叫声。他会准时在凌晨四点左右惊醒，随后在露台安安静静地抽完一根烟，冲个澡再去公司。

　　偶尔……他也会梦到那个红裙姑娘，在他面前旋转。他伸手一拉，少女娇软柔嫩的身子依偎着他的怀抱，那是令人沉醉的滋味。

　　说来可笑，自从那夜不欢而散之后，两人便再没碰过面了。陆衍觉得自己也是失心疯了，明明过了荷尔蒙无处安放的年纪，还三天两头梦到同一个姑娘。

　　最糟糕的是，梦里的对象在现实里还有男朋友。横刀夺爱、挖墙脚之类的事太没品了，陆衍这种心高气傲的公子哥怎么肯去做？反正这世上漂亮姑娘多了去了，难道没了她就不行了？怀着这样理所当然的想法，陆少爷破天荒地赴了狐朋狗友的约。

　　乔瑾挺识趣的，没多问那晚别墅的事，取了瓶年份特好的红酒，跟太子爷碰了一杯："衍哥，小雅她们学校有个极品校花，约了一块过来玩，马上就到啊。"

　　陆衍抬头看了他一眼，乔瑾顿时心慌慌，打起了退堂鼓："你嫌吵就算了。"

　　谁知道陆少爷懒洋洋地接话了："随便吧。"

　　"这才是我们部长嘛。"骆勾臣从BBQ（户外烧烤）台边拨了拨烤肋排，轻笑道，"我可特别怀念那些美女为了你争奇斗艳的场面。"

　　陆衍扯了扯嘴角，没说话。

　　半小时后，传说中的校花到了，确实姿色上佳，气质清纯。

　　可陆衍只是随便扫了眼，便心不在焉地玩手机去了。

　　流水无情，落花有意，校花一眼就看中了全场最冷淡也最英俊的陆

第七章 / 误会丛生

少爷,凑过去冲他俏皮地眨眨眼:"你在玩什么呀?"

她下巴都快搁到陆衍肩膀上了,陆衍倒是没躲,闻到一股香水味后,微不可察地皱了下眉。奇怪,他过去也没觉得恶心啊。

没等到他的回应,姑娘也不恼,继续看着他手机里密密麻麻的字母,崇拜道:"你还看得懂法文啊?真厉害。"

这姑娘声音有点尖,听着令人头疼,不像那只暴躁的花脸猫,虽然脾气野,说话的声音却是绵软的。不知不觉又想起了那个人,陆少爷瞬间黑了脸。

姑娘看不太懂脸色,继续在他面前撒娇:"那你知道法文的'我爱你'怎么说吗?"

"我知道'滚开'怎么说。"陆衍站起身,桃花眼里没有了耐心,"要我说一遍吗?"

姑娘面上青一阵白一阵,相当尴尬,咬着嘴唇跑了。

乔瑾拿手肘顶了顶骆勾臣:"我说,这样下去不行啊,我怎么感觉部长失恋了呢?他这是要吊死在一棵树上的节奏啊。"

骆勾臣也很忧郁,叹道:"我突然想起了衍哥前女友们的诅咒。"

"什么?"

"唔,大概意思是,终有一日,他也会尝到心碎的滋味。"

乔瑾干笑:"不可能吧,这世上还有不会对衍哥动心的姑娘?我可不信。"他说完,轻手轻脚地朝陆衍那边走去。

陆少爷坐在阴影处,低着头,手机横着,像是在看什么电影。

乔瑾伸长脖子,看到了红裙少女回头的勾魂一笑,她雪白的肩膀裸露着,肩颈线条非常漂亮,足以让任何男人着迷。他默不作声地欣赏了一会儿,看到结尾时没忍住开口道:"衍哥,这姑娘跳起舞来真不错啊,都快把我魂……"

后几个字断在陆衍阴森可怖的眼神里,乔瑾有种错觉,仿佛下一瞬自己的眼珠子就要被陆衍给挖了,他恍然大悟,视频里的女主大概就是

挽挽
似月

陆衍心头那个人了。

他装模作样地扇了自己一耳光："皇上，奴才错了。"

陆衍收起手机，站起身来，冲着泳池抬了抬下巴。

乔瑾哆嗦了一下："今天没开恒温循环呢。"

陆衍笑了笑。乔瑾顿时毛骨悚然，想起那些年被陆少爷支配的恐惧，心一横："跳！我自己跳！"

大冬天的，乔小公子在五摄氏度的泳池里进行了一场声势浩大的冬泳，其经过之惨烈，令在场众人不忍直视。

陆衍站在边上，在他疲惫不堪地扒拉着泳池壁时，俯下身道："我问你，如果你看上的人有男朋友了，你会怎么做？"

大家族培育出来的继承人，就算年少时再混账，受的礼节教育也总比起旁人多一些，气节和风度也是上佳的。

君子不夺人所好，这是他们的共同认知。特别是乔瑾，他自诩风流而不下作，挖墙脚之类的事还真没做过。他最多就是把名花有主的姑娘们记在心里，随时追踪动态，一旦对方分手，立马追过去。

他管自己叫见缝插针选手，听起来虽然有点小卑鄙，但绝对不算无耻。至于平时开派对，邀来一起寻欢作乐的姑娘，那就更不用说了，都是你情我愿的事，上升不到那个道德标准。

陆少爷呢，一直是他们那个圈子里面最边缘的人物，会玩，但多数时候是在赛车上找刺激。女孩子就算了，他嫌麻烦，要是被缠得狠了，才会勉强看一眼。能让他看一眼的前提是，你必须称得上天姿国色。总之，从这样一位对异性懒得花心思的傲慢贵公子口里，说出有横刀夺爱倾向的话，那杀伤力不亚于平地惊雷，成功炸翻了一群人。

乔瑾连寒意都感觉不到了，趴在泳池边忘了哆嗦，直到仆人拉他上来，帮他披上浴巾，他才惊讶地问："衍哥，你开玩笑的吧？"

陆衍站起身，也没搭腔，就这么不咸不淡地扫了他一眼。

乔瑾脑补了好大一出狗血戏码，小心翼翼地凑过去："那什么，你视频里的姑娘,看上去年纪挺小的,怕不是初恋吧?"话音刚落,他明显感受到了一道杀气,立马弥补,"不过这都不叫事儿,只要兄弟们出马,她早晚是我们衍哥的人!"

骆勾臣为有这样低智商的朋友感到羞愧,从背后踹了他一脚:"你快闭嘴吧!滚去洗澡。"

乔瑾心慌地瞅了瞅翘着嘴角的陆少爷,那皮笑肉不笑的样子像极了下一刻就要拔刀的顶尖杀手。他默默咽了口口水,感觉遍体生凉,赶紧跑去浴室了。

组局的主人暂离,音乐停了,在场的其他狂欢男女也都安静了下来。

陆衍冲现场的爵士乐队比了个手势,接着,萨克斯悠悠吹起,女歌手的烟嗓唱着缠绵悱恻的情歌,气氛重新欢乐起来。

骆勾臣摸出打火机,替太子爷点烟,风稍微有点大,他拢着手,状似不经意地开口:"真上心了?"

陆衍垂着头,漫不经心地道:"可能吧。"

骆勾臣失笑:"听你这口气,感觉你自己都不确定。"顿了顿,他又问,"那姑娘……现在对你什么态度?"

"还行。"陆衍"呵"了一声,又说,"可她上回突然冒出来个男朋友。"

骆勾臣转了转眼珠子,突然想到一个可能:"你觉得……她真的有男朋友吗?"

听到这句话,陆衍愣住了,这才发现自己居然轻易相信了花脸猫小姐的说辞。当局者迷,旁观者清,陆少爷的狐朋狗友这回可算做了件好事。

骆勾臣说:"要是她真有男朋友了,那就算了呗,你陆少爷还怕遇不上别的姑娘?"

可爱迷人的姑娘千千万万,要是拥有了一个,也不能保证自己以后不会移情别恋。还不如玩玩你情我愿的小游戏,好过那些算不得数的天长地久。想到这里,骆勾臣摇了摇头:"我觉得吧,可能过阵子你就没兴致了。"

陆衍踩灭烟头,笑了笑,没说话。其实,就连他自己都不能判断对她的执念到底有多深。大半个月没见面,要说有多煎熬,倒也不见得。该忙照样忙,只是偶尔闲下来,想到她和别人在一起,就跟大冬天跪在雪地里吃碎玻璃似的,让他极度不适。

兴许就是应了那句话,得不到的才让人惦记。陆衍甚至会想,如果她从头到尾都对他异常热情,那他还会这样对她念念不忘吗?这个答案已经无从得知了,至少目前看来,他还是隔一阵子就会梦见她,就像中了情蛊似的。

陆衍有了打算,第二天到公司后就唤来秘书,问了几句集团培训班的事。

林慧珊何等聪明,一点就通,三分钟后就让人事部的员工把排课表拿过来了。排课表送到总裁办公室时,她已经把梁挽挽任教的芭蕾舞课那一列标黄,然后放下就走,一个字都没多问。

陆衍翻着这个月的财务报表,细细看完后,圈了几个有疑问的地方,发电邮给运营中心,然后才抽空扫了眼林秘书拿过来的纸。

排课表时间简明扼要,周一、周三、周五晚上,六点到九点。

说来挺有意思的,他有时候晚上加班,会在九点左右去十五楼的休闲区吃点东西。主要是因为他之前饮食不规律,偶尔会胃疼,就养成了这个习惯。

可偏偏在过去的三周里,他一次都没遇到过她。这代表什么?她在故意避开他。

陆衍手指夹着钢笔转了转,表情阴鸷,漂亮的脸上似乎结了层薄薄的寒冰,然后又一下裂开,那张骄傲优雅的贵公子面具再也绷不住了。

梁挽挽最近活得很自在,上回校庆跳的《吉赛尔》惊艳全场,整个礼堂都是口哨声和掌声,连戈婉茹都破例在上台致辞时冲她点了点头。这可太难得了,虽然事后她们又吵了一架。

第七章 / 误会丛生

吵架的缘由也很简单，戈婉茹要求女儿周末回老宅住，方便监督她的学业和生活。而梁挽挽自然是不肯的，尝过了自由的滋味，谁还愿意回去坐牢？

于是她再度忤逆了有着铁腕手段的戈女士，结局也很凄凉，她的卡啊钱啊依旧呈冻结状态，她还得继续过着捉襟见肘的生活。

不过管他呢，金钱诚可贵，自由价更高。更何况，还有陆氏集团这只待宰的大肥羊呢。

过来上芭蕾舞课的员工越来越多，其中有很多闻风而来的未婚男性，是为了看一看美人，特地过来蹭课的。他们也不好好学，就知道插科打诨，搞得妹子们怨声载道，大呼"臭男人可恶"。

两相权宜之下，梁挽挽把每周五的课延长了半小时，特地给男员工科普芭蕾舞的历史，代价是不允许他们在姑娘们上课的时候入内。男同胞们表示无异议，反正也就是为了看看美人，不然他们这些四肢不协调的大老爷们，谁愿意天天踮着脚尖旋转。

这晚上完课，梁挽挽照例摆着滴水不漏的笑容，假装听不懂他们字里行间的暗示，硬是没给联系方式。好不容易送走几尊大佛，她看了眼时间，九点三十分了。

年轻男人们懊恼地叹息着远去，脚步声越来越小。等人都走光了，十五楼安静得可怕。

梁挽挽推开磨砂玻璃门，抱着衣服朝女更衣室走。她有洁癖，出了一身汗后肯定是要清洗一下才回寝室的。

更衣室距离舞蹈教室有些距离，要经过正中间的休闲饮食区。她照例先探出头瞄了两眼，确定空无一人后，才抬腿往前走。

距离和小变态不欢而散那次，已经有二十多天了，那晚他轻蔑的眼神和口吻还历历在目，梁挽挽想起来就觉得怄气。

心情好的时候给你送香槟、送玫瑰，带你放烟花，心情不好的时候就把你留在寒风里吃车尾气。就算她故意误导对方，让他觉得她有男朋友，

挽挽似月

但他至于那么没风度吗?

梁挽挽回去后郁郁不平了一周,反应过来后才惊觉自己为这个薄情寡义的男人伤神太久了。后来她强行转移注意力,才压下了这种莫名其妙的情绪,心里只盼这辈子都别再看见他了。

梁挽挽走得很快,这个点饮食区的员工也都下班了,铺子里没开灯。这一段路光线很暗,要到前边的走廊才会亮起来。她平时天不怕地不怕,可最恐惧的还是黑暗,大概是小时候经常被母亲关在阁楼里,因此非常难以忍受那种漆黑的环境。

幸好路程很短,她腿长,几秒钟就能跨过去,光明近在咫尺。

突然,她隐约听到了一声低笑。梁挽挽猛地回头,还没看清来人就被捂住了嘴,又被掐着腰抱到了旁边的一张长桌上,男人的清冽气息让她慢慢停下了挣扎的动作。

似乎是察觉到了她的乖顺,陆衍松开了桎梏,双手撑在少女身体两侧,面对面地朝她俯身,嗤笑道:"你挺能躲啊。"

梁挽挽的心脏又开始乱跳,那节奏搅得她心烦意乱。每次都是这样,一遇到这个人,她就手足无措,这种力不从心的滋味实在难熬。

她努力冷着脸道:"你还是不是个男人?吵了架,又过来纠缠,何必呢。"

回应她的是对方绵长又灼热的呼吸,烫得她脸红心跳、口干舌燥。

良久,男人盯着她的眼睛,慢条斯理地道:"嗯,前半句里的问题,你不妨亲自感受一下。"

黑夜里突然响起皮带的金属搭扣解开的声音,梁挽挽睁大眼睛,一时间吓蒙了。

视野不清晰的情况下,感官就会变得极其敏锐。那轻微的金属摩擦声入耳,梁挽挽浑身便如过电般变得僵直,几乎是下意识就想到了一些画面,耳根瞬间发烫,火热的温度自此处向四肢蔓延。

她还是低估了他的变态程度,也根本没想过他会用这样的方式来证

第七章 / 误会丛生

明他是不是男人,还能更无耻点吗?隐约感觉到男人的手已经搭在了皮带处,她吓得立马闭上了眼,别开脸。

偏偏那人越发肆无忌惮,微凉的手指伸过来,顺着她的鼻梁摸到了眉心,然后在她眼窝处细细摩挲了一下。他拇指的指腹有一点粗粝,动作很慢,像是在感受什么艺术品。

戏谑的声音响起:"别闭眼啊,不是要好好看看我是不是男人吗?"

梁挽挽睫毛颤得飞快,其实眼睛根本算不上特别敏感的部位,但荷尔蒙爆棚的禽兽就是有这种魔力。他做任何不经意的举动都能撩动人心,让人无端生出羞耻心来。

她感觉自己就是条离了水的鱼,在他手心里扑腾,对他毫无招架之力,敌强我弱的局势实在太明显了。她气不过,忍不住反唇相讥:"陆衍,你的风度被狗吃了。"

"怎么会?"男人勾了一小撮少女耳边的长发,替她别到耳后,亲昵地道,"绅士应该满足美丽姑娘任何要求,想看就看,我不会让你失望的。"

他最后这句话一出,就跟镀金真言似的,在梁挽挽耳边放大了无数遍。她长到二十岁还没听过这么冠冕堂皇又无下限的荤话,震惊得大脑都停转了。

等她反应过来时,再也顾不得什么了,狠狠拍掉他的手,手肘撑着桌面往后挪了挪,随即抬脚踹向他。她自己浑然不觉,这种半躺下的姿势更能激发出男人的征服欲。

陆衍不费吹灰之力就抓住了她纤细的脚踝,再将她一拉,少女的小腿就挂在他小臂上了。他挑了下眉,顺水推舟俯下身,刻意开玩笑道:"嗯,我倒是小瞧你了,原来你不止想看看,还想试试。"

两人的间距缩小到不过五厘米,而且这姿态难免会让人想歪。

梁挽挽重心不稳,彻底倒在了桌上。她立马用手肘撑着直起身来,怒道:"陆衍,你最好祈祷下回别落在我手里,不然我一定……"

"别等下回了吧。"他双手撑在她耳侧,嗓音性感低哑,"你现在就可以弄死我。"

梁挽挽在黑暗里睁大了眼,恨不得拿针线缝起他的嘴。

说来也怪,兴许是上天听到了她的祈祷,下一刻,叫他闭嘴的人就来了。十点半,集团安保人员准时巡查,见到还有无人的办公区亮着灯,就要负责关灯,顺便把楼层的门锁好。

梁挽挽听到电梯门开的动静,心里一惊,推着男人的肩膀,焦急地道:"起来啊!"

陆少爷叹道:"来不及了。"

"什么……唔……"梁挽挽再度被捂住嘴,一个字都说不出来,只能呜咽着表示抗议。

陆衍瞥了眼门口,把她抱起来,半是警告半是玩笑地道:"别喊啊,除非你想下次一来上班就听到总裁和女员工的办公室小故事。"

梁挽挽顿时哽住,为了清誉,无奈之下只能妥协。

两个人躲到了桌子下边。气氛莫名紧张起来,脚步声越来越近,手电筒的光束乱晃,无意间扫到落地玻璃窗,映出两个交缠的身影,幸好保安没看见。

梁挽挽思维开始发散,爱看悬疑小说就这点不好,她已经将自己代入了被怪物追杀的女主角,严严实实掩着口鼻,大气都不敢出。

陆衍靠着桌下的木挡板,借着那一点光线打量她。小姑娘全神贯注地收敛气息,不知怎么回事,他竟然有点想笑。她是吃什么长大的?怎么能这么可爱?

他凑过去,贴在她耳边轻声问:"刺不刺激?"

梁挽挽对他怒目而视,用口型示意:别说话。

陆衍沉默两秒,轻佻地拉起少女的手放到自己的嘴唇上,表示由她来监督。

男人的嘴唇软得不像话,跟花瓣似的,比女孩子还嫩。这是什么妖

第七章 / 误会丛生

孽啊！梁挽挽像是被火烫到了一样，"蹭"的一下收回了手，用力过猛，不小心打到了木板。手背上的骨头痛得要命，她没忍住"嘶"了一声。

保安立马注意到了："谁？"

"成事不足败事有余的东西。"陆衍似笑非笑地掐了下她的耳垂，大大方方地探出头去，顺便靠到桌前，挡住后边缩成一团的小姑娘。

梁挽挽抱着膝盖，把头埋下去，努力降低存在感，听他三言两语打发了保安后，才松了一口气。

灯光大亮，男人用手指敲了敲桌板："还不出来。"

梁挽挽扒着桌腿站起身，气急败坏地道："你为什么非要这样？"

"怎样？"陆衍掸了掸方才衣袖上沾的灰，语气很是无所谓，"如果你指的是经常和我见面这件事，那抱歉了，你最好早点习惯。"

"你还玩强取豪夺啊？"她脱口而出。

陆衍琢磨了下这四个字，勾着嘴角道："嗯，听上去有点意思，以后可以玩玩。"

梁挽挽胸口中了一箭，感觉搬石头砸了自己的脚，悔不当初。她不想再跟这个人面兽心的小变态纠缠，拿起运动包就想离开。

她刚要走，脚尖突然碰到了异物。她低下头一看，是一串银色的链子，外形普普通通，挂坠是一个长方形的金属小盒，大概是因为跌得太剧烈，已经打开了。里头嵌了一张少年的寸照，年代有些久，边角都发黄了。

她瞄了一眼，发觉照片上的人五官跟陆衍几乎一模一样，应该是他十一二岁的时候拍的。噫，也太自恋了吧？还随身携带小时候的证件照。

梁挽挽在心里默默吐槽，顺势弯下腰去，快碰到链子时，男人忽然出声制止了她的动作："别碰。"

陆衍的语气很是严厉，梁挽挽吓了一跳，不可理喻地瞪了他一眼："我好心帮你捡，你干吗那么凶？"

陆衍恍若未闻，自己捡起那串链子，紧紧握在手心，脸上划过挣扎和茫然的神色，一动不动地站着，像个雕塑。

梁挽挽觉得他这状态有些不对劲，不过也懒得再搭理他，离寝室熄灯还有半小时，她还得腾出叫计程车的时间，要是又回去晚了，明天又得上公告栏。

一想到这个，她心情就很不愉快，招呼都没打一个，直接走到了外头的电梯间，心里只盼着陆少爷大人有大量，别再纠缠她了。可惜好景不长，不过十来秒，那人就跟过来了。

"送你回去。"他甩了甩车钥匙，恢复了一贯的散漫样。

梁挽挽冷冷地道："不用，我叫好车了，一会儿就到，不麻烦你了。"

"随你吧。"陆衍明显不在状态，没勉强她，不过依然下楼陪她等车。

外头寒风凛凛，两人站了十来分钟，一句话都没说。

回到寝室后，梁挽挽焦灼起来，反复回忆那个保安大哥究竟有没有看到自己。

结果真是怕什么来什么，第二天左晓棠就把她拉进了那个水群。群主和几个成员都在咆哮，疯狂刷屏，满屏都是感叹号。

"姐妹们，六六六半夜在十五楼和神秘女子约会，被我们巡查的小王看到了啊！"

"啊！那女的长什么样？六六六为什么不选我？选我的话可以去会议室，那样更刺激有没有！"

"等等，我插一句话，小王在集团匿名论坛发帖，不会傻到真以为那个论坛是匿名的吧？"

"阿门，为小王点蜡。"

梁挽挽看了半天，从群界面退出来，私聊了左晓棠："六六六不会是陆衍吧？"

左晓棠回得非常迅速："对，谁敢直呼太子姓名啊"

梁挽挽默默收起了手机，她也有论坛的账号，入职那天人事部的人就给她了。

第七章 / 误会丛生

陆氏集团挺讲究的,给底层员工的权限是最大的,BBS什么版块都能进,反而是高管之类的,连灌水闲聊区都没资格浏览。至于陆老板这样的人,就更惨了,只能去总裁在线那个版块帮忙解惑。

员工们问的问题都很奇葩,比如食堂的土豆牛肉为什么要放葱花,再比如健身房味道太重,能不能多买几台空气净化器。当然,问得最多的还是陆总有没有女朋友、喜欢什么样的类型、有没有可能在公司发展之类的问题。

梁挽挽点进左晓棠给的网址,一眼就看到了那个热帖。

管理员胆大包天,帖子早就加精标红了,下面的跟帖内容一开始还好,都在猜测那个神秘女子是谁,后来就被有心人转了风向,谴责女员工行为不端,蓄意勾引上司。

梁挽挽看得火冒三丈,"啪"的一声合上了笔记本。门后挂着的泡沫靶子成了她泄愤的好工具,她眯着眼,每射出一箭都当成在是射小变态的脸,无比神勇,每一下都直中红心。

果然,一旦和他牵扯上就没什么好事。梁挽挽再度庆幸自己当初没有傻傻地掉进他的温柔陷阱,暗自发誓以后去陆氏集团上课时一定要提高警惕,免得再让他钻了空子。

她机智地选择和女员工们同进同出,永远不落单。不得不说这招还是挺有效的,她已经连续两周没有再"偶遇"陆少爷了。

就这样到了十二月底,集团布置了个新任务,让她抽空帮忙排一下年会的舞蹈节目,辛苦费另算。梁挽挽最近手头拮据,自然一口应下。

时间就定在每周六,从早晨九点一直到晚上八点。节目倒是没选芭蕾舞,定了西班牙斗牛舞,男女搭配,要求每个部门各派出一男一女,一共二十人。

左晓棠的项目组里全是大老粗,就她一枝独秀,因而雀屏中选。

这晚排练完,梁挽挽死死缠着好友,跟橡皮糖一样黏着她,抱着她的手臂:"来来来,送我回学校。"

左晓棠很无语:"能不能松开,我没有特殊癖好,谢谢。"

梁挽挽故作神秘地道:"我和你说,人长得太美就烦恼多,我最近被一个变态给缠上了,你要多多保护我!"

"你可真……"左晓棠一句话没说完就住嘴了,打量了一下少女的花容月貌,想骂她自恋的话在喉头滚了滚,还是心甘情愿地咽了下去。

左晓棠无可奈何地拉开车门:"我组长今晚请客吃消夜,要不你也一起?晚点吃完送你回去。"

梁挽挽思忖半晌,同意了。

消夜地点定在临城最出名的一条美食街上,全是海鲜大排档。左晓棠平时不在集团本部上班,都在外边忙地产项目,她的同事和上司梁挽挽自然都没见过,免不了一一打招呼、互相介绍一番。

工程师们都是直肠子,性格豪爽,酒量也不小。黎文作为项目部的负责人、左晓棠的直接上司,一点架子都没有,给两个小姑娘点了果汁,顺便把老板喊来:"要吃什么随便点啊,今天我请客。"

老板也很激动,眼巴巴地等着。

几个男人起哄道:"听黎叔这口气,还以为是我们坐拥金山的太子爷呢。"

黎文笑骂道:"嘴上都没个把门的啊?总裁的玩笑也敢随便开。"

他正说着呢,手机突然响起来,便顺手把菜单递给左晓棠,起身接电话去了。

黎文是集团下面地产公司的一个楼盘负责人,和陆衍的关系吧,就好比地方县令和皇帝,隔得有点远。这就导致他听着陆衍的声音,好一会儿没分辨出来。

直到年轻男人自报家门,他才震惊道:"陆总?您怎么给我打电话了?"说着,他自觉失言,连忙补救道,"是工作的事儿吧?您随便问,我一定知无不言言无不尽。"

第七章 / 误会丛生

男人在那头问了几个不咸不淡的问题,黎文总觉得古怪,答得战战兢兢。他今年三十九岁,早过了黄金年龄了,要是被裁员,那可真是彻底凉了。还好,总裁大人最后对他给予了肯定和赞赏。

"谢谢陆总,我会继续努力的,今年的指标一定超额完成。"

对方淡淡地"嗯"了一声。

黎文擦了擦冷汗,准备说结束语了,谁知道对方又问了句:"你们工地上的人,平时下班都挺晚了吧?"

他赶紧回答:"还好,今天不算迟,出来请兄弟们吃点消夜。"

说完这句,对方又没反应了。黎文心里那个煎熬啊,想到老板这么晚还在加班,自己却在外面吃香喝辣,实在不厚道。于是,他硬着头皮问了句:"陆总您吃了没啊?要不要一起?就在大河南路十七号这里,您从公司过来的话,走路十分钟就到了。"

这回男人倒是开口了,就是语气有点勉强:"行吧,先别告诉你那几个下属了,免得他们拘谨。"

黎文走回来时心就有点飘了,他自己都不敢相信,高高在上的陆老板会和他们这些虾兵蟹将一起吃消夜。这就好比皇上微服私巡时突然说要去地方小官的府邸下榻一晚,简直是皇恩浩荡呀!

黎组长的心情非常复杂,惊喜和惶恐两种情绪反复交替。惊喜的是陆总这样屈尊降贵,怕不是早就注意到了地产同僚们的辛勤,莫非他今年有望升职加薪?惶恐的是组里那几个小子在工地上混久了,说话荤素不忌,万一惹怒了大老板,那可就得不偿失了。

在众人的催促下,黎文慢吞吞地坐回塑料圆凳上,听着下属们边倒白酒边说有色笑话,不由得脸色一沉:"你们,说话注意分寸,这边还有女孩子在。"

左晓棠正哈哈大笑呢,听到老大的问责,挤眉弄眼地拍了拍他的肩:"黎叔你抽风了?我什么人你不知道吗?来来来,干脆我给你们讲个更刺激的。"

黎文无语,看了眼埋头发消息的梁挽挽。小姑娘虽然美貌惊人,但文文静静的,鲜少开口,仙女范十足,一看就是特别乖的那种女孩。

他顿了顿,代为道歉:"梁小姐,实在不好意思,我们都是粗人。"

梁挽挽抬起头来,眨了下眼,笑得特别无辜:"没事的,这点程度的笑话不过是小儿科,你们随意吧,不用管我。"

黎文有点无语了,果然是近墨者黑!他不由得瞥了眼眉飞色舞的左晓棠,她连菜都没点几个,一直在和几个男同事吹牛,消夜摊老板在旁边等得都有点不耐烦了。

"帅哥美女你们吃点什么啊?我们厨房现在挺忙的。"老板言下之意是让他们别浪费时间。

黎文翻着做工粗糙的塑料封膜菜单,想到养尊处优的陆衍那张俊秀的脸,试探道:"你们这里有没有鲍、参、翅、肚啊?"

老板听了脸色一沉,简直想打人。

负责跑堂的小妹"杀"过来了:"这位大哥,你是来找碴的吧?想吃山珍海味去香舍酒店啊!"

黎文尴尬地笑了一下,没再纠结,把菜单上价格高的菜都点上了。

等菜的间隙,梁挽挽翻出手机又看了看微信,白娴十分钟前给她发了消息:"孟芸回国了,我在寝室楼里撞见她了。"

短短的一行字,在她心里掀起惊涛骇浪。回国两个月,梁挽挽都快遗忘了这个曾几何时最要好的室友。不,其实也不能说是遗忘,而是刻意地不去想起她。

大抵是被背叛的滋味太疼了,她那颗心早就鲜血淋漓,每想一次都会感受到滚钉板、烙铁片的痛楚。她甚至去家装市场买了一匹深色的窗帘布,把孟芸的书桌和床铺全盖住了。

然而,就算她不想,也不能抹杀这个人的存在。老天爷就是不想让她过得太舒心,消息不还是来了?

梁挽挽目光茫然,盯了那条消息很久,久到左晓棠用手肘撞了她好

第七章 / 误会丛生

几下都没察觉。

"挽挽!"左晓棠不得不提高音量。

梁挽挽回神,环顾四周,发觉整桌人只有她一个坐着,也没多思考,下意识就跟着站起来了。

红布搭成的雨棚外,站了个清俊的年轻男人。顶篷挂着一圈暖黄色的照明灯,光线射入他眼底,映出几分似有若无的情意。他光这么站着,脸上也没什么表情,就足以令一大片无知少女为之倾倒了。

幸好这里坐着的百分之八十都是男性,男人看男人,就不会太过在意美丑,纯粹是顺眼和不顺眼的区别。再说陆少爷出身豪门,自身实力也不俗,谁又有胆子看他不爽呢?

总之,在座的几个员工都恭恭敬敬的,黎文使了个眼色,旁边就有人把凳子挪了一下,空出一个位子,搬了一条凳子过来,旁边就是梁挽挽。

陆衍走过去,笑了笑:"没打扰你们吧?"

一圈人赶紧摇头表忠心,有特别机灵的已经把一次性餐具让给陆衍了,然后又喊老板多拿一套餐具过来。

梁挽挽全程没吱声,眼睛直勾勾地盯着男人,眼神里写着"可恶,你为何阴魂不散"的懊恼。殊不知,这样的神情落在他人眼里就变了味。

左晓棠拽了拽她的袖子,跟她咬耳朵:"我知道他帅得惊人,但你能不能矜持点,别一直死盯着不放。"

在座各位显然不了解梁挽挽和陆衍之间的"爱恨情仇",见小姑娘这般失态,还以为是春心萌动了,相互交流了个看好戏的眼神。

梁挽挽这才反应过来,脸立马就红了,猛地扭过头去拆餐具。

接着,她突然听到陆衍疑惑的声音:"这位是……"

梁挽挽不敢相信自己的耳朵,又直起脖子,恰好对上他黑漆漆的眼睛,里头嘲弄和戏谑意味一闪而逝。梁挽挽懂了,陆少爷是恶趣味发作,跟她在这儿玩假装陌生人的游戏呢。也好,她求之不得,就当是避嫌。

左晓棠没有察觉到两人之间疯狂涌动的暗流,立马替她介绍:"陆总,

挽挽
似月

　　这位是梁挽挽,最近在帮我们集团排年会舞蹈,也是每周过去上培训课的芭蕾舞老师。"

　　"是吗?"陆衍一副不知情的模样。

　　左晓棠深觉遗憾,还以为好友的美色早就为全集团所知了,没想到还真有高岭之花全然不在意。她硬着头皮,继续把话说完:"挽挽,这是陆总,陆氏集团的执行总裁。"

　　梁挽挽冷眼旁观,心里疯狂 diss(鄙视)他,这么爱演戏怎么不去娱乐圈发展呢?她忍住要翻白眼的欲望,心不甘情不愿地点了点头:"陆总好。"

　　下一秒,对方朝她伸出手:"梁小姐,幸会。"

　　男人的指甲修剪得很干净,泛着健康的浅粉色,手指修长纤细,比寻常男人的好看太多了。这只手现在就搁在她眼皮子底下,梁挽挽却迟疑了。

　　"梁小姐。"黎文挺着急的,咳嗽了两声,生怕小姑娘无形之中得罪大老板,万一老板因此迁怒他,那可就惨了。

　　气氛相当诡异,一桌人眼珠子转来转去,先看向陆少爷的手,然后又看向少女的脸,都在好奇事态究竟会如何发展。

　　似乎过了一个世纪那么久,梁挽挽终于开口了:"幸会。"

　　纤纤玉手贴合着男人的掌心,想做做样子就松开,不料对方突然加重力道,指尖在她虎口的位置勾了一下,带着点撩拨人的意味。那酥酥麻麻的滋味让她差点维持不住笑容,想跳起来揍他。

　　陆衍见好就收,没再逗她,转头跟黎文及几个工程师随意聊了点项目上的事。他聊工作时可没私底下那么散漫,侧着头听得很仔细,神情举止都能看出他是个工作狂总裁。坦白说,他这样还挺迷人的,尤其是顶着一副得天独厚的神仙长相。

　　左晓棠胆大包天,关掉手机闪光灯,偷拍了一张陆衍的侧脸照,发到水群里,还配上了很嚣张的台词:"本人正在和六六六吃烛光晚餐,

第七章 / 误会丛生

各位注意身体，备好速效救心丸，别太嫉妒我。"

发完后，她屏蔽了群消息，等着晚上回家后再慢慢欣赏那群女人的鬼哭狼嚎。

左晓棠倒是清净了，梁挽挽的手机却振动个不停，她拿出来一看，微信群消息瞬间就有上百条了。

她懒得点进去，干脆设了消息免打扰，返回主界面时，意外发现小变态也发了一条微信过来，是两分钟前发的。

她匆匆扫了一眼，内容是："手怎么那么软啊。"

梁挽挽耳根立马烫起来，想到他故意在她虎口勾的那一下，不免又有种被调戏了的羞耻感。她恨透了总是落于下风的局面，用拼音九键"噼里啪啦"地打字，直接骂了回去。

陆衍还在跟黎文说话，拿起手机瞥了一眼，居然没什么反应，又相当淡定地放下了。

梁挽挽默默在心里吐了一口血。

众人说话间，老板亲自跑过来上菜了，脸上堆满了殷勤的笑容。在他看来，这桌客人简直就是财神爷，八个人点了三十道菜，还全是他店里顶尖的大菜。他店里仅有的一条东星斑也给卖了，活蟹和鲜虾就更不用说了。

唯一遗憾的是他们先前点的那种白酒口感有点差，是隔壁小卖部那边批发来的江白道，一百二十五毫升一瓶，才卖二十五块钱。老板只能委婉地暗示："帅哥，还要别的酒不？"

黎文一拍脑袋，才发现自己疏忽了，连忙道："茅台有吗？啊，你等会儿……"他扭头看向身侧的年轻男人，"陆总是不是习惯喝点红的？"

陆衍拧开了小瓶白酒的盖子，挺无所谓地道："就这个吧，以前念书时喝过，就当是怀怀旧。"

老板满含怨念地瞪了陆少爷两眼，悻悻地走了。

这顿消夜的配置其实相当豪华，即便没有鲍、参、翅、肚，上桌的也都是生猛海鲜，引得周围几桌客人纷纷侧目。

梁挽挽闷声剥着虾，也不蘸酱料，慢条斯理地塞到嘴里咀嚼。没办法，现在是冬天，她特别容易饿，体重又有点回升的迹象，只能吃点高蛋白低脂肪的东西垫垫肚子。

左晓棠拉开铁罐果汁的拉环，想给好友倒一杯。梁挽挽摇了摇头，示意不要。

左晓棠左手边坐着个男人，是个应届毕业生，一直在关注梁挽挽，瞥见她杯子里空空的，就伸长脖子过去刷存在感："梁小姐不喜欢喝饮料吗？要不也喝点酒？"

说着，他开了瓶百威，正要递过去，中途却被截住了。

"不太好。"陆衍抬手接过啤酒瓶，往桌边一放，淡淡地道，"大冬天的，女孩子还是喝点热的吧。"

于是，耳尖的老板折回来成功推销了两扎热乎乎的鲜榨玉米汁，走之前又被陆衍喊住。

"别加糖。"陆少爷补充。

左晓棠好奇地问："为什么？"

陆衍瞅了瞅不肯看他一眼的姑娘，胡扯道："糖会破坏玉米的鲜味。"

梁挽挽挠了挠头，心想，小变态这回总算做了件人做的事，要是加了糖，她又得忌口了。

接下来的时间，桌上杯觥交错，众人侃侃而谈。

桌上的男人都有点飘飘然。陆衍酒量很好，面上看不出什么，喝多了也就耳朵有点红，再就是桃花眼里会染上些许醉意，透着一股足以勾魂的风情，让人不敢多看。

有个工程师管不住舌头了，搭着陆少爷的肩膀说："陆总，您真是一表人才，比女的还……"

黎文顿时心惊肉跳，一把捂住他的嘴，踹了他一脚："胡说什么呢，一边儿去。"

第七章 / 误会丛生

陆衍也不恼,他喝了不少,有些发热,就把外套脱了,里头是衬衫和深灰色V领毛衣。他还嫌闷,又抬手扯了扯领口,把第一颗纽扣解了。

左晓棠看得目不转睛,低声道:"妙啊,这样的美男,真不知以后会便宜哪个狐狸精。"

"闭嘴吧你。"梁挽挽从桌下拧了一下她的大腿,继续剥虾,还是不肯看陆少爷。

酒过三巡,喝了酒的男人们兴奋起来,原先的拘束和不自在统统抛诸脑后,不分什么陆总、黎老大了,洒脱地称兄道弟。

不知是谁提议玩点花样,得到了众人的一致认可。

那个应届毕业生推荐了"跳七","跳七"的规则很简单,一百个数字,一圈人从一开始轮流往下念,轮到七或者七的倍数时,不可以喊出来,要用筷子敲一下杯子。

"有点简单啊,一到五百吧。"陆衍笑了笑,"还有,惩罚是什么?"

那个应届毕业生挠挠头:"我们以前都玩真心话大冒险的。"

老板又跟个幽灵似的冒出来:"我店里有真心话大冒险的工具哦。"

这老板想赚钱的心是不是太迫切了点?梁挽挽有点无语:"不会还能K歌吧?"

老板猛点头:"有的,要吗?我把投影放出来。"

众人一致沉默。

老板"嘿嘿"一笑,掏出一个圆形转盘,上头平均分成十六个小格,每一格上都贴着不同的彩色胶带。他热情地推销道:"这个啊,是一个家境贫寒的高中生放在我这里卖的,你们就当作做好事……"

黎文听不下去了:"行了,买了,你让我们几个松口气行吗?别再监视我们了。"

"好的,一百块。"老板放下转盘,心满意足地走了。

游戏开始了。

坦白来讲,梁挽挽的数学成绩很糟糕,就算有戈婉茹监督着,平时也只有及格水平。她挺紧张的,迅速把七、十四、二十一等倍数都记了下来。

桌子中间很快放了一排杯子,里头倒满了白酒。如果有人念错数字或者没有及时跳过,就要转动那个转盘。转盘指针会指向一个问题,如果那人不想回答,那不好意思,就得喝酒了。

陆衍一手撑着额头,一手拿着筷子,明明是一副漫不经心的样子,反应却快得惊人,没出过一次错。

渐渐的,好几个人都中招了,倒在一百六十一或者一百九十六这样的数字上。他们兴致勃勃地转动转盘、撕了胶带,结果却发现上面的问题相当普通,一点都不刺激。

"初吻是在什么时候?"

"在座的有你喜欢的类型吗?"

"主动和异性表白过吗?"

"有没有写过情书?"

"这辈子做过的最糗的事是什么?"

左晓棠嚷嚷着没劲,大喊老板出来退钱!

梁挽挽也觉得没意思,她本来就玩得头疼,这些数字快把她搞晕了,既然问题那么简单,那么答错也就无所谓了。抱着这样的心态,她一不留神了就忘了敲筷子,念出了三百零八这个七的倍数。

终于有妹子中招了,男人们纷纷起哄。

陆衍也勾了勾嘴角,侧过头来看她。

梁挽挽被他的眼神弄得心烦意乱,转了一下圆盘。这一回,箭头摇摆不定,在红蓝格子之间来回摆动,好一会儿才停下来。

梁挽挽没怎么在意:"我撕了啊。"

三秒后,胶布被撕开了,露出来的那个问题实在太惊世骇俗:"最近一次和异性过夜是什么时候?"

第八章
真心与契约

梁挽挽以前从未觉得自己运气有这么背,但最近不知是怎么了,接连出事。她先是被最好的朋友摆了一道,舞团甄选失败,然后糊里糊涂走错了房间,和陌生男人过了一夜,到现在连那晚发生了什么事都不确定、连对方长什么样子都不清楚。

如今更夸张,连玩个真心话大冒险都能抽到这么惊悚的题目,明明其他人抽到的题目都很友好,为什么轮到她就直接上十八禁了呢?梁挽挽很无奈。

在座的大部分人在看到胶布撕开的一瞬间都愣住了,回过神后便相继吹起了口哨,带着点幸灾乐祸的意味,现场的气氛顿时变得相当火热。

这也可以理解,他们现在的心态大约是这样的,看完一部冗长无聊的文艺怀旧片后,突然发现后头的彩蛋是一部跌宕起伏的爱情小电影,简直太劲爆了。

左晓棠笑得尤其夸张:"挽挽呀挽挽,你是黑手党对吧?"她举着两根筷子,当成指挥棒在半空中挥了两下,满脸陶醉,"啊,我终于要体会到这游戏的快乐了。"

梁挽挽"呵"了一声,没理她。

其实左晓棠纯粹是为了活络氛围才这样说的,两人认识了七年,早就摸透了对方的感情史,她怎么可能不知道梁挽挽那点破事?对一个专注于足尖艺术的芭蕾舞狂热爱好者来说,男女之情远远排在她的理想和抱负之后,这种人能有什么精彩的故事?别说和异性过夜了,她的初吻都还在。

左晓棠觉得这就是道送分题,没什么好纠结的,于是端起杯子优哉游哉喝了一口饮料。然而片刻之后,她又忽然想到什么,一下子呛到气管,咳嗽个不停。

黎文开玩笑道:"你这也太落井下石了吧?因为可以听到你朋友的八卦,就兴奋成这样。"

左晓棠没辩驳,只是和梁挽挽对视了一眼。两人同时想起了那一晚的事,表情都有点僵。

几个小青年酒意上头,等得有点心焦,连连催促:"来啊姑娘,别断了节奏,你选真心话还是喝酒?"

梁挽挽没吭声,心里煎熬得不行,不自觉地啃起了指甲。这是她焦虑时身体下意识的反应,偏偏有人见不得这种坏习惯。

陆衍侧过头不咸不淡地扫了她一眼:"别咬了,你几岁?"他脸上的神情很冷,也不知是联想到了什么,淡淡地道,"你要是不想回答,就遵守游戏规则。"

梁挽挽犹豫半晌,硬着头皮端起一杯白酒。多么可惜啊,要是两个月前玩这个游戏,她可以坦坦荡荡地说一声"抱歉,能引诱我犯罪的男人还没出生呢",可如今呢,为了不泄露隐私,还不是要乖乖认怂?

江白道的酒味很冲,还没凑近嘴边,她就被熏得皱了皱眉。梁挽挽长这么大还没喝过白酒,幸好杯子很小,估计两口能解决。她抬高手,故作轻松地道:"愿赌服输啊,我干了。"

周围一片叫好声,唯有陆衍游离在外,眼神冰冷,沉默地看着少女仰起脖子喝干净了那杯酒。他脑子里兜兜转转就一个想法:她在掩饰,还是为了她那个男朋友。

陆衍忽然就没了兴致,在彻底意识到她属于另外一个男人后,他觉

第八章 / 真心与契约

得自己卑微又低劣得可怕,素来高高在上的自尊心受到了与事实大相径庭的打击,显得可笑、可悲,又可怜。他在这一桌欢声笑语里站起身来,疏离又礼貌地向众人点了点头:"抱歉,突然想起公司还有点事,我先走了。"

他从钱包里抽出一沓纸币,放到桌面上:"你们都辛苦了,这顿应该我请。"

黎文有点慌:"陆总,你喝了酒,要不我找人送你吧?"

"没事,我喊司机了。"陆衍笑笑,"你们玩得开心点。"说完,他没理会大家的挽留,径自走了。

大老板突然离去,剩下的员工们面面相觑,不明白究竟发生了什么。

左晓棠看出了点蹊跷,凑到少女耳边压低声音问:"我怎么觉得你和陆总怪怪的?是不是背着我偷偷好过?"

梁挽挽眼皮一跳,立马否认:"少看点言情小说,脑子里都是些什么有色废料啊!"说完,她做贼心虚地招呼众人,"我都喝完了,你们别愣着呀。"

气氛重新欢乐起来,一群人嗨过头,连连中招,酒一箱接一箱地上,连左晓棠都喝得云里雾里,不知今夕是何年,傻呵呵地哼起了小曲。

梁挽挽倒是越发冷静,后半程一滴酒都没沾,到散场时,全场除了她,就剩下那个应届毕业生还清醒。她不得不帮着黎文买了单,指挥小青年把醉鬼们架上的士,然后和司机嘱咐把他们送到最近的宾馆。至于后面的事,一帮大老爷们,想来也不会被劫色吧。

梁挽挽摇摇头,把还坐在塑料凳上赏月的左晓棠搀扶起来,也叫了辆出租车,准备送她回家。左铁公鸡喝醉酒后异常安静,没了平时的话痨属性。梁挽挽任由她靠在自己的肩膀上,行过绿水桥时,听到她打了一个响亮的酒嗝,侧过头就看到醉醺醺的姑娘抬起她的蘑菇头,镜片后的眼睛里满是泪水。

左晓棠抽抽噎噎地道:"挽挽,是我不好!"

梁挽挽弹了下她的脑门："干吗？发什么酒疯啊你。"

左晓棠突然放声大哭："要不是……要不是我那天回去加班，要是我能陪着你，你就不会走错房间……"

"姐姐，你可别说了。"梁挽挽一把捂住了她的嘴，尴尬地看了眼司机，"不好意思，我朋友喝多了。"

司机倒是很淡定："没事，别吐在我车里就行。"

梁挽挽连连保证不会，拼命把她的脑袋压在怀里。对方挣扎了一会儿，发出轻微的鼾声，竟然睡着了。梁挽挽手指撩了撩她的刘海，轻声道："原来你一直在自责吗？"

她鼻头一酸，有点控制不住泪腺。这是她十年的老友，嘴巴坏得厉害，两人好几次差点闹崩，可每一次在她失意到不行的时候，对方总是能第一时间赶过来。对比之下，曾经和她睡过同一张床、讨论过同一个男孩子、她掏心掏肺对待的室友，却在她离梦想最近的那一刻狠狠捅了她一刀。人心之险恶，想起来便如芒刺在背。

梁挽挽转过头，望着窗外掠过的风景，一想起孟芸此刻有可能就在寝室里，玩着她买的笔记本、用着她送的耳机、舒舒服服地躺在床上，就不由得一阵恶心。

她思绪还混乱着，目的地到了。

梁挽挽付完钱，拖着神志不清的左晓棠下了车，临走时，司机喊住了她："小姑娘，早点上楼哈，刚才我好像看到有辆车一直跟在后面，你最好小心点。"

梁挽挽愣了愣，立刻警觉地环顾四周，然而小区附近的马路空荡荡的，连条狗都没有。她伸长脖子，发现十米开外有个警卫亭，放下心来："谢谢大叔提醒，我会注意的。"

司机和善地颔首，没急着离开，用远光灯帮两个小姑娘照明，等她们进了小区大门，才掉头开走。

梁挽挽吃力地扶着左晓棠上楼，替她脱了衣服擦了脸，再把她拖到

第八章 / 真心与契约

床上，帮她盖好被子，折腾完后没待多久就下电梯了。

梁挽挽不打算在公寓过夜，一来明早还有课，二来既然孟芸回来了，那自己也是时候好好和她算算账了。

走出门厅，寒气激得她脖子一凉，梁挽挽没戴围巾，冻得半死，把毛绒外套的拉链又往上拽了拽。

深夜时分，整个城市都在沉睡，街上没有一点声音。她打开手机叫车软件，活动了下僵硬的手指，边走边在界面上输入学校的地址。眼神无意间掠过街角时，她隐约察觉到什么，脚步一顿。

几米之外的阴暗处，停了辆熄火状态的黑色宾利，车门边倚着一道颀长的身影，看不清具体五官。暗夜里，未燃尽的烟头闪着忽明忽暗的红光，被他丢到地上，拿脚尖碾了碾，随意踢到一旁的废水沟里，场景有点像恐怖片的开头。

梁挽挽停在原地，咽了口口水，小心翼翼地试探道："陆衍？是你吗？"

没人回答。她鸡皮疙瘩都起来了，转身就要跑，突然听到背后传来男人熟悉的凉薄嗓音："你希望是谁？"

梁挽挽停下脚步，慢慢回过头去："你这话什么意思？"

陆衍没动，把玩着打火机的金属盖，轻笑道："男朋友不来接？他就这么放心你？"他语气嘲弄，刻薄得完全不像个受过高等教育的绅士，一点风度都没有。

梁挽挽当然是不愿意受气的，但是她今天累了，也没什么精力和他半夜三更在大街上吵架。她板着脸，不再理他，双手插兜目不斜视地朝前走。经过他身边时，她提高警惕，浑身绷得紧紧的，打算他要是来硬的，她就狠狠地来一招断子绝孙脚。

奇怪的是，作风强势的人今晚突然转性了。梁挽挽一直走到下一个路口都没见他追上来，她长吁了一口气，看着叫车软件上"无人接单"的提示，不死心地又按了一遍。

无奈这一带很偏僻，当年左晓棠是为了省租金才搬到这里的，她一

挽挽
似月

时半会儿还真叫不到车。梁挽挽等得浑身都快冻僵了,还没有一辆车愿意接单,寒夜里,真有种叫天天不应叫地地不灵的绝望感。

良久,汽车大灯的光在身后亮起。宾利缓缓开了过来,后座的车窗降下,露出男人俊秀的侧脸:"上车。"

梁挽挽犹豫半晌,睫毛颤了颤,不确定地道:"你会送我回学校的,对吧?"

陆衍盯着她的眼睛,一字一顿地道:"你有两个选择,一是乖乖听话,主动上来,二是我下去请你上来。"

"请"这个字他特地加重了语气,透着浓浓的威胁意味。梁挽挽握着拳,怒瞪了他两秒,听到他拉开车门的声响后,咒骂一声,心不甘情不愿地坐了上去。

前后座的挡板早就升起来了,空间被隔绝。陆衍关上窗,淡淡地吩咐道:"老潘,把车停到前边,你下去抽根烟。"

司机连忙应了,宾利缓缓靠边。

"你做什么?"梁挽挽难以置信地转过头,气恼道,"我要回学校!"

"没说不让你回去。"陆衍低头看着手机,指尖在密密麻麻的英文上掠过,然后顿住,抬起头来,"刚才那个题目为什么不回答?"

她怔住:"什么?"

陆衍嗤笑道:"还装傻呢,真心话那里,怎么就不愿意开口了?不是滴酒不沾的吗?"

梁挽挽不答。他等了一会儿,也没催,就这么看着她。小姑娘的脸被寒风吹得有点红,鸦黑的长睫毛半垂着,鼻梁很高,嘴唇饱满。无可否认,这是一张欺霜赛雪的精致面孔,清纯娇柔又鲜活。

陆衍以前也不喜欢这款,总觉得太矫揉造作,看得心烦。结果也不知自己什么时候惦记上了,现在就跟中了邪一般,看别的艳丽美人反倒觉得腻味得紧。他越想越烦,仅有的那么点耐心也烟消云散了,皱着眉道:"说话。"

第八章 / 真心与契约

"说什么呢？"梁挽挽眨了下眼睛，轻声道，"我有男朋友，有私生活，这些都很正常。而你，不过是因为我没有投入你的怀抱，男性的虚荣心没有被满足，所以才对我这么在意。"

她分析得相当透彻，陆衍无法否认，自己对她的兴趣起源于男性天生的狩猎心理，可渐渐的，就变味了。到如今，他已经分不清自己对她的感觉是在乎还是不甘心。

就好比方才离开大排档时，他有一瞬间想算了，就这样。可他心里却始终放不下她，恨不能让她臣服，恨不能灭了她那个男朋友，取而代之。

当然，陆衍最恨的还是自己，他可真够没脸没皮的，哪怕现在听她说着淬了毒药一般的狠话，他除了厌恶自己之外，竟然丝毫不讨厌她。

"你是不是以为全天下的女人都要喜欢你？"

"我不喜欢被强迫，也没有斯德哥尔摩综合征，你别拿霸道总裁那一套对我。"

"我不会移情别恋，就算会，那个人也不会是你。"

陆衍面无表情地听着，听到最后，也只能笑笑："能不能别往别人心窝里扎刀了？"

梁挽挽抬着下巴："那你能不能放过我？"

他喉结滚了滚："暂时不行。"须臾，他话锋一变，勾着嘴角道，"你可以试试作天作地，或许等我厌了就行。"

梁挽挽从牙缝里挤出四个字："你去死吧！"

陆衍打了个哈欠，假装没听到。

接下来的时间谁都没说话，司机重新回到驾驶座，一路相安无事。

正是周六，宾利路过商业区的酒吧一条街时，车窗都挡不住轰鸣的音乐和炫目的灯光。

巷子有点窄，一伙流里流气的小混混堵在前头，慢悠悠地走。

宾利响了几声喇叭，那伙人骂骂咧咧地回过头来，比了个中指。

老潘降下车窗，探出头道："嗳，你们别挡道，让让啊！"

为首的红头发胖子显然是喝多了酒,一副狂躁症的模样,张口就骂:"你算哪根葱?跟谁说话呢!"

说完,他给跟班使了个眼色。两个小流氓很快围过来,二话不说就把老潘从窗口拖出去了,动作利落。

因为挡板的关系,梁挽挽只能听到老潘的叫嚷,不过大概也能猜到发生了什么。她脸色发白,惊慌地看向身侧的男人:"我报警?"

陆衍撇了下嘴:"等警察来了,他都丢了半条命了。"

梁挽挽急道:"那也不能袖手旁观啊!"她挽起袖子,果断扎起头发,正色道,"不行,得救他。"

"嗯,说的也对,不然谁给我们开车?"陆衍不慌不忙地脱了外套,勾了勾嘴角,"不过我这辈子还没有跟人街头斗殴的经验,要是出了什么事……"

梁挽挽迅速接话:"我会送你去医院的。"

"别咒人行吗?"陆少爷气笑了,逗她,"我也没别的要求,这样,你和那小子分手,然后对我以身相许吧。"

陆衍身手其实不错,自从十二岁那年经历过陆叙的事后,一直在进行格斗和体能方面的训练,高中毕业去美国游学时甚至还特地研习了MMA(综合格斗)技巧。他当年在派对上一脚把八十公斤的拳击沙袋踢出滑索轨道数米远,惊得一帮狐朋狗友半天没喘过气来。

乔瑾这么怕他,武力值方面的碾压绝对是主要理由。

不过即便如此,陆衍从小到大打的架一只手就数得过来,主要是因为人家是大少爷,养尊处优惯了,一直都生活在云端,哪里肯让自己陷入狼狈境地呢?

哪怕现在,他脱了外套,卷起袖子,也不过是为了应对紧急情况,和梁挽挽说的话,也是玩笑成分居多,陆少爷压根没打算在街头和混混逗凶。不说身份会掉价,他好歹是陆氏集团的掌门人,要是被媒体记者爆料,指不定公司的股票明天会跌多少呢。

第八章 / 真心与契约

然而小姑娘难得有不对他横眉冷目的时刻，如今那双盈盈大眼里的担忧之色全是为他一人表露的。陆衍怎么舍得破坏这氛围，勾起嘴角笑了笑："你就待在车里，别添乱。"

不用他提醒，梁挽挽也没打算出去，她就会点三脚猫功夫，上不得台面。

车门关上的一瞬，她迅速拨通110，冷静地报出了他们所处的位置。接线员问清大致情况后，示意她不要轻易激怒对方，附近辖区的派出所会马上派警员赶过去。做完手头能做的事，梁挽挽现在只能祈祷陆少爷不要吃太多亏，坦白说，她对他没有报太多希望。

细皮嫩肉的公子哥，在古代比手无缚鸡之力的书生好不到哪里去。上回他手臂脱臼，她帮忙敷了冰袋，虽然隐约窥见过他的腹肌，但他的身材明显不是那种健硕的类型，腰很窄，锁骨很美，皮肤也很……等等，她在想什么！

梁挽挽忽然意识到自己有多放肆，不由得懊恼地捶了捶脑袋。她不敢再乱想了，透过强挡风玻璃从两排座位中间朝外窥探。

外头的场景没有她想象中那么血腥暴力，陆少爷一个人几乎控制住了全场。他插着兜，站在宾利车旁，外表俊秀，神情慵懒，这副淡定的样子不像是来打抱不平的，反倒像是在自家后院里欣赏夜景。他淡淡地道："有什么事儿冲我来，别为难老实人。"

他那眼神仿佛在看跳梁小丑，成功让混混们的火气再上一层。

老潘没想到陆少爷会下车来帮他，感激得差点掉下眼泪来："陆总。"

红头发胖子眯着绿豆眼，视线上下扫了扫对面的年轻男人，讥笑道："陆总？不过是开辆破车，真以为自己特有钱？跟老子装什么呢！"

他说完，一帮小弟跟着阴阳怪气地嘲弄起来。

陆衍笑笑："还行，应该比你混得好点。"他冲桎梏着老潘的两个小流氓抬了抬下巴，懒洋洋地道，"我们有钱人呢，解决问题不喜欢用武力。你俩现在滚，我给你们一人三千块钱，就当是给丧家之犬的一点安置费。"

三千块钱当然不算多，不过现场的地痞们除了胖子之外，平均年龄不满二十岁，手头拮据着呢，又岂能不动心？两人对视一眼，同时咽了口口水，碍于老大的面子，没敢动。

陆衍不耐烦了："两千五，再考虑久一点，一分钱都没有。"

两人瞬间松手，老潘重获自由，捂着受伤的胳膊跑到陆衍身边，后者微不可察地朝他使了个眼色。老潘会意地朝后跑去，随后一把拉开车门坐上驾驶座。

一切发生得太快，现场的人一时间都没反应过来。

半晌，胖子怒骂："两个吃里爬外的东西！是不是傻？他有钱你们就搜啊，还用得着这小白脸施舍你们？"

众人这才恍然大悟，再看向陆衍时，目光就变成了贪婪。

临城的治安不算太好，在这种酒吧一条街，打架滋事的人太多了。路人一看有车堵着，又看到奇装异服的男人们堆在一处，便都绕道了，生怕惹事上身。

这也是混混们敢抢劫的缘由，现实中没那么多见义勇为的英雄。

陆衍已经被混混们围在中心了，他眼睛扫了一圈，粗粗估了下胜算。对方有八个人，单挑难度太高，他还得想个法子。

幸好很快就有个瘦得跟柴火棍一样的小子送上来当炮灰。陆衍避都没避，就那么迎着他的拳头，快撞上时朝后一仰，抬腿就是一个漂亮的侧身踢。

他这一脚没留余力，竟然踹得那人撞到同伴身上，两人当即滚作一团。哀号声划破夜空，他们在地上痛苦地打滚的模样不像作假，震得其余几人都不敢贸然行动。

"怕就对了。"陆衍松了松领口，眼神狠戾，"想抢，也要看看你们有没有这本事。"

不得不说杀鸡儆猴这招好用，更何况警笛声已经由远及近了，恶人们总算找到了撤退的理由，放了几句狠话就一溜烟跑了，只留下红头发

第八章 / 真心与契约

胖子。

陆衍没再理会他，直接走向宾利，少女已经打开车门出来了，站在边上紧张地看着他。

陆衍轻佻地挑了下眉："这么担心我啊？"

梁挽挽张了张嘴，表情突然变得非常怪异。陆衍身后突然出现一根高高举起的铁棍，毫不留情地朝他后背砸去。梁挽挽仓皇地睁大了眼，一句"小心"卡在喉咙里还没来得及喊出来。

陆衍也听到了风声，凭他的身手，想躲过去也不是多难的事。可是他不能，面前的小姑娘还愣愣地站着，肯定避不开。

他就这么盯着她的眼睛，硬生生地受下了这一击，心里算是认栽了。硬邦邦的棍子重重地砸到肩胛骨，他咬着牙，忍住剧痛，把棍子拽住，转头砸在胖子腰间。

红头发胖子不堪一击，倒在地上呻吟起来。

梁挽挽倒吸了口凉气，一脸惊慌地过来拉他的袖子："你怎么样？"她方才分明听到了那闷闷的撞击声，不用想也知道那一下有多疼。

"死不了。"陆衍抱着右肩膀，慢吞吞地挪上车，一点都没有劫后余生的后怕，还在没心没肺地笑，"开车吧，今天要麻烦公仆同志们空跑一趟了，我现在这副样子可不好做笔录。"

梁挽挽点头："去上次那家医院看看。"

陆少爷脸色难看："别。"他被那个庸医连续矫正脱臼的骨头两次，阴影还在。

他打定了主意不去看急诊，就问老潘："仇骁最近还在梨落吗？"等到肯定的答复后，陆衍随意地道，"回庄园吧，让那个赤脚大夫凑合看看得了。"

车子没回学校，掉了个头。梁挽挽犹豫地看了眼走路不过十分钟就能到的生活区，舔了舔嘴唇，目光落到陆少爷惨白的脸上，最终还是咽下了要回去的话。

陆衍侧过头来看她:"不哭着闹着下车?"

小姑娘太反常了,乖巧听话得都不像她了。或许是方才情绪太激动了,她乌黑的眼睛里还蒙着层水雾,这副茫然的样子很是可爱。陆衍脸上的笑意加深:"看来你已经下了以身相许的决心。"

下一秒,梁挽挽回过神来,怒瞪了他一眼:"还耍嘴皮子!"她不自在地调整了下坐姿,含混地道,"我就是可怜你,念在你帮我挡暗器的份上,陪你去一趟。"

陆衍靠在椅背上,叹了一声:"那我真是谢谢你了。"

到庄园要一个小时,宾利开过一道急弯时,梁挽挽感觉肩膀一沉,垂头便看到他凑得极近的脸,清晰得连有几根睫毛都数得清。她不由得心慌地别过头,语气僵硬地道:"你干什么?"

陆衍嗓音喑哑:"怎么两次都伤在右臂?我是不是真要做杨过了。"

梁挽挽匆匆看他一眼,不吱声。这人好看得实在有点犯规,二十七岁的年纪,仍然能窥到几分少年感,加上那双能令日月失色的眼睛,实在太容易打动女孩子了。

偏偏他还在胡说:"我要是真做了杨过,你肯定要留下做我姑姑了。"

"做你个头!"梁挽挽耳根火辣辣的,想跳车了。

陆衍轻笑一声:"做什么都行,只要能乖乖在我眼皮子底下待着。"

梁挽挽不想跟他说话了。

到了庄园,因为提前通知过,梨落的仆人全醒着,管家早早候在门外,引着他们朝里走,焦急地道:"少爷,仇医生正在会客厅等着。"

陆衍走上楼梯:"叫他直接来卧室吧。"

仇骁是个在读的临床医学博士生,主攻肿瘤方面的顽疾,被家里人逼着相亲逼得快疯了,才躲到陆衍的庄园里来。其实两人并不算太熟,性格也大相径庭,一个古板正经,一个浪荡不羁。纯粹是因为年少时在英国做了三年同学,同是天涯沦落人,他们才勉为其难地延续着这份脆

第八章 / 真心与契约

弱的友情。

仇骁一进门就注意到了落地灯旁美得惊人的少女,不过这娇软精致的类型,和陆少爷过去的喜好也太不一致了,他不由得多看了几眼。

陆衍脸色阴沉:"眼珠子不要了?"

仇骁淡定地道:"不要的话怎么给你治病。"

梁挽挽没注意到男人们的话里藏刀,同样不着痕迹地瞅了这位仇医生一眼。典型的斯文败类长相,凤眼狭长,挺鼻薄唇,不过……总感觉有点难相处。

女人的第六感相当灵,仇骁全程发挥了相当深厚的毒舌功力。

"你这种祸害,怎么没被打死。"

"我这样的天纵奇才,居然沦落到替你看跌打伤,真是浪费。"

"脱衣服,我看一下肩胛骨,哎,又要辣我的眼睛。"

梁挽挽听到最后一句话,自觉地退了出去,她一个姑娘家,总得避嫌。

十分钟后,仇骁出来了,脸色相当难看,一脸不情愿地对着少女道:"他不太好,这回受伤的部位和上回的是同一处,恐怕会落下后遗症。"

梁挽挽傻了:"什么意思?"

仇骁想了想威胁他的陆少爷,冷哼道:"残疾的意思。"

说完,他板着脸下了楼。

至于梁挽挽,她都快被愧疚心折磨死了,根本不敢想象,一直意气风发的人如果右手永远使不上力,会是如何的凄凉。她咬着嘴唇,慢慢走了进去,唤道:"陆衍。"

陆少爷身上的衬衫松松垮垮的,半敞的右肩处缠了绷带,看上去挺严重的。

陆衍缓缓眨了下眼:"你去床边瞧一瞧。"

"啊?"梁挽挽愣了一下,走过去慢慢掀开鼓起来一大团的被子,里头居然是那只白色独角兽,毛茸茸软乎乎的,正是那晚他买的那只。

陆衍叹了口气:"我没扔,这是你的生日礼物,带回去做个纪念吧,也不是什么值钱的东西。"顿了顿,他轻嘲道,"总之比不上你男朋友送的。"

男人示弱的样子让她的心防迅速塌陷,梁挽挽也不知道自己怎么了,鬼使神差地说出了实情:"抱歉,我说我有男朋友的事,是骗你的。"

梁挽挽说完就后悔了,因为她分明看到了男人嘴边勾起了浅浅的弧度。他本来就衣衫不整了,还露出那种负心汉式的招牌笑容,侧着头,挑着眉,邪气横生,坏得令人脸红心跳。

房间的温度仿佛一下子升高了,梁挽挽被他直勾勾的眼神看得异常不适,抱起那只独角兽玩偶,玩偶胖乎乎的脑袋正好挡住了罪魁祸首的身形。

眼不见为净,她觉得好受多了,把脸埋在独角兽雪白的短绒毛里,轻声道:"如果你这边没别的事了,能不能派人送我回去?我明早还有……"

最后一个"课"字自动消音,陆衍已经走到了她面前,左手轻轻松松地摁着独角兽的头,硬是将它压到了少女的颈部以下。她那张漂亮的小脸总算露出来了,浓密的睫毛低垂着,颤得飞快,如挣扎在蛛网里的小蝴蝶,可怜巴巴的。

"紧张啊?"他低笑道。

梁挽挽被逼得退了一步,背抵到了墙。她下意识地搂紧了独角兽,无奈它的角被男人抓住了,就这么被他硬生生从她怀里拖了出去。

可怜的独角兽!她拔高音量:"做什么?不是说是送我的生日礼物吗!"

"没事,弄坏了再给你买。"陆衍笑笑,低下头来,几乎要碰到少女的鼻尖,目光灼灼,"现在我们先算算账。"

他右手吃痛,使不上劲,只能虚虚抬高一点,撑在她腰侧的墙上。另一只手倒是来劲,像是玩上了瘾,一直勾着她颊边的长发绕啊绕。

梁挽挽刚挣扎着去推他,就听到了毫不掩饰的闷哼声,她僵了一下,恼怒地道:"我不欠你什么,哪儿来的账要算?"

第八章 / 真心与契约

"怎么不欠了？"陆衍盯着她，"第一笔账，你就用这种态度和你的救命恩人说话？嗯？"

梁挽挽不敢乱动，男人的鼻息近在咫尺，她努力将头低下去，小声辩驳："你替我挨了一棍，我很感激，但这并不代表我就要受你的轻薄。"

陆少爷叹了口气，又是这两个字，小姑娘到底懂不懂什么叫轻薄？他骨子里的劣根性蠢蠢欲动，看着她耳根处的绯色，哼笑道："我救过你不止一次，按照惯例，以身相许都能许上几回合了。"

"无耻。"梁挽挽瞬间就脸红了，可这话骂出来实在没什么气势。男人的侵略性过分强大，使她莫名产生了错觉，仿若自己成了惊慌奔走的野兔，在树林间逃窜，可惜林间都是天罗地网，她怎么都逃不开猎人布下的陷阱。

"嗯，就当我无耻。"陆衍勾起嘴角，手指碰了碰她的睫毛，被她恶狠狠地瞪了一眼后，也没收敛，转而摩挲了下那纤细的脖颈和锁骨间的细嫩皮肤。

触感温温热热、细腻柔软，他的眼神灼热起来，想着要是能细细品一品……陆衍不受控制地低下头，将头埋到了少女的肩颈处，宛若吸血鬼初拥，唇齿即将尝到最甜蜜的滋味。

可惜销魂时光转瞬即逝，梁挽挽一脚狠狠踩在他脚背上，随即手肘用力顶了下他的腰腹，又羞又气："你变态是吧？"

她恨自己心软之下说漏了嘴，这会儿毫不留情。原先顶着有男友的身份时，这家伙明明还没这么过分，如今得知真相，简直是肆无忌惮了。

陆衍"嘶"了一声，还保持着微微弯腰的姿势，埋在她发间不肯起身。

仆人听到动静，过来试探性地敲了敲门："少爷？没事吧？"

梁挽挽想开口，被他用手捂住了嘴。

他吩咐道："没事，你们准备辆车，一会儿送梁小姐回去。"

话落，他明显感觉到小姑娘紧绷的身体放松了些，原先掐着他小臂的指甲也卸了力道，就是声音里还带着恼怒的情绪："你滚开行不行。"

挽挽
似月

"不行。"陆衍抬起头来，笑了笑，"我还没跟你算完账。"其实他一直有种奇怪的预感，如果今晚不把话说开，兴许明天就再也找不到这只狡猾的花脸猫了。

梁挽挽看着他黑漆漆的双眼，没来由地心慌。这眼神太强烈，夹着偏执和志在必得的意味，还有挺多她看不懂的复杂情绪。她掐着手心，垂下头去，轻声道："可我想回去了。"

"回不回去你说了不算。"陆衍朝后退了一步，给小姑娘留了点安全距离，嗓音却越发喑哑，"为什么骗我？"

她含含糊糊地"啊"了一声，分明是听懂了，却并不想回答。

"挽挽要是不说实话……"陆衍勾起嘴角，笑容有点无赖，"我虽然右手使不上劲，但总有法子叫你臣服，你想不想试试？"

轻佻放浪的台词信手拈来，这人简直混账得没边了。梁挽挽难以置信地捂住嘴，半晌又觉得自己这样太像狗血剧里的小白花了，放下手挺直腰杆，沉声道："我不是你过去随意逗弄的那些无知少女。"

他眼中浮现出笑意，歪了歪头，示意她继续。

"我有很多事要做，不想谈恋爱，骗你是为了摆脱你的纠缠。"

陆衍面无表情地听着，良久，伸出手抬起她的下巴。他动作很温柔，没使蛮力，少女娇艳如蔷薇的小脸仰着，黑白分明的眼睛里难得带了点祈求。求什么？是要求他就此罢手？

陆少爷一字一顿地道："说清楚，是不想谈恋爱还是不想和我有牵扯。"

她犹豫了一下，小声道："都不想。"

陆衍嗤笑道："这么巧，我也不想谈什么无聊的恋爱。"他忽然加重力道，捏着她的下巴，慢条斯理地道："我说过，我就是想泡你。"

梁挽挽眨了下眼睛，神色一变："有区别吗？"

"有啊。"他懒洋洋地掀了掀眼皮，又恢复了那种傲慢雅痞的模样，"我用不着你回应，自己觉得爽就行了。"

梁挽挽觉得无语了，这是强取豪夺？她头一回发现自己组织不出一

第八章 / 真心与契约

句话，大脑一片混乱，表情迷茫。

恰好，门外有仆人过来请示："少爷，车备妥了，随时可以出发。"

梁挽挽犹如被雷击中，飞快挣脱他的桎梏，转身就要去拉门把手。

陆衍长腿一伸，抵住了门："等会儿。"

仆人应声，先行离开。

梁挽挽再度被他困在方寸之地，这回是门廊处，右边是墙，左边是旋转书柜。她避无可避，突然注意到柜子上小小的沙漏摆设，底座是金属制的。

陆衍跟着她的视线看过去，没戳穿她，只是淡淡地道："说不想谈恋爱是认真的？"

她"嗯"了一声，小心翼翼地挪了挪，悄悄把那个沙漏藏到背后。

"那好，现在就立个契约，我念，你重复。"

梁挽挽不解："什么啊？"

陆少爷慢条斯理地开口："本人梁挽挽，在单身状态下会跟其他异性保持距离，若有一日想尝试男女之情……"说到这里，他笑起来，"陆大恩人应该排在第一顺位。"

"你还要不要脸了！"梁挽挽的脸瞬间爆红，一半是气的，一半是出于羞耻，她亮出藏匿的武器，想都没想就往他脸上招呼。

陆衍偏头避开，轻轻拧了下少女的腕骨，随即手臂绕到她身后，把她压到门板上，连手带腰一同搂紧。沙漏掉在地毯上，滚了一圈，不动了。

梁挽挽跟他再无一丝间隙，这一刻，她才真正意识到他们武力值的差距有多大，她的任何挣扎兴许都只能添加他的恶趣味。技不如人，还能怎么办？她咬紧牙关，选择用沉默来抗议。

廊灯的暖光下，少女的双眼因为愤怒蒙着一层薄薄的水气，瞳仁染上浅金色，显得无比惊艳。陆衍叹了一声，恨自己右手使不上力，不能再碰一碰她的睫毛。然而心心念念的人就在眼前，他没打算委屈自己，顺从心意低下头，亲了亲她的眼角。

这个吻一触即离,梁挽挽却惊呆了。

男人变本加厉在她耳边威胁道:"念不念?"他的目光顺势下移,落在她的嘴唇上。

梁挽挽的心跳彻底乱了,一声比一声快,充斥着耳膜。在这个节骨眼上,她异常不安地发现了一个事实——她竟然对他的触碰生不出丝毫厌恶之心。

完了,一定是哪里出错了!她不敢再看他那张足以蛊惑人心的漂亮脸孔,硬着头皮跟着他念完了一大段话,最后那句话实在太惊世骇俗,说得很小声。

"差不多吧。"陆衍没计较,脸上笑意加深,"契约成立,作为监督人的我得签个字。"

梁挽挽眉心一跳,眼瞅着他低下头来,不由得闭眼尖叫道:"别别别,我初吻!"确实是初吻,那一晚她完全断片了,什么都没想起来,传统意义上来说,她还真没跟任何人亲吻过。

陆衍意外地挑了下眉,停住了。

小姑娘心里慌得要死,甚至偏头抿着嘴,腮帮子因为这个动作鼓了起来,显得可爱又滑稽。

陆少爷笑出声来:"你可真是……"

梁挽挽睁开一只眼,忍气吞声道:"我记住了,你不用签字。"

"行吧,这次我就相信你。"他松开对她的钳制,拇指压了下她的下嘴唇,嗓音低哑,"不过要是被我发现你违背了契约,下回你就没这么走运了。"

梁挽挽不想再理这个神经病,拍掉他的手,匆匆跑下了楼。

外头大雨滂沱,管家撑着伞,将她送入车里。透过模糊的车窗,她隐约看到有道颀长的身影站在书房的落地窗前,正注视着自己。

她缩了缩脖子,小心地往旁边挪了挪,心想,她以后再也不去陆氏集团上班了。

第八章 / 真心与契约

同一时间,她放在衣兜里的手机振动了一下。她摸出来瞥一眼,心彻底凉了。

"别躲,我总有办法找到你。"是他发来的消息,这人像是有读心术。

梁挽挽回到生活区,已近午夜,宿舍楼的走廊空无一人,白炽灯光线幽冷,将她的影子拉得很长。她走得很慢,走楼梯到五楼时,一眼就看到最里面那间寝室还亮着灯,门缝里透出些许光亮,为门外的一方小小天地驱散了黑暗。

梁挽挽停住脚步,站在暗处,心情复杂。她曾经成百上千次跟另一个人在这里玩笑打闹,或拎着外卖盒,或捧着书,甚至幼稚地玩石头剪刀布的游戏决定谁去开门。

这扇门太熟悉,可她从未有一刻如眼下这般,没有勇气推开它。太多情绪积压在心底,无奈、凄凉、悲哀、失落,到最后全部化为愤怒,一点点从四肢百骸奔涌至胸口。她深吸了口气,扯开随身背着的包包的拉链,翻出钥匙。

手腕转动锁芯的那一刻,门被人从里边打开。梁挽挽面无表情地拔出钥匙,看了来开门的人一眼。

孟芸穿着黑色毛衣裙,染成浅亚麻色的长发编成麻花辫,垂在胸前。她长着一张和梁挽挽风格截然不同的脸,艳丽妩媚,尤其是那双狭长的丹凤眼,有着超出年龄的成熟感。可惜,纵使她容貌上佳,依旧遮盖不住内心的丑恶。

梁挽挽冷冷地盯着她,一言不发。

"我刚才听到脚步声,就知道是你回来了。"孟芸笑笑,让开路,"我过去和你提过的吧,你走路总是带着不自觉的跳跃感,特别好认。"

她说话的语气熟稔又亲昵,仿佛两人还是亲密无间的室友,没有去过纽约,没有在后台争吵过,更没有为了一个名额大打出手。

梁挽挽不明白人的脸皮怎么能厚成这样,一刀捅进了别人的心窝,不但没有半分愧疚，还摆出一副旧事不提的无辜者嘴脸，这简直是变相的二次伤害。

"说够了没？"梁挽挽心里刹那间充满了厌恶感。

孟芸脸上的笑容淡去，不过很快就调整过来，相当自然地要帮她拎包，准备挂到衣架边，就像两人过去要好时一样。

梁挽挽推开对方的手，戾气十足地道："怎么？当初在甄选时不遗余力地耍阴招推我，现在又做小伏低来讨好我，何苦呢？"

说起来简直可笑，她练过千百次的基础动作，平衡和舒展度早就刻在了肌肉记忆里，根本不可能失败。

天时地利，偏偏人不和。梁挽挽犹记得跳群舞时，作为主跳的她突然跌倒在舞台上，仓皇回过头，就见到孟芸嘴边来不及收回的恶毒笑意，那时的她有多绝望！

那一刻，她听不见带队老师的叹息，看不真切台下面试官们惋惜的眼神。她心神不宁，跳第二幕时大失水准，复试资格直接被毙了。当然，将她取而代之的那位是谁，就不用多说了。

孟芸应该也记起了自己干的好事，垂着头轻声道："我知道你恨我，我把行李都收拾好了，这几天住酒店。"

墙角果然放了个银白色的行李箱，梁挽挽目光一扫，对桌收拾得干干净净，除了几本书，其余物品几乎都打包了。她用脚尖把椅子勾过来，坐下后抬了抬下巴："你把箱子打开。"

孟芸一愣："什么？"

梁挽挽讥笑："把我送你的那些东西都掏出来，我拿去烧了，不然想起来怪恶心的。"

孟芸的脸瞬间白了，整个人变得非常僵硬，声音颤抖："你……"她一个字堵在喉咙口半天，硬是说不出下文。良久，她垮下肩膀，慢吞吞地解开行李箱的密码锁，将它放在地板上，随后苦笑道，"你就非得这样？"

第八章 / 真心与契约

"快点,我还要睡觉。"梁挽挽盘腿坐在桌子上,居高临下地盯着对方。

箱子是三十二寸的,里面装了不少行李,鼓鼓囊囊的。然而当那些不属于孟芸的物品翻出来后,内袋就瘪下去了不少。从手提电脑到耳机,从面霜到唇膏,东西五花八门,算起来有二十来件,每一件都是顶好的牌子,价值不菲。若不是这样盘点,梁挽挽甚至想不起来自己送过她这么多东西。

记忆碎片拼凑起来,恍惚中,她记起了来学校报到那天的事。那时的宿舍是六人间,她有事耽搁了,比规定的时间迟了一个月才到。刚到宿舍的那个晚上,她就见到了一个触目惊心的场景。

一个头发凌乱的姑娘站在墙角,满脸泪痕,穿着贴身的练功服,肋骨清晰可辨。她身边围了一群气势汹汹的室友,大声怒骂她"不要脸""偷东西"。

后来,失物在浴室里找到了,此事不了了之。至于梁挽挽,则先入为主地同情上了这个从大山里走出来的少女。这个没有生活费的小姑娘,练起功来昼夜不停,去食堂还只吃免费的汤饭。

从此,只要孟芸有意无意地提一句自己缺了什么,梁挽挽就会把她的数码产品或者新买的衣服送给她。后者就挽着她的胳膊,甜甜地笑:"挽挽,你真好,我们要做一辈子的姐妹。"

此刻,那句话回荡在耳边,可原本看上去天真单纯的好友已经撕掉了伪装,露出贪婪丑恶的真面目。

梁挽挽怔怔地盯着蹲在眼前的纤细身影,记起在 ABT 的后台,在所有甄选者表演完等着公布复试名单的当口,她狠狠打了孟芸一耳光,惊得团员们纷纷侧目。

那时孟芸是怎么回应的来着?

"我不后悔,你拥有的东西太多了,这次就再让一让我吧。"

她心安理得,淡定从容,脸上带着一点诡计得逞的阴毒笑容,如今想来,依旧能激起梁挽挽一身鸡皮疙瘩。梁挽挽太恨了,恨自己识人不清,

挽挽似月

恨自己真心错付。

孟芸也注意到了梁挽挽难看的脸色,无意纠缠,整理好箱子,站起身来:"好了,就这些,你要就全拿回去。"

"还有一双舞鞋。"

孟芸沉默两秒:"那双舞鞋我穿了很多次了,回头把钱折给你。"

梁挽挽双手抱胸,扯了扯嘴角:"行,那双舞鞋是我亲自去英国帮你买的,来回机票九千,鞋子原价五千,穿旧了打个八折算四千,其余乱七八糟的误工费代购费就不算了,你转我一万三。"

孟芸没动,低垂着头,看不清表情,过了好一会儿,她才突然抬起头笑道:"其实你这种高高在上宛如施舍的态度才最令人讨厌。"她推着行李箱走到门边,穿好外套,继续道,"你生来是天之骄女,家境好,相貌也好,应该不缺朋友吧?你违心和我在一起待那么久,不就是想要博取一个爱护弱者的贤名吗?"

梁挽挽一言不发地听着,屋子里没开暖气,冷意渗入骨头缝里,冻得她浑身僵硬。

孟芸把辫子散开,对着穿衣镜拨了拨头发,似是在自言自语:"别人提到我,总说我是舞院之光的跟班,抱你的大腿,好像我从头到尾都不配有姓名。"

"幸好,这样的日子总算结束了。我会在世界顶尖舞团里大放光芒,至于你……"她笑起来,"若是你明年侥幸入选,我们再一较高下吧。"

说完,孟芸系上大衣的腰带,拖着行李箱走了。高筒靴踩在地上发出"哒哒"的响声,楼道的感应灯随即亮起来。

梁挽挽掐了下手心,猛地追出去:"舞鞋还没还我。"她一把拽住行李箱的拉杆,固执地道,"你不配带走我买的东西。"

她们闹出的动静有点大,有几间寝室的学生已经探出了脑袋,在门边窥探。

孟芸脸上青一阵白一阵,她刚满载荣誉归国,被校长和系主任好好

第八章 / 真心与契约

褒奖了一番,后天就要重新返回纽约进修,根本不想在这节骨眼上闹出什么幺蛾子。

"松手。"她咬牙切齿。

梁挽挽仰着头,脖颈笔直,一字一顿地道:"还给我。"

眼看着看热闹的人越来越多,孟芸没辙了,匆匆忙忙翻出鞋子,往地上一丢,再抬头时丹凤眼里已经含满了热泪。

梁挽挽愣住。

孟芸突然就哭得上气不接下气:"朋友一场,我入选了,你就这样不高兴?为何不能祝福我?挽挽。"

周遭的议论声越来越多,孟芸牙一咬,又说:"你若是心里真的不舒服,就打我一顿出气吧。"

"好啊。"

下一刻,清脆的巴掌声让全场气氛凝滞。

梁挽挽甩了甩手,笑道:"只打右边不好看,得对称呢。"说完,她反手又是一下,力道极大,直接扇得孟芸偏了脑袋。

现场抽气声接连不断,不少人已经拿出手机录视频了。

梁挽挽无视外界干扰,嗓音清脆冷冽:"这两巴掌,算是抵了舞鞋的钱。你放心,我们明年一定会在 ABT 重聚,到时候你可以继续尝尝跟在我身后的滋味。"

孟芸捏了捏拳头,怨毒地瞪了她一眼,然后扭头离去。

梁挽挽发泄完通身的怒火,心情平静了下来,在围观群众的目送下回了寝室,洗完澡后躺到床上,一觉睡到天亮。

她好久没睡得那么舒服了,可惜就是睡眠时间有点短,第二天上课时打了好几个哈欠。

上午的训练课结束后,杨秀茹突然让她去一趟办公室。进了门,杨秀茹打开干柠檬片的罐子,丢了一片到一次性杯子里,打算给她泡热茶喝。

梁挽挽赶紧阻止:"老师,您别忙了,我真有点困,一会儿和您说完就回去午休了。"

杨秀茹停下动作,转过头来:"挽挽,你和孟芸昨晚的争执在论坛上闹得挺大的,再联系到两个月前ABT后台那件事,学校压不下去了。"

梁挽挽低头道:"随便吧。"

杨秀茹恨铁不成钢地道:"你要是被记过,明年参加甄选的资格就泡汤了,知不知道?"

梁挽挽这才惊慌起来,一下子从椅子上站起来:"老师,我……"

杨秀茹摆了摆手,看到小姑娘灿若琉璃的眼里已然蒙上水雾,叹息道:"我拿到了你们在纽约参加甄选时的表演视频,反复看了好多遍。"只有仔仔细细地来回停顿、倒带,她才会注意到那些肮脏不入流的小动作,才搞清楚为什么她的得意门生会在做一个没什么难度的动作时跌倒,败北而归。

梁挽挽终于落下泪来,吸着鼻子泣不成声:"本来站到最后的那个人应该是我啊。"

杨秀茹摸着她的长发,难掩心中酸涩,沉痛地道:"我把录影给校领导们看了,他们的意思……还是低调处理。"百年名校,不可能将名誉付之一炬。

梁挽挽嘲道:"我知道学校不会替我出头,所以您一开始问我发生了什么时,我才不想讲,讲多了也是让您为难。"

"明年还有机会。"杨秀茹拍拍她的肩,"你掌掴孟芸的事儿,我和祝教授已经帮你求过情了。"她顿了顿,像是有些难以启齿,又说,"主任的意思是,你写一封检讨信,让家长签个字,放在系里做个存档。"

梁挽挽睁大双眼:"这世上还有王法吗?她使下三烂的手段夺去属于我的名额,现在还要我做检讨?"

杨秀茹不语,她尽力了,按领导的意思,本来是要记大过的,毕竟那么多人看见了,人多口杂,压都压不住。可现在这情况,只能等小姑娘自己想通了。

第八章 / 真心与契约

两分钟后，梁挽挽长叹了一声："我写吧，但是家长能不能不签字？"戈婉茹要是知道了，非把她剥掉一层皮不可。

杨秀茹点了下她的脑门："平时那么聪明，现在犯什么浑？让你家长签字，没说哪个家长。"

梁挽挽眨眨眼，秒懂。

梁挽挽掐好时间，十二点整一溜烟跑去了隔壁的Z大。在食堂的大军里，她一眼就看到了那个穿着黑色卫衣的高个少年。

池瑜举着不锈钢餐盘，找好了位置，正准备入座，旁边坐着的小姑娘立马红了脸，偷偷看他。

梁挽挽跑过去，跟着他落座，难得露出一个甜美的笑容："喂，姓池的，我有事找你帮忙。"

池瑜面无表情地嚼着土豆牛肉，对她视若无睹。

梁挽挽翻了个白眼，忍气吞声道："哥哥，理我一下嘛。"

少年慢条斯理地喝了口汤，然后才屈尊降贵地扫了她一眼："一分钟。"

有求于人，梁挽挽不敢拍桌子，大概说了一下事情的经过，然后眨巴着大眼睛："很简单对吧？看在兄妹一场的份上，你会帮我的吧？"

池瑜面色冷淡，沉默两秒，颔首道："可以。"

梁挽挽震惊了，其实她已经做好了长期作战的准备，谁知道池相思竟然一口答应了。

当然，他是有条件的，让她陪他出席一个宴会，理由特别敷衍，因为他懒得找别人，怕被纠缠。

梁挽挽当然没理由拒绝，她拿到那个龙飞凤舞的签名时，顺带收到了一套烟灰色的高定礼服。礼服非常美，是中国风，一字肩款式，A字裙摆的最外层是薄纱，缀了银丝线和手工绣出的浅色芍药。

她有些不敢相信，觉得这个交易实在太划算了，有漂亮衣服穿，有美食吃，还能轻轻松松解决学校的刁难。要不是礼服腰线太紧，她真想笑出声来。

不过她的好心情没能维持太久，到了宴会上，她突然看到从加长劳斯莱斯下来的那个熟悉的男人，脸色立马变了，飞速抽回了挽着继兄手臂的手，火急火燎地逃到洗手间避难去了。

第九章
意外的进展

梁挽挽最近手头宽裕了些,陆氏集团把她排练年会节目的辛苦费结了,再加上每周的培训课工资,让她可以高枕无忧地撑到来年开学。

因此,她在远离陆衍和继续存钱的诱惑中没纠结几秒,毅然决然地选择了前者。

半个月前,她就和人事部的经理提了离职的打算,委婉表示临近毕业,诸事繁多,她不方便继续兼职。对方也很通情达理,示意春节假期临近,只要上完最后两周的课就可以。

小变态给她发的那条信息字里行间透露着她逃到天涯海角都会被揪住的警告,她一想起来就头皮发麻。她最近在十五楼上课时都是竖着耳朵,打算一有动静就撤。然而,陆衍一次都没出现过了。

梁挽挽课后听一帮女员工在茶水间八卦,说他因公出国了,而且这次的工作貌似进展得不太顺利,可能会耽搁行程,春节都不一定回得来。她知道这个消息时都想放鞭炮庆祝了,身边没了阴魂不散的讨厌鬼,当然活得更加自在。偶尔,她半夜会接到一个国际长途电话,也是脸不红心不跳地挂掉。

左晓棠后来私底下向她打听过她跟陆衍的关系,得知起源和经过后,还说陆老板好歹是她的救命恩人,她这样避而不见有点没良心。

没良心吗?梁挽挽怔怔地想,如果她继续陪他纠缠,到最后傻乎乎地丢了心,再被他一脚踢开,她可以承受吗?这个人玩世不恭、花样百出,再这样下去,她怕是要彻底沦陷了。

说来说去,梁挽挽骨子里还是自私的,戈婉茹的冷漠绝情教会了她永远不要在一段感情上抱有期待,没有期待就没有失落,更不会有绝望这种令人憎恶的情绪。所以……她把陆衍的联系方式都给拉黑了。

梁挽挽快乐了十几天,这天在宴会上陡然看到他的身影,才惊得立马跑去洗手间避难。

洗手间挑高完美,装修也挺精致,造得跟宫殿似的,从洗手台到私密区起码要走上十来步。每个隔间都占了四平方米,黑胡桃木门上贴了落地镜和灯带,这样你可以舒舒服服地在里头整理好仪容。其实梁挽挽觉得这个设计很反人类,谁会愿意一边上厕所一边欣赏自己的模样?憋得脸红脖子粗的那副模样有啥好看的。

事实证明她还是天真了点,因为最里头那个隔间隐约传来男女的笑声,想也知道那两位刚才躲在这里做了什么。梁挽挽耳根都红了,她无意听人墙角,后知后觉地反应过来这别墅似乎是私有产业,洗手间并没分男女。

她煎熬极了,拎着裙摆站在她的隔间里头,进退两难。想出去,怕对方听到脚步,场面尴尬,等着吧,又不知道他们要耗多久。真是可恶!干坏事为什么不锁门?她只能眼观鼻鼻观心地杵在那儿,把自己当空气。

幸好男人还有点道德观念,决定撤了,梁挽挽听到他不太满意地道:"今天先放过你,这里不方便。"

继而又是一阵打闹,也不知道女伴说了什么,男人哼笑:"还惦记着陆少来没来呢?"

梁挽挽本来想走,听到这句话又定住了。

男人接着嘲道:"你别做梦了,他从前看过你一眼没?再说了,我们衍哥最近有目标了,追得正狠呢。"

女孩子嘀嘀咕咕,梁挽挽听不真切,接下来全程都是这位男士在表

第九章 / 意外的进展

演单口相声。

"你懂个头！我替他送了玫瑰、放了烟花，还准备了热气球，这还不叫追？"

"他怎么就没费心思了？他为了那姑娘难得施了苦肉计，肩胛骨都错位了，要不然，以他的身手能受伤？"

"我懒得和你扯。"

"总之，叫你那帮千金大小姐也省省心，少去烦陆晋明，商业联姻之类的事，不存在的。"

男人说完，隔间门"咔"的一声打开，脚步声响起，越来越远。

梁挽挽确定他们都出去了，才慢吞吞地走到洗手台前。她心不在焉，挤洗手液时摁了好几下，搞得台盆里全是泡沫。水流声"哗哗"的，她无意识地搓着手心，感觉有什么东西如鲠在喉，分不清是恼怒还是失落。

真是！早就知道他是那种没心没肺的混球了。她气的是自己，见着那些花里胡哨的把戏，亏她还感动过那么两秒，原来都是出自他人的手笔。说肩膀废了也是骗她的吧？那个仇医生一看就是他的旧识。她是傻了才会从头到尾都被他耍得团团转，甚至还想要斩断他的情丝，藏着躲着不想见他，太可笑了。

梁挽挽抬起头，看到了镜子里的自己。少女眉梢眼角含着薄怒，嘴唇紧抿，失了惯常的灵动，反而含着一股怨气，像极了被甩的失意者。她被自己这张脸吓了一跳，捧了一捧水，恶狠狠地往前泼去，直到镜面变得模糊不清，才挺直腰杆朝外走。

池瑜靠在墙边等她："你掉到马桶里了？"他语气冷淡，嘲道，"还是见了鬼，特地来这里避避风头？"

"我刚才肚子不舒服。"梁挽挽深吸了口气，没跟他计较，强行牵起嘴角，挽上少年的胳膊，"走吧，哥哥。"

池瑜看了她一眼："别笑了，丑。"

梁挽挽翻了个白眼。

挽挽似月

宴会是临城神龙见首不见尾的隐形富豪沈宴行替爱妻庆生举办的，邀请函总共发了两百张，请的全是有头有脸的商界名流。

池明朗陪着戈婉茹在欧洲旅行，分身乏术，又不想得罪这位年纪轻轻就颇有手腕的大佬，只得让儿子顶上了。池瑜做事全凭兴趣，目前研究生阶段研究的课题是天体力学，不过他早明白以后要继承家业，所以本科拿了金融和物理的双学位。

梁挽挽奇迹般发现，她印象中冷漠毒舌的继兄竟然也能面带微笑地跟一干自命不凡的有钱人周旋，进退有度，从容不迫。相对来说，她的活儿就很简单了，在他介绍完她后温婉地点点头说一声"你好"就可以了，简单来说就是扮演"花瓶"。

梁挽挽近两年很少出席这种场合了，过去她听话乖巧，戈婉茹很愿意领着她出门炫耀。上中学后叛逆期一来，她就开始和母亲对着干，戈婉茹巴不得没生过这个女儿，哪怕聚会时别人问起，也都是一笔带过不肯详说的。

因此，来来往往的宾客里竟然没几个认识梁挽挽的，只当她是池瑜的貌美女伴。直到听他说是妹妹，才恍然记起池明朗后来娶的那个艺术家妻子似乎还带了个拖油瓶。

于是，家中有女待嫁的太太们都热情起来，话里满满的暗示。池瑜心里不胜其烦，面上还得保持恭谨。应付完一堆人后，他寻了个借口，把她带到了自助餐饮区。

梁挽挽端着香槟，笑道："什么叫你妹妹饿了？你妹妹根本不饿。"

池瑜面无表情地盛了满满一盘蔬菜沙拉，塞到她手上，自己拉开椅子坐下，淡淡地道："吃到散场。"

梁挽挽不想坐，裙子太紧了，她光是弯腰把盘子放到桌上就被勒得一阵喘气。她往四周看了看，低头询问："我去给你拿点吃的，你要什么？"

池瑜扯了扯领口："随便吧。"

餐饮区没什么人，大家都聚在大厅的楼梯附近，方才管家已经过来

第九章 / 意外的进展

通知了，说主人去换装，很快就下来开舞，请各位稍等片刻。

梁挽挽没想过要去凑热闹，自顾自地穿梭在美食间，乐得轻松。她观察很久了，到处都没有小变态的身影，不由得松了口气。

取完餐往回走时，她和一个人擦肩而过，对方正在和女伴调侃什么。她听出了这个声音，是在洗手间胡作非为的那位男士。她下意识地回过头去，看到一张俊秀的娃娃脸。

对方也在打量她，先是诧异地挑高了眉，然后笑起来，露出一排洁白的牙齿："嗨，小仙女，记得我不？酒廊里见过的。"

梁挽挽皱了皱眉，对他没什么印象。

"哎哎哎，真无情。"乔瑾装模作样叹了口气，话锋一转，"衍哥知道你在这儿不？"

梁挽挽被他搅和得心烦意乱，退了一步："抱歉，我先走了。"

乔瑾盯了一会儿她的背影，发现那头还有个面容出色的年轻男人在等她后，冷哼一声，拿出手机给陆衍打电话，没想到响了两声就被挂断了。

陆衍发了条信息过来："我和沈宴行谈点事儿。"

姑娘都跟别人跑了，还谈个头啊！乔瑾舔了舔嘴唇，突然觉得最近的生活太无趣了，需要一点狗血。他倚在料理台边，找好角度偷拍了一张梁挽挽和少年凑在一起的照片，给陆衍发了过去："衍哥，有一顶帽子，是绿色的，你想戴吗？"

陆衍在楼上差不多谈完公事了，刚站起来就收到消息，打开手机一看，脸色迅速阴沉下来。

沈宴行挑眉："怎么？还不满意那一个点的让利？"

"不是。"陆衍摇头，站起身来，"合作协议我让助理拟好发电邮给你。"他拉开门，刚要走，瞥见缩在沙发上瑟瑟发抖的长发姑娘，似笑非笑地道，"不是说替你爱妻庆生吗？我怎么看她有点怕你。"

"怎么会。"沈宴行笑了笑，转过头去问，"我很疼我们浔浔的，是不是？"

那姑娘又抖了一下,他不高兴了,加重语气道:"过来。"

那姑娘没动,抬起头来,左右两只瞳孔的颜色居然不一样,一边是浅褐色,一边是深黑色,竟然是鸳鸯眼。如今她那令人神魂颠倒的眼睛里满是泪水:"能不能别关着我了,以前是我对不起你,现在……"

陆衍无心听这对怨偶的往事,替他们掩上了门。

陆衍下楼时,乔瑾凑了过来,给他指了个方向。

餐桌上,少女正一脸嫌弃地将肉片全拨到年轻男人的盘子里,后者冷着张脸,但还是全吃了,看上去两人还挺熟稔的。

陆衍冷笑一声,走了过去。

梁挽挽几乎是第一时间就听到了不紧不慢的脚步声,她背对着那人,看不到是谁,但瞥一眼池瑜越发冷冽的表情……不必回头,她也知道一定是小变态来了。

陆衍噙着笑,站在桌边问:"不介绍一下?"这话是跟梁挽挽说的,可他的眼睛却直勾勾地盯着对面的少年。

池瑜优雅地放下刀叉,慢条斯理地道:"哦,我未婚妻,你们见过的。"

梁挽挽正喝水呢,听到这话一下没控制住自己,嘴里的水全喷了出来,有几滴不幸喷在了高贵冷艳的陆少爷额间。

一旁围观的乔瑾不忍再看,别过头去。

梁挽挽边咳嗽边辩解:"我不是故意的,你站太近了。"

"那真是抱歉了。"陆衍从牙缝里挤出一句话,俯下身,从她的盘子下抽出餐巾,擦掉额间的液体,擦完后,他指了指少女,对池瑜说,"借你未婚妻一叙。"

池瑜皱眉:"你……"

陆衍一把将梁挽挽拉起来:"我这是通知你一声,不是征求你的同意。"他给乔瑾使了个眼色,后者会意,立马上前拦住池瑜。

梁挽挽被他拽得跌跌撞撞,手腕生疼,挣扎道:"你松手!带我去哪儿?"

第九章 / 意外的进展

陆衍头也不回，直接拉着她去了露台。月色极好，冬夜里难得没有风，云层不见踪影，星空璀璨，可惜两人都无心欣赏美景。

梁挽挽被困在转角处，身后是大片蔷薇花架，她看着男人戾气十足的眼睛，不安地咽了口口水："你冷静点。"

陆衍双手撑在她身体两侧，居高临下地盯着她，嗓音低沉："我和你说过的吧，不遵守契约的代价。"

梁挽挽快哭了："不是，他瞎说的，我不是他未婚妻。"

他俯下身，讥讽道："那你如何证明？我看你是谎话连篇。"

梁挽挽听出他话里的轻蔑意味，屈辱感油然而生，她咬着牙，语气生硬地道："就算我撒谎，也轮不到你来指手画脚，你算什么东西！你有什么资格干涉我的私生活？"

陆衍眼睛充血发红，眼神阴鸷，盯了她两秒："这张嘴还是别拿来说话了，光听着就惹人生厌。"

梁挽挽反唇相讥："不爱听你就滚……"

下一刻，她连说话的权利都被剥夺了，吻突然袭来。这是一个惩罚性的吻，没有温情，没有爱慕，更没有悸动，自始至终暴戾肆虐。她没办法呼吸，越来越觉得委屈，泪水没出息地夺眶而出，顺着脸颊落下。

"哭什么？"男人反而得了趣，拉开些许距离后轻笑一声，随手接了一颗她的泪珠，在嘴边尝了尝，味道不咸，掺着空气里隐隐约约的女儿香，还有身后蔷薇花的味道，幻化成一种奇特的滋味，他有点压不住心里那股邪火了。

梁挽挽察觉他的眼神变了味，脑子里警铃大作，狠狠地踩了他一脚，转身就想逃。

高跟鞋的威力无与伦比，陆衍闷哼一声，强忍着痛，手臂一伸又把人捞进了怀里。这回他就没那么好说话了，整个人都散着风雨欲来的危险气息，捏着她的下巴道："你还挺能耐。"

梁挽挽吃痛，迷离的眼神逐渐清明，开始呼喊继兄的名字："池瑜！

池瑜!"

"嗯,接着喊。"陆衍拽着她的手腕,将人带到观景沙发上,凑近她,在她耳边慢条斯理地道,"最好把他喊过来,我会当着他的面……"

最后两个字贴着她的耳朵缓缓道出,梁挽挽浑身一僵,捂住了嘴。

说荤话这种粗俗的事其实也是看脸的,若是对方肥头大耳、面目可憎,相信任何姑娘都会感觉备受屈辱。可当一个神仙长相……譬如长成陆少爷这样的人,喘息着在你耳边低声挑逗,兴许意志不坚定的就会缴械投降了。

怪月色太美,怪蔷薇太芬芳,也怪她太鬼迷心窍,竟然忘了第一时间反抗。等她反应过来想要去挠他的脸时,手指却被他抓住,拉到嘴边细细亲吻。

那种神魂颠倒的感觉又来了,酥麻感从指尖开始,向四肢百骸弥漫,最后连骨头缝都发痒。她觉得自己像个没有灵魂的傀儡娃娃,无法抵挡那致命的节奏,只能任由他摆弄,可耻的泪水含在眼里,要掉不掉,真是要命。

陆衍盯了少女很久,又凑上前含住她柔软的嘴唇,含混不清地叹了一声:"抱歉啊,我忍不了。"

这时候说对不起有什么用?衣冠禽兽,大约说的就是陆少爷这种人,一边温柔地向你道歉,一边强迫你做坏事。偏偏他还长了张那样得天独厚的脸,侧过头来吻你的样子专情得像是要把全天下都送到你面前。

梁挽挽颤了颤睫毛,突然闭上眼用力咬了他一口,牙齿刺破下嘴唇,血腥味很快弥漫开来。

陆衍吃痛,却不肯罢休,反而越发狠戾地加深了这个吻,大有和她抵死缠绵到地老天荒的架势。

梁挽挽真真切切地体会到了言情小说里主角被亲到缺氧的滋味,亏她当初还骂过那些作者写得不切实际,如今自己却眼前发黑,只能颤抖着揪住他腰侧的衬衣。

第九章 / 意外的进展

陆衍退开一点,轻笑道:"这就受不住了?"

他越说越离谱,梁挽挽恨不得时光倒流,若能预见今日,她一定带一把防身的武器,好让这个魔头知难而退。

小姑娘面红耳赤,眼神亮得惊人,瞳孔里仿佛燃了把火。不想把人逼得太紧,陆衍收起笑意,揽着她的后背将她拥入怀中,摸着那绸缎般的长发,叹道:"你不说话的时候可爱多了。"

梁挽挽深呼吸几次,等缓过来,用力推着他的胸口,拼命和他拉开距离,怒道:"你随便亲吻别人的样子更像个变态了。"

他勾起嘴角:"你敢说你不享受?"

梁挽挽气到去踹他的下盘,被无情的武力镇压后,又悻悻地讽刺道:"我可没有你经验丰富,头一回不懂得分辨好坏很正常,等以后有了比较……"

她越说越小声,后边几个字生生吞了回去。

男人的神情又冷了下去,明明嘴角还含着笑,可眼里的寒意堪比深冬坚冰。他俯下头,亲昵地道:"怎么不说了?"

梁挽挽别开视线,咬牙道:"你能不能别老像个神经病一样,阴晴不定。"

陆衍捏了捏她的脸颊,轻笑道:"怕了?"

梁挽挽沉默,头一回和他交手,她就知道他的段位高出她太多。而且这位陆少爷行事太过乖戾嚣张,竟然敢在她继兄眼皮子底下强行掳人,也不管大厅里那么多宾客看见没有,丝毫不顾脸面。

她是真的有点怕,如果连仅剩的一张绅士面具他都能不管不顾地撕去,她不知道还能拿什么东西去制约这个禽兽。

"怕就对了。"陆衍拉着她站起身,屈尊降贵地替她抚平裙摆上的褶皱,笑意加深,"下次还敢躲我吗?"

梁挽挽咬着嘴唇不吭声。陆少爷眨眨眼,半是认真半是开玩笑地道:"再躲就把你关起来。"他想起之前帮别人打造的纯金鸟笼,越发觉得

挽挽
似月

这主意不错,"玻璃屋怎么样?里头弄个水晶舞台,你不是喜欢跳芭蕾舞吗?"

梁挽挽顿时毛骨悚然,鸡皮疙瘩全起来了,她异常丰富的想象力立马为她在脑海中构建出一个阴暗的画面——她穿着薄薄的衣服,在有限的空间里不停地旋转,近处坐了个男人,好整以暇地欣赏她。

她果然还是低估了陆少爷的畜生程度,这家伙说得出做得到。梁挽挽绝望了,示弱般拉着他的衣襟,试图和他讲道理:"你能不能考虑一下我的感受?我说了不想谈恋爱。"

"我给过你足够的尊重和自由,你要什么我都能给。"他把她散在背后的长发拨到胸前来,盖住颈侧的红印,似笑非笑地道,"而你呢?拉黑我的号码,趁我在法国出差时随随便便勾搭了个未婚夫,你的契约精神去哪儿了?"

说话间,露台边刮来一阵风,像是在应和他的控诉。花架上有朵蔷薇簌簌抖动,欲落不落,他瞥了一眼,伸手折了下来,插到少女发间:"我尝试过做个伪君子,可后来发现更适合当真小人。"

"其实我真该谢谢你违背了诺言。"每一个字他都说得缓慢而低沉,如宣誓一般庄重,又像是在真挚地剖析内心。

梁挽挽不经意望进他漆黑的眼里,为其中病态的偏执意味而心惊,一把将鬓角的蔷薇扯下来,脸色很难看:"你什么意思,要强迫我?"

陆衍垂着头,捏着她的手把玩,随意地道:"你想怎么界定都可以。"他顿了两秒,笑起来,"如果能让你开心点,你可以理解为我在追求你。"

天底下怎么会有这么厚颜无耻的人?把强迫说成追求,梁挽挽简直气笑了:"我就想问问,下回我要是惹怒了你,是不是还得在你面前摇尾乞怜?"

陆衍皱着眉道:"你没必要作践自己。"

"是你在作践我!"她陡然提高音量,像是被踩到了尾巴,原本止住的泪水因为过分激动的情绪又涌出眼眶。

第九章 / 意外的进展

到底还是个刚刚二十岁的小姑娘，丢掉了张牙舞爪的伪装，眉眼间满是委屈和不知所措的神色。陆衍看了很久，轻轻揽着她的腰将她往怀里带，被她毫不留情挣开后，加重了力道，半强迫地抓住她的手，放进自己的外套里。

梁挽挽挣不开他，气道："做什么！"

他耐着性子问："摸到没？"

衬衫贴着男人清瘦的肩膀，唯有边缘处隆起了一块，摸上去像是骨头错位的后遗症。

梁挽挽猛地缩回手，抬头看着他。

陆衍哼笑："本少爷此前从没为女人受过伤，要是作践你，还会替你去挨那一下？"

这话倒是不假，这个同情心无限趋近于零的公子哥，向来冷心冷情，自私到了极点，在他的字典里，压根没有"舍己救人"四个字。

梁挽挽不为所动，硬着心肠道："你自找的。"

"行吧。"他放软了语气，"总之以后别再躲我了，我来找你的话，十次里面允许你拒绝一次。"

梁挽挽睁大双眼："你有病啊！我是你的嫔妃吗？"

陆衍勾了勾嘴角，心情颇好："弱水三千，朕只取挽挽一瓢，是不是该谢主隆恩了。"

"呵，我可不止有你一个选择。"她冷笑一声，没再看他，朝门那边走。

厚重遮阳帘露了点缝隙，隔着一扇钢化玻璃门，梁挽挽看见池瑜在人群里搜寻她。少年惯常面无表情的脸难得染上些许焦躁，不再那么冷若冰霜，总算有了几分人气。

露台隐蔽，他找不到也算正常。梁挽挽想要拉开门出去，身后的男人突然贴上来，压着她的手。她转过身，发现他嘴边的笑意淡了几分。

"别的选择是那小子？嗯？"陆衍阴沉着脸，掐着少女的下巴，逼她仰起头来，"果然，你这张小嘴里吐不出什么好听的话，只能拿来尝尝味道。"

　　眼看他又要胡作非为，梁挽挽偏了偏头，急道："你发什么疯？那是我哥！"

　　陆衍愣了一下，慢慢放开了她。

　　玻璃门被拉开，光线照进来，像是心有所感，池瑜慢慢转过头来。隔着区区几米距离，他看到了少女眼尾泛红、嘴唇微肿的模样，足以想象出她方才经历了什么。

　　池瑜胸中郁气万千，陌生的愤怒情绪瞬间席卷全身。分不清是嫉妒还是不甘，各种滋味和怒火混在一起，令他双目赤红，根本无法冷静。他咬着牙，理智尽失，对着少女冷冷地道："你还要不要脸了？你就这么自甘堕落和别人胡闹，把我父亲的名声置于何处？"

　　梁挽挽浑身发抖，不敢相信自己听到了什么，指着他的鼻子恨恨地道："你有什么资格管我？"

　　"你以为我想管？"池瑜冷笑道，"要不是你名义上还是我妹妹，我多看你一眼都嫌烦。"

　　论毒舌，池相思还是略胜一筹。

　　陆衍见不得小姑娘憋屈，轻轻扯了下她的手腕，又将人拉到怀里，没好气地道："火别那么大，花前月下，我跟我女朋友亲近亲近，不犯法吧？"

　　池瑜握紧拳头，铁青着脸，一言不发地走了。

　　这一夜不平静，梁挽挽情绪大起大落，一个字都不想再说，拒绝了陆衍送她回寝室。他倒是好风度，也没再逼她，转头叫了的士，付了钱，记下车牌号后叮嘱她到了给他发消息。

　　梁挽挽沉默着点点头，关上车门后和司机说了左晓棠公寓的地址。她心情糟糕透了，今晚不想一个人待着。

　　左晓棠来开门时还很意外，冲了杯热可可塞到好友手上，随后又兴冲冲地拉着她到电脑前坐下："来来来，你看看。"

第九章 / 意外的进展

梁挽挽意兴阑珊地瞥了眼屏幕:"这什么东西啊?"

左晓棠很兴奋,给她详细介绍了一番:"我和你说哦,我们集团每年的年终晚宴,除了行政部拟出的抽奖清单之外,还有全体员工联名投票的总裁神秘大奖,只要票数够高,要求别太离谱,就会强制执行。"

截至今日,主页界面的左侧已经显示了票数前三的结果。

"和陆总去无人海岛十日游。"

"获得一年陪同总裁出国考察的培训券。"

"总裁专属电梯的终身使用权。"

梁挽挽很无语:"你们公司阴盛阳衰有点厉害啊,男员工的心愿呢?他们应该不可能觊觎陆衍的美色吧。"

左晓棠悠悠叹了口气:"竞争太激烈了,你得考虑到每一层楼的保洁阿姨和不计其数的客服外聘岗。"说着,她突然想起什么,激动地道,"挽挽你不是也有账号吗?赶紧投啊!"

梁挽挽鄙夷地道:"你们公司的女员工都失心疯了吧?这玩意儿我可不感兴趣。"

左晓棠退而求其次:"那你也可以说一个你喜欢的嘛,喏,下边有输入框。"

"确定是匿名的?"梁挽挽有点怀疑。

她看了两眼,怀着报复的心态,切换了自己的员工账号,"噼里啪啦"地打字:"请总裁在年会上为大家表演一段艳舞。"

一月中旬,气温骤降至零下五摄氏度。作为Z省最南边的城市,临城下了一场罕见的大雪,天空整夜飘雪,直到迎来清晨的第一缕阳光,才渐渐转晴。整个城市似是披上了一层白霜,玉树琼枝,掩映如画。

这一天,陆晋明反常地在工作时间打电话给儿子,要求他空了就回去一趟。

陆衍午饭都没来得及吃就开车回了老宅。陆家三代以前就发迹了,

挽挽
似月

宅子建在临城寸土寸金的市中心，那还是个别墅区，三面环着人工湖，用来欣赏雪景再好不过。可惜管家一早就带着仆人把落地窗都遮住了，厚重的丝绒窗帘将外头的雪景挡得严严实实。

客厅里光线昏暗，沙发旁只有一盏落地灯亮着。周若兰站在丈夫身边，温柔地跟他说话，涂了暗红色指甲油的手指在陆晋明太阳穴旁轻轻按压。

廊厅处有动静传来，开门的仆人低下头，恭谨地唤道："少爷。"

陆衍"嗯"了一声，手插着兜，走到茶几前站定，还是那副意兴阑珊的样子。

周若兰面色一僵，自从上回被对方抓到把柄后，她就很怕这个继子，从心底不由自主地生出了一股恐惧感。

陆晋明注意到了，拍拍她的手："若兰，你约几个朋友去购物吧，不是说有款新包想买吗？"

"啊，是的，那我先走了，回来陪你吃晚饭。"周若兰勉强笑笑，如逢大赦，立马站起来，和年轻男人尴尬地打了声招呼就出去了。

陆衍勾了勾嘴角，算是回应，态度傲慢又无礼。

陆晋明懒得说他，拿起桌上的紫砂壶茶盏，替自己倒了杯热茶。灯影落在他不再年轻的脸上，显得他眼角纹路尤为深刻，他捧着杯子，神情怔然。

陆衍也没催他，长腿一伸，懒洋洋窝到对面的单人沙发里。这是他的专座，当初家居设计师特地量了他的身高腿长为他定制的。因为太舒服，他不自觉地打了个哈欠。

下一刻，陆晋明发话了："我是让你来睡觉的吗？"

"哪儿能啊。"陆衍手撑着额头，笑道，"我还以为是来看您发呆的。"

可不是嘛，都快十分钟了，老头子硬是凹了一个姿势，捧在手里的茶都凉了。

"别插科打诨。"陆晋明瞪了他一眼，挥挥手，示意仆人都下去。

厅堂里很快只剩下父子俩，他沉吟片刻，像有些难以启齿，最终还是开

第九章 / 意外的进展

口道,"阿衍,快到一月二十三日了,今年你哥哥的忌日……"

陆衍淡淡地接话:"一起去吧。"

陆晋明先是愣住,然后表情变得有些复杂,连连点头。他一连说了三个"好",到最后时语气哽咽,头深深埋入掌心里。十五年了,他引以为傲的一对双生子,天之骄子般的哥哥夭折在雪夜,顽劣不堪的小儿子受到惊吓,记忆缺失了大半,强制进行了三年的心理治疗,情况才得以缓和。

因为这桩事故,发妻经受不了打击,身体迅速衰败,之后的五年里缠绵病榻,四十岁不到就撒手人寰了。原本和美的家因此分崩离析,自那以后,陆晋明再也不能容忍下雪的天气。

"你别想了。"陆衍叹了一声,看着在回忆里挣扎的父亲,低声道,"其实我到现在都记不起来那一天究竟发生了什么,梦里都是支离破碎的画面。"

陆晋明猛地抬头,骇然道:"你又开始做梦了?"

"偶尔吧。"陆衍笑笑,"我去过周医生那里,她认为PTSD(创伤后应激障碍)的症状还在,让我在睡眠不好时尝试用药物辅助。"

然而那药吃了更糟糕,早上起来他都浑浑噩噩的。十二岁到十五岁,他的世界都是灰白的,他敏感易怒,一点喧闹声都听不得,只想捂着耳朵躲在紧闭的房间里,谁都不要来打扰。

陆晋明坐不住了,焦虑地道:"阿衍,要不你先别忙集团的事儿了,这阵子休息一下。"

"没那么严重,做梦罢了。"陆衍不肯说实情,其实他内心深处最不安的是那两次莫名其妙的失踪,明明早上还在准备开视频会议,晚上就倒在老宅门口,中间发生了什么一概不知。

这情况诡异蹊跷,周医生都无法判定,认为超出了心理学范畴,得去看精神科医生,还介绍了美国那边的权威人士给他。陆少爷很无奈,他现在从一个心理疾病患者直接跳到精神病人了,真是绝了。

陆晋明不放心，反复叮嘱儿子，让他固定去周医生那里报到。

陆衍随口应下，起身离去前，瞥到院落里母亲亲手栽下的那棵梅花树，轻声道："老头，你说如果当初死掉的那个人是我，我妈是不是就不会抑郁了？"

陆晋明哆嗦着嘴唇，加重语气道："阿衍！"

"开玩笑的。"陆衍嗤笑一声，恢复那副吊儿郎当的模样，接过仆人递过来的车钥匙，甩甩手，"走了，年底集团破事儿多，最近少烦我，我是真没时间回来看你和周小妈亲热。"

陆晋明笑骂："臭小子。"

别墅外冷风瑟瑟，雪堆到了脚踝处，踩下去"咯吱"作响，陆衍抬头，被天边高挂的旭日晃了下眼。

突然间，幻觉不期而至，陆衍看到了雪地正中躺着的陆叙。少年捂着被割开的脖子，墨色的眼睛里满是不甘和绝望的情绪，鲜血争先恐后地从他指缝往外冒，他的脸色渐渐灰败。弥留之际，他却忽然咧开嘴笑起来："哥哥替你死了，阿衍会内疚吗？"

陆衍的心脏像是被人用力攥住了，他喘不过气来，踉跄着倒退两步，用力闭了下眼，再睁开时，恐怖画面总算消失殆尽。冷汗自额头落下，他发动车子，将油门加到最大，轮胎抓地，发出刺耳的摩擦声。

因为下雪，城区交通不畅，陆衍皱着眉，上了绕城高速。手机一遍遍地响，他接通，没心思听范尼汇报，直接让对方把下午的行程全推掉。可方才那幕却怎么都无法从脑海中淡去，他越想头越痛，额头正中仿佛扎了一把刀，一寸寸地往里推。

陆衍突然有种预感，如果不能控制住心神、不能冷静下来，兴许他又会失去意识，无法操纵自己的身体。

神思恍惚间，车子逐渐歪斜，左边车道的大货车响起尖锐刺耳的喇叭声，陆衍瞬间清醒。

跑车速度太快了，眼看就要撞上，他低咒一声，脚踩刹车，方向盘

第九章 / 意外的进展

朝右猛打。幸好这会儿高速上车流量不大,车子在右侧的两个车道里转了两圈,然后撞上护栏。

车身和护栏摩擦出火花,发出刺耳的声响。安全气囊猛地弹出,冲击力极大,狠狠地打在他脸上,陆衍高挺的鼻梁骨第一时间遭受重击,紧接着眼前一片白光。

他的肋骨被安全带勒得生疼,耳鸣过了许久才停下。等到一切安静下来,陆衍动了动身体,察觉并无大碍。祸害遗千年,可不就是这个道理。

玩惯了激情飞车的陆少爷不以为然地笑笑,舌头舔了舔口腔,尝到了浓重的血腥味。他翻下遮光板,看了看镜子。里头的年轻男人双眼赤红,额角划了道口子,大概是方才撞击时擦到了什么。鼻梁最高处肿了,人中处一片殷红,他抬手抹一把,发觉自己正在流鼻血。不得不说,这副模样相当狼狈。

他瞅了两眼,把瘪了的安全气囊往旁边拨了拨。大少爷有钱,却怕麻烦,没打算喊交警和保险公司,自己下车粗粗评估了一下,重新发动车子。毕竟他手底下还有个玩票性质的车行,那帮小子别的不行,技术活倒是还可以。

他没想太多,直接朝目的地前行。

下高速后,收费站的工作人员看了他好几眼,小声问他需不需要帮助。陆衍把钱递过去,随口抛下一句"不用",扬长而去。

途径废弃工地,看见几栋烂尾楼,陆衍顿觉眼熟。他靠边停下车,瞅了两眼,想起上回和那位花脸猫小姐来过。那时是他肩膀受伤了,她替他敷冰袋。

此时故地重游,有点意思。陆少爷没压抑本性,朝烂尾楼拍了张照,翘着嘴角给小姑娘发消息:"老地方,不见不散。"

梁挽挽最近有点累,手机振动时还睡得迷迷糊糊的。舞院的大四学生过得很苦,学校有意向筛选优秀毕业生留校工作,每周一到周五的上半天,三节体训课连着上,校领导亲自盯梢。

挽挽
似月

讲道理,她很喜欢母校,舞蹈演员的职业生涯只有黄金几年,她当然想过以后如果不能跳了,就在这里任职,发挥余热。但系主任似乎因为孟芸的事对她有点意见,经常在旁听时指明动作让她重复跳,这就导致梁挽挽的活动量大大超过了其他同学。这段时间,她比在祝殷歌那里排练校庆节目还辛苦。

她眼皮勉强掀开一条缝,看到微信界面上的"小变态"三个字就来气,恨自己前两天迫于威胁又将他加了回来。再一看他发来的图片,地点相当熟悉,回忆却不怎么美好。她冷哼一声,按了静音,把电话丢到枕头下,选择继续和周公约会。

这一睡就直接睡到了夕阳西下,梁挽挽醒来时,寝室一片漆黑。她嗓子太干了,爬下床去喝了两杯水,洗完脸后拿起手机,打算去隔壁寝室叫上白娴一起去食堂解决晚饭。

走廊上,梁挽挽打开手机,做好了被陆少爷骚扰的准备。谁知道手机主界面还算干净,没有未接来电,也没有太多消息,小变态的微信也只发来了一张照片和一条语音。

她有些意外,先听了语音,男人的声音从听筒里传来:"我的挽挽这么狠心。"

这句话没头没脑的,梁挽挽皱起了眉,又点开照片,看清照片的一瞬间差点把手机摔了。这个眉梢嘴角都带着血痕的男人真的是陆少爷吗?他这副尊容,活像被仇家拿啤酒瓶砸在了脸上。那么在乎自身形象的公子哥,怎么会把自己搞得这么狼狈?

她看了下两条消息发来的时间,第一条是下午一点一十七分,第二条是下午五点四十二分。中间隔了四个多小时,他一直等在那儿吗?

梁挽挽不安地咽了口口水,到底还是心软,直接按了通话键。那头响了两声,很快接通了。

两个人都没第一时间开口,气氛沉寂。

过了一会儿,陆衍轻轻咳嗽了两声。

第九章 / 意外的进展

梁挽挽烦躁地抓了抓头发："你什么情况啊？"

他说得轻描淡写："哦，车撞了，我一直在流血，突然想起你，就过来看看。"

"你是不是有病？"梁挽挽忍耐地磨了磨牙，为他这话的逻辑而震惊，"不去看医生不去处理伤口，在那个破地方耽搁什么呢！"

"等你啊。"他低笑道，"你不来，我都没兴致去医院。"

"神经病！关我什么事！"梁挽挽挂断电话，大步走到白娴的寝室前。后者刚巧开门，巧笑倩兮："走吧，挽挽，去食堂。"

梁挽挽盯着好友的脸，脑子里浮现的却是陆衍那张受伤的脸。犹豫良久，她哀叹一声："抱歉，下次吧，我有点事儿，先去处理一下。"

于是，她在白娴诧异的眼神里转身回了宿舍。

梁挽挽还是意难平，拿上车钥匙来到停车场后，在空荡荡的地下车库怒骂了好几声"陆衍去死吧"，惹得一对在角落里黏黏糊糊的小情侣惊叫起来。

十分钟后，她开着兰博基尼到了废弃工地。

不远处，树荫的阴影下，停着一辆深灰色的跑车。

梁挽挽走过去，发现陆少爷不在前排，就绕到后边。窗膜颜色太深，这里又没路灯，根本看不清，无奈之下，她用力敲了几下车窗："喂，死了没？"

里头没动静，她又喊："陆衍！"

还是没动静，她想再敲几下，车门猝不及防地开了，里面伸出一只手，一把将她拉了进去。梁挽挽惊慌地眨眼，只觉天旋地转，回过神来人已经坐在了他腿上，男人的手臂桎梏着她的腰。

陆少爷笑得眉眼弯弯："担心我是不是？"

梁挽挽使劲和他拉开距离，恼道："你这种人，死了才好。"

陆衍摸了摸她的耳垂，眯眼笑道："不行啊，死了怎么给你跳艳舞。"

"艳舞"两个字成功震慑到了梁挽挽,他是怎么知道的?她忘了自己还坐在男人腿上,伸手去拽他的衣领,有些恼羞成怒:"你们大集团就是这样欺负人的?说好是福利,结果最高执行官却不守规则,偷偷打探。"

"你也太天真了。"陆衍任由她拽着,靠着椅背,凉凉地道,"你该不会以为那个页面真是匿名的吧?"

梁挽挽瞬间被狠狠打脸,加大手劲,简直想把小变态从后窗丢出去。

陆衍轻笑道:"这是陆氏集团的传统节目,但是完全不监控是不可能的,综合管理部成立了组委会,专门负责筛选这些提议。"

梁挽挽鄙视道:"挂羊头卖狗肉。"

陆衍笑了:"去年我爸没退隐的时候,被砍掉的最高票心愿是成为他唯一的儿媳。"

梁挽挽有点无语。

"前年的是IT部门一个大龄光棍的心愿,他好不容易找到了老婆,和公司索要五百万新婚基金,还说给支持他的员工一人发一千块。"他慢条斯理地继续说,"大前年——"

梁挽挽深吸了口气:"好了你不要再说了。"怪她没有好好想一想其中的门道,说来也是,既然是总裁神秘大奖,页面上又没设置条条框框,天马行空、不切实际的员工当然很多。

她自己也是,叫人家大老板跳艳舞,这种恶趣味要是真被满足,小视频流传出去,企业名声会怎样?她脸上火辣辣的,一半是尴尬,一半是懊恼。

陆少爷好整以暇地盯着她,倒真闭了嘴。小姑娘全然不设防,跪坐在他膝盖两侧,空气里弥漫着一股不知名的甜香,不知是不是沐浴露的味道。他眉眼舒展,心底最深处的阴暗想法因她的存在而被驱散。

半响,小姑娘反应过来,短促地惊呼一声,敏捷地起身,坐到了旁边的坐垫上。

第九章 / 意外的进展

她动作有点大,手肘顶到了他的鼻翼。陆衍"嘶"了一声,捂着鼻子低下头去,好不容易止住的鼻血又开始泛滥,温热的液体透过指缝往下滴落。

他皱着眉,语气有些无奈:"是不是每次见你,我都会有血光之灾?"

车里可视度太低,只有一抹月光透过前挡风玻璃投射进来,梁挽挽摸索片刻,摁下一旁的阅读灯。

昏黄的灯光下,男人慢吞吞地移开了手。原本流畅的下巴线条因为血迹变得模糊,人中连着嘴角那一块都红了,额角的头发黏在一处,耷拉在眉骨上方。他整个人狼狈到了极点,哪里还看得出半分平日的美貌。

梁挽挽震惊,看照片时没觉得那么严重,眼下眼看见真人才知道这家伙不是在开玩笑。她不安地咽了口口水:"你还好吧?"

陆少爷抬起头,猩热的血有一部分返流到了咽喉里,他轻咳一声:"你来之前还有大半条命,现在就不好说了。"

梁挽挽慌乱地眨了眨眼,看着他血流不止的样子,真心感到抱歉。她环顾四周,方向盘那里有一个瘪掉的安全气囊,除此之外,车里干干净净的,没找到纸巾之类的东西。

她先行下车,然后绕到另一边拉开车门,伸手去扶他:"我送你去医院。"

陆少爷勾起嘴角,坏心地把重量压到她肩膀上,坐上兰博基尼的副驾驶座后,又假装为难地看了眼安全带。

小姑娘启动车子,俯身过去替他系好。

他笑得眉眼弯弯,在她发顶亲了亲:"真乖。"

梁挽挽反射性地抱着脑袋避开,脸红起来,气急败坏地道:"陆衍!我刚洗了头!"

陆衍捂着嘴唇,低笑道:"嗯,还挺香。"

梁挽挽无力吐槽,瞥了眼他因失血而发白的脸色,踩了脚油门。她太久没开车了,没掌握好力道,跑车风驰电掣般窜出去。

推背感使得陆衍的头晕症状加重了，他阖着眼，叹道："你是真想我早点去世是吧？"

梁挽挽懒得跟伤残人士计较，放慢了车速。到最近的医院大概十五分钟车程，中途依然要路过商业街，行人素质堪忧，不但闯红灯，还优哉游哉、散步般过马路。

梁挽挽控制不住自己的暴脾气了，探出脑袋大喊："喂，走快点！我们这里有人要死了，急着抢救呢！"

群众纷纷侧目，见到一张血糊糊的脸后吓得立马跑起来。

陆衍转过头去看她，小姑娘面上写满了"这个人绝不能挂在我车上"的惊慌神色。陆少爷突然就心软了，不忍心再骗她，淡淡地道："你先停下车。"

梁挽挽"啊"了一声，虽然不解，但还是依言踩了刹车。

陆衍降下车窗，指了指街对面的药店："替我去里面买两样东西，棉花和湿巾。"

"可是马上就到医院了啊。"梁挽挽眨了下眼，"没必要在这里耽搁吧？"

陆衍笑起来："我就流了点鼻血，占用医疗资源不好吧？"

梁挽挽半信半疑地盯着他，半响，脸色渐渐转冷。她一言不发地下车，把车门摔得震天响。买好东西回来后，她把塑料袋丢到男人怀里，看也没看他一眼，低着头摆弄手机。

陆衍拆开医用棉花的包装，随意扯了两团，堵住鼻子，手指撩了撩她的长发："生气了？"

梁挽挽翻着微信朋友圈，头也不抬。

陆衍冷笑道："我承认我有故意夸大的嫌疑，但不这样做的话，你能过来找我？"

说来可悲，他陆衍怎么会沦落到要这样耍手段恳请姑娘家垂怜的地步？一朝天子一朝臣，风水轮流转，他不得不信命。

第九章 / 意外的进展

"我在车里等了你四个小时,要不是最后发了那张照片,你怕是还在寝室里睡大觉吧。"

梁挽挽语塞,张了张嘴,没能说出话来,反倒被他一把拉了过去。她猝不及防地摔在他胸口,耳朵贴着他的胸腔,感受到他的心脏在蓬勃跳动,频率竟然有些快。

"真是造孽。"男人鼻音浓重,脸色阴沉,哼笑道,"本少爷怎么就喜欢上你这么个没良心的东西。"

很浅显易懂的一句话,听在梁挽挽耳中就成了无字天书。这位傲慢无礼的公子哥,吊儿郎当地说过要泡她,毫无诚意地借了他人的手替她过生日。各种讨人厌的事他都做尽了,却唯独没有这么落落大方地承认过他的心意。"喜欢"这个词,太纯情了,纯情到根本不适用在他这样的二世祖身上。

理智告诉她要淡定,但兴许是虚荣心作祟,梁挽挽还是不争气地红了脸。她仓促地坐直身子,正色道:"你今天太丑了,我拒绝你没有心理压力。"

"这不是表白,你拒绝个头!"陆衍把湿巾塞到她手里,"先替我擦一下,擦干净了带你去吃饭。"

梁挽挽顿时觉得自己一拳打在了棉花里,有气发不出。她只得把那股莫名其妙的失落感化作怨恨,全发泄在陆少爷那张细皮嫩肉的脸上。

"你是女人吗?这么粗鲁!"陆衍偏了偏头,躲过她的魔掌,语气低沉,"你就是这么伺候恩人的?"

梁挽挽睫毛颤了颤:"那你自己擦!"

陆衍气笑了:"谁惯的你。"他就着她的手,用湿巾一点点把血污擦干净。

梁挽挽想缩回手,可惜对方抓得死死的,这种亲昵让她异常不适,只能伴装不在意。

良久,碍眼的血污除去,陆少爷惊人的美貌再度显露出来。额角的口子都不能损他半分风采，反而添了点说不明道不清的痞气。

  两人走进名为"观澜柏舟"的中餐厅时，一楼迎宾的女服务员齐刷刷地回头，含羞带怯地跟陆衍打招呼。

  领班走过来，熟门熟路地带他们去了三层雅间。递上菜单时，他恭谨地问了一句："陆总，乔少他们在隔壁，要我去通知一声吗？"

  陆衍没作声，试探性地瞅了瞅对面的小姑娘。梁挽挽连连摇头，她对他那帮狐朋狗友一点兴趣也没有。

  "那就算了。"陆衍掀了掀眼皮，随意报了几个菜名，嘱咐道，"不用让他们知道我在这儿，太闹腾。"

  然而，餐厅的隔音实在有些差，乔瑾跟在太子爷屁股后面这么多年，对他的声音那是铭记在心，逮了个服务员问清楚，片刻后就兴冲冲地跑过来了。骆勾臣跟在他后面，一副唯恐天下不乱的样子。

  梁挽挽喝杯茶的工夫，包厢门就被拉开了，宴会上碰到过的那个在洗手间里胡天胡地的浪荡子突然出现，她惊讶地看向陆衍。

  陆少爷也很无奈，看着乔瑾："你鼻子属狗的啊？"

  "哎哎哎，什么时候我们衍哥也开始重色轻友了。"乔瑾厚脸皮地拉开椅子坐下，外套袖口往上缩了缩，露出腕上戴着的深蓝色星空手表。

  梁挽挽无意中扫了一眼，脸色立马变了，猛地扑过去："这块表……"

  "表怎么了？"乔瑾云里雾里的，不清楚状况，顿了顿，又眉飞色舞地道，"是不是特别好看？限量款，好不容易搞到的，对了，衍哥你不是也有一块吗？"

  梁挽挽怔住，如提线木偶一般，僵硬地转过头去。

  陆衍叹了口气，默默放下筷子。

第十章
柳暗花明

梁挽挽最近的生活大起大落,充斥着各种意外和惊喜,十分刺激,以至于她都忘了两个多月前走错房间的荒唐事。或许是潜意识里不愿意想起这个错误,又或者是骨子里对自己醉酒后的肆意妄为太过失望,至少在最近两周,她将那件事完全抛到了脑后。

如今再看到那块手表,她又记起了那件事。

原本最大的嫌疑者不就是眼前这位陆少爷吗?帮他取回手表的范尼是他的特助,他洗完澡后的味道和那个神秘人的如出一辙,甚至他本人,那一晚也在香舍酒店的行政酒廊里出现过。

巧合太多了,她之前没有仔细想,如今静下心来推敲,竟然每一处都能吻合。梁挽挽握着青瓷茶杯的手指用力到泛白,她不禁哆嗦起来,里头的碧螺春跟着洒了一些出来,溅到手背上。她丝毫不觉得烫,死死盯着身侧的男人。

陆衍注意到那道狠厉的视线就在自己身上打转,转过头去,试图用眼神表达疑问。

梁挽挽咬了咬牙,碍于包厢里还有别人,忍着没当场发作。

乔瑾神经大条,没察觉到剑拔弩张的窒息氛围,还在火上浇油:"衍哥,你最近怎么不戴那块表了?早知道你不喜欢,我前两天就不用眼巴巴地飞到拍卖会上去买二手的了。"

挽挽
似月

　　陆衍抬头，给站在门边的骆勾臣使了个眼色。后者心领神会，一把拖着后知后觉的乔公子走了，留下一串狼嚎："喂喂喂，干吗？你别拽我领子，这可是新定制的外套！"

　　惹祸精走了，包厢门重新被关上，徒留一室死寂。

　　陆衍有些茫然，其实他掌握的信息很有限，通过范特助的描述，只能判断出三点：第一，她确确实实捡到过他的东西；第二，她并不知道失主是他；第三，她似乎相当厌恶这块手表的主人。这三点听上去毫无关联，挺荒谬的是不是？

　　纵然陆少爷自负天资过人，也猜不出前因后果。只是他跟着陆晋明出入商场久了，习惯于把隐藏的矛盾扼杀在萌芽阶段。既然他对她有兴趣，那就干脆把可能会败好感的因素全给抹杀了。他承认自己相当卑鄙，故意隐瞒了部分事实，就仿佛冥冥中有个声音在告诫他，千万不要戴上那块表。然而人算不如天算，时至今日，该来的还是会来。

　　陆衍叹了口气，还是决定问清楚，指腹在桌面上敲了敲，正要开口。突然，一杯温茶迎头浇下，让他猝不及防。

　　水珠顺着头发丝朝下滴落，部分落入他领口，部分流过眉骨，落到睫毛上。他反射性地闭眼，感觉有片茶叶黏在了眼尾。

　　任谁莫名其妙被泼一身水都不会愉快，更何况是心高气傲的陆少爷。他拿起桌边的擦手毛巾吸干水分，脸色多云转暴雨，冷冷地道："你最好给我一个合理的解释。"

　　梁挽挽已经拉开椅子站起身来，一个字都没留，转身就走。

　　陆衍愣了两秒，咒骂一声，连忙追出去。

　　碰巧服务员过来上菜，被两个客人接连冲撞，撞上梁挽挽时还勉勉强强躲过去了，轮到陆衍，防不胜防，一碗酒酿核桃羹大半贡献给了他的裤管。

　　陆少爷这辈子没有如此狼狈过，顶着满头茶水，穿着湿漉漉的裤子，狂追了一条街，终于在街角的弄堂口堵住了呛口小辣椒。

第十章 / 柳暗花明

"说清楚，我哪里又惹到你了？"他压着火气，双手撑在她身体两侧，微微低下头道，"我做了什么事值得你发这么大的火？"

梁挽挽抬头，就要使出一招断子绝孙腿。

"我真是对你太客气了。"陆衍阴沉着脸，把她的手反剪，转了个圈，从背后压上去，讥讽道，"非要我这样跟你说话，你才高兴是不是？"

梁挽挽挣扎未果，正面贴着粗糙的墙面，被这押送犯人的姿势所激怒，音量陡然拔高："你放开我！"

"放开你好让你继续耍阴招？"陆衍嘲弄地勾起嘴角，"我倒是忘了，你的原型本就不是什么乖巧服帖的小白兔。"

梁挽挽冷笑道："怎么都好过你翻脸不认人。"

此言一出，陆衍愣了，弄堂口的路灯也闪了两下，也像是被这句话给惊到了。

有那么一瞬间，陆衍以为自己幻听了，几乎脱口而出："抱歉，我没听懂，我怎么翻脸不认人了？"

梁挽挽挺直腰杆，下巴跟墙壁拉开些许距离，转过头来用眼角余光扫了他一眼，鄙夷道："你自己心里清楚。"

古往今来，但凡无辜枉死之人，听到这一句话，都要哀叹三声。有什么话不能说清楚呢？非要含含糊糊。

陆少爷感觉小姑娘浑身都在发抖，也不知是不是被他拽疼了。他心一软，便放松了力道，想着好声好气跟她说一说，把误会解开就好。然而，迎接他的是一记响亮的耳光。

少女恶狠狠地道："你早就知道了对不对？耍我很好玩吧，看着我一头雾水跌跌撞撞在你身边绕来绕去，是不是心里特别得意？"

陆衍失笑，在她即将再次扬起手时，毫不犹豫地俯下身堵住了她的嘴唇。

时隔一周，他再度尝到了少女唇齿间甜如蜜糖的滋味。一开始是怀着怒意，想惩罚她，好让她不要动不动就使性子打人，可亲着亲着，就变了味，攻势越发猛烈。

怀中的少女一开始奋力挣扎，渐渐的居然不动了。

陆衍觉得不对劲，离开她的嘴唇，轻轻抬起她的下巴，试探道："挽挽？"

梁挽挽动了动睫毛，缓缓睁开眼，明明伤心极了，却拼命睁着眼不肯落下眼泪。

陆衍没辙了："你要判我死刑也给个理由行不行？"

梁挽挽抬手胡乱抹掉眼泪，嗤笑道："要什么理由？你想做什么就做什么吧，反正乘人之危这种事你最擅长了。"

想到这里她就好恨，恨他说想追求她其实不过是玩笑话，更恨他这样子轻贱她，好像她就是个不知廉耻、不值得尊重的女孩子，只能随他予取予求。

陆衍捏了捏眉心，头疼起来，她的台词乱七八糟一大堆，他半句都没听懂，只能沉默地看着她。路灯映射下，小姑娘脸色绯红，脸上泪痕满布，偏偏那双乌黑发亮的眼睛里全是不加掩饰的怒火。

他真的很无奈："我到底做错了什么？"

梁挽挽深吸了口气："你是不是还有个手机号码？137开头的。"她一字不落地背了出来。

陆衍一愣："你怎么知道？"

"演得还挺逼真。"梁挽挽"呵"了一声，讥笑道，"你还让范尼给我送了八千块钱，这事儿没忘吧。"

陆少爷不说话了。

这就是间接承认了，梁挽挽觉得自己特像个无知少女，竟然为了这么一个人面兽心的纨绔公子而伤心。她犯的错误虽然没到很严重的程度，可那种闷闷的钝痛感缠绕着她的心，令她失了理智，口不择言："我承认走错房间是我的失误，但你明明知道真相却一直耍着我玩，有意思吗？"

陆衍总算听出点门道了，想起准备董事会材料的那个晚上，小姑娘

第十章 / 柳暗花明

压着他坐在沙发上,逼问他十一月十六日晚上在哪里,直到翻出林慧珊替他做的行程本时,才稍稍打消了怀疑。

所以,那个晚上,有个和他戴着同一款手表的男人,跟喝醉酒的她在一个房间里待了一晚,不知做了些什么,然后不辞而别,留下了茫然无措的小姑娘。

陆衍大概推算出了经过,然而他没能保持清醒的状态太久,因为他很快意识到,不管那晚到底有没有发生什么,那个和她待在一起男人都不是自己,这才是最大的问题!

陆衍就这样面无表情地立在原地,一动不动。月色里,他如一尊玉面罗刹,浑身带着戾气。良久,他轻声道:"我记得你提过,是在香舍酒店发生的对吧?"

梁挽挽抿着嘴,狐疑地看了看他。

陆衍抓起她的手腕,拉着她往前走:"走吧。"

梁挽挽被他扯得跟跄了一下,急道:"你又发什么疯?"

陆衍勾着嘴角,眼里却没有笑意:"你判我有罪,我不认,总要自证清白吧。这家酒店是陆氏旗下的,过去查查监控就是了。"

梁挽挽摆明了不信他,哼道:"惺惺作态。"

陆衍没空和她耍嘴皮子,他脑子里只有一个想法:最好别让他查出那个男人的身份,否则一定将那人碎尸万段!敢动他的女人,真是嫌命太长了!

深冬的凌晨,香舍酒店悄无声息地迎来了最大资金注入方、陆氏集团的执行总裁陆衍。年轻男人到的时候,还硬拽着一个漂亮姑娘,后者面上写满了不甘和愤懑,瞅上去倒像是被胁迫的。

前台的实习生没认出这位尊贵的客人,反而一脸复杂地看向梁挽挽,用眼神问她是否需要帮助。主要是临近过年,治安越发混乱,出了好几起事件,其中有一起简直骇人听闻,说的是少女和网友奔现,开完房后

挽挽
似月

被扼杀肢解了。

那起事件之后,全城警备。尤其是酒店行业,高管们都去公安厅听了讲座,签了"打击不法行为,人人有责"的承诺书。上头下了令,基层自然是提高警觉,不敢忽视。

陆少爷白天撞了车,额角伤痕犹在,再加上被泼了茶、倒了羹汤,一身狼狈未能清理干净,这样一来,原本矜贵优雅的气质大打折扣,也难怪小实习生心生怀疑。

"您好,请问需要什么帮助?"她站起来,话是对着陆衍说的,眼睛却一直盯着梁挽挽。

梁挽挽不太理解工作人员如临大敌的神情,慢吞吞地道:"那什么,你能不能把……"

"把你们邹总喊出来。"陆衍接过话,说完又意识到自己的唐突和无礼,补充道,"麻烦了。"

实习生愣了愣:"抱歉,先生,邹总已经下班了。"

陆衍压着突突直跳的太阳穴,这才明白自己气急攻心犯了蠢。他仔细回想这家酒店其他的高管,却愣是一个都没想起来。平时这边的事都是投融部来接洽的,范尼负责统筹。他要忙的事太多了,就没往分支业务上费多少心思,现在就很尴尬了。

梁挽挽也侧过头看了他一眼,冷飕飕的视线里带着不屑的意味,仿佛在说:你接着演,我坐等看好戏。

陆衍简直要被气笑了,这天降的一盆污水怎么不偏不倚就没在他身上了?他做了个稍等的手势,退到一边直接拨通了范尼的号码。

不得不夸一句范尼办事效率高,三分钟后,房务部的值班经理出现在电梯口,一路小跑着到了贵客面前。他努力摆出得体的微笑,双手递上名片:"陆总,有失远迎,下回有什么事儿可以直接给我打电话。"

陆衍接过名片,礼貌地颔首道:"冯经理,借一步说话。"

三人就近去了一楼礼宾部的办公室,屁股还没坐热,又来了两拨人,

第十章 / 柳暗花明

大概是听到风声特地过来送茶水和消夜的。香舍酒店能立足于临城,餐饮方面算是功不可没,除了五楼渔火的日餐,中餐也是一绝。

此时,几笼茶点被精致的瓷盘托着,光是特意设计过的摆盘就能勾得人食欲大动。

梁挽挽原本在那个饭店跟陆少爷大吵一架,没等上菜就跑出来了,早就饥肠辘辘了,现在闻到食物的香气,肚子不合时宜地发出了抗议声。

深夜时分,那一声"咕噜噜"的响动尤为明显,她尴尬到想找条缝钻进去,脸颊有些发烫,手心悄悄压着腹部,努力摆出一副若无其事的样子来。

冯经理相当善解人意:"陆总,要不等您这位朋友用完餐,我们再聊。"

陆衍点点头,看他出去反手关上门后,才把蒸笼往小姑娘那边推了推,不咸不淡地说了一句:"可别再说什么减肥的蠢话了。"

梁挽挽又要气炸了。

陆衍笑笑:"吃饱了才有力气接着凶。"说完,他扯了下领口,靠着椅背,脸上带了点不自知的倦意,衬得那张脸更白了。

梁挽挽抬头看了看,觉得这人演得还真像那么回事,要不是证据确凿,她都快被他说服、觉得他是无辜的了。

硬着骨气说不吃好像也没什么必要,她一言不发地拿起筷子,夹了个蟹粉小笼包。小笼包做得非常迷你,寻常姑娘差不多可以一口一个。里头的馅不烫,咬破薄薄的软糯外皮后,鲜美的味道围绕着舌尖,带来味蕾的深度享受。

不知不觉,梁挽挽把三笼全吃完了。她抬头就看到陆衍在朝她笑,桃花眼半眯着,里头波光潋滟,嘴上揶揄道:"胃口挺好。"

梁挽挽瞪了他一眼。

他隔着桌子俯身过来,用手指抹掉她嘴边的汤汁,放到嘴里吮了吮,轻飘飘地点评一句:"唔,味道确实还可以。"

梁挽挽脸红得厉害,恼道:"你能不能注意下场合?"

陆少爷勾起嘴角,想说楼上就有房间,是不是换个场合就行了?话都到喉咙口了,他突然记起小姑娘两个月前在这儿经历过什么,笑意一点点褪去,脸色阴沉下来。

他没再逗她,站起身拉开了门。果不其然,有人等在外头。

陆衍也不拐弯抹角了,直接道:"冯经理,你帮我查一下,十一月十六日晚上的监控,楼层是……"

他顿了几秒,后头的小姑娘轻声接话:"六十八楼,房号6806。"

陆衍皱了下眉,压下心头的不舒服,对门外的男人道:"顺便能帮忙查看一下当晚这个房间的登记信息吗?"

冯经理相当为难地道:"看监控没问题,就是……"他欲言又止,表露的意思已经很清楚了,服务业泄露客人隐私,那可是自砸招牌的事,每一行有每一行的规矩,有些红线是越不得的。

陆衍了然,不再强求:"行吧,那就只看监控。"

"感谢陆总理解。"冯经理急匆匆地翻到安保部的内网号码,边打电话边出去了。

室内重新安静下来,两个人都没开口,沉浸在自己的思绪里。

过了好一阵子,梁挽挽抬起头来:"你何必搬石头砸自己的脚?"

陆衍冷笑道:"你稍微用点脑子,我要是那个人,何必带你来查监控。"

这话确实说得没毛病,逻辑也通,梁挽挽张了张嘴,没找到可反驳的漏洞,只能恶狠狠地剜了他一眼。接着,她又开始神游天际,揪着衣服的下摆,不知该如何面对即将到来的真相。

陆衍看小姑娘垂着脑袋满脸懊恼的样子,心悄悄塌下去一块,不由得放软了嗓音:"你自己都说断片了、记不得了,可能那人把房间让给你了也说不定。"

梁挽挽没吭声,良久,小声道:"我还没……没谈过恋爱,如果那晚真的发生了什么不可挽回的事,就是我第一次……"

陆衍立马站起来,犹如挨了一道晴天霹雳,又好似在炎炎夏日遭受

第十章 / 柳暗花明

了冰雹的洗礼,被折磨得骨头里都在发胀。等将那些阴暗的情绪褪去,他尝试着去抱她,见她没有过分抵抗,就将人抱了个满怀。

梁挽挽其实个子挺高的,但太瘦了,骨架纤细,在他怀里也就是小小的一团,没什么分量。他一直觉得小姑娘的性格飘忽不定,时而娇软可人,时而火爆桀骜。那种脾气怎么说呢,不像是与生俱来的,反而有点类似反射性的防御系统。

她简直像个谜,开着八百来万的跑车,过着捉襟见肘的生活,为了一百块钱在洗车店门口和人家唇枪舌剑,为了那点辛苦费委曲求全给他当兼职秘书。

他见过她暴雨天跳到自己的车前盖上,一脸嚣张,也见过她戴着卫衣兜帽,脸上顶着巴掌印,神情颓然。她会毫不淑女地骂他变态,也会因他送她一只毛茸茸的独角兽玩偶就喜笑颜开。如今想来,关于她性格的矛盾处实在太多了。大概是曾有什么人伤她很深,又或者是童年过得很不如意。

素来负心薄情的陆少爷头一回尝到了为女孩子拧碎心肝的滋味,轻佻的话再难说出口,只能低头亲了亲她的发顶。

小姑娘抬起头来,眼睛有点红:"你竟然在这时候占我便宜。"

大好的气氛全毁了,陆衍一腔柔情付诸流水,忍耐地闭了下眼:"我这是在安慰你。"

"我三天没洗头了。"

"求你闭嘴!行吗?"

梁挽挽报着嘴,终于破功笑出声来,只是笑着笑着,眼睛里的光暗下去,颤声道:"真不是你?"

陆衍叹了口气,答非所问:"我倒希望是我。"

"是不是你,一会儿就知道了。"梁挽挽垂头,推开他,坐到一边去了。

无奈的是,真相的披露永远一波三折,半小时后,冯绖埋回来了,脸上带着歉意:"陆总,我们技术人员说,监控录像只保留一个月,您要的那个时间的,隔得太久了。"

陆衍皱眉问:"机房源数据也没有吗?"

冯经理满头大汗:"正弄着呢,但是恢复的概率不大,所以……"

"算了吧。"梁挽挽突然出声。

陆衍回过头问:"什么?"

梁挽挽插着兜,面无表情地道:"我说算了,我已经不想知道了。"她朝冯经理点点头,"谢谢您,辛苦了。"说完,她越过陆衍,径自拉开了门。

酒店外寒风阵阵,她站在外面,这一刻的心情和那一晚的一样糟糕,唯一的区别是身边没有了聒噪却贴心的左晓棠。吹了很久的冷风,她冻得鼻子通红,见到兰博基尼从地下车库开上来,默默坐上车系好安全带。

陆衍没急着踩油门,淡淡地道:"还怀疑我吗?"

梁挽挽低头啃指甲:"不知道。"

"别咬。"他把她的手牵过来,捏了捏她的指尖,低声道,"咱们翻篇行不行?挽挽,让我陪着你。"

她顿了一下,想缩回手,但他不让。路灯光影重重,年轻男人漂亮的瞳孔里似是盛了满天星辰,里头浓得化不开的深情令她的心跳一下比一下快,偏偏这芳心纵火犯还在继续犯罪:"以前我说只想泡你是假的……"

梁挽挽捂住耳朵:"你别说了!"

他凑上去,抵着她的鼻尖,嗓音喑哑:"我现在开窍了,给个机会,让我追求你行不行?"

她慌乱地别开眼:"不行,我不想谈恋爱。"

陆衍笑了笑,没逼她太紧,把她送到学校,顺道把车留下了,自己打电话让狐朋狗友过来接。

两人分别时,他又说:"后天晚上是公司的年终晚宴,你陪我开舞吧,礼服我让人给你送来?"

第十章 / 柳暗花明

梁挽挽鄙夷地道:"你们还搞这套,以为在拍《流星花园》吗?我可不会跳华尔兹。"

陆衍摩挲着她手腕内侧的软肉,轻笑道:"行吧,那晚上别回去了,我教你跳。"

"你有病?"梁挽挽去踩他的脚,被他躲开了。

两人你来我往过了好几招,都没占到便宜。梁挽挽急于脱身,只得忍气吞声应下了。

陆衍盯着她的眼睛,笑了笑:"别又想着逃,我会让司机来接你。"

梁挽挽哪里还肯多说一句话,飞速上楼了。

陆少爷言出必行,第二天下午,她就收到了一个巨大的礼盒,上头缀了鲜花和缎带,十分华美。白娴陪她一起拆开,看到里头的星空裙时,两人愣了整整十秒没说出话来。

回过神后,白同学不淡定了:"挽挽,让我穿着它拍张照行吗?我给你打一学期的饭。"

"好的呀,没问题。"梁挽挽不自觉地摸上了渐变色的裙摆,她毕竟是个有点虚荣心的女孩,如此梦幻的裙子自然想第一个穿。所以,她虽然口头同意了,但还是想让白娴等她参加完宴会后再来穿。

白同学很上道:"没事没事,我不急。"

梁挽挽原本打定主意不去赴宴,可惜陆衍太能洞悉人心,发了好几张 ABT 舞团在巴黎演出的照片过来。她早就关注过场次,知道半个月后还有一场,可惜囊中羞涩,连交通费都出不起。

陆衍又发了条消息:"年会三等奖,演出贵宾票两张,顺便包来回机票。"

梁挽挽可耻地心动了,等她试穿完裙子后,这种心动更是剧烈。穿上它,灰姑娘也要靠边站。她在镜子前挺胸收腹来回走,感觉美炸了,正准备凹个造型自拍一张,手机突然响了起来。

她瞄了一眼,发现是个陌生的座机号码,接起来后,那头的声音还有点熟悉。

男人在电话那头恭谨地道:"梁小姐,我是香舍酒店的冯正,前两天我们见过的。"

梁挽挽惊讶地道:"冯经理,有什么事吗?"

"是这样的,监控调出来了,我联系陆总的助理,得知他今天要开一天的会议,不方便打扰,就冒昧地给您打电话了。"

梁挽挽掐着手心,连忙道:"我马上过去。"

跑车的速度自然很快,没过多久她就到了酒店的监控室。冯正贴心地清场了,并委婉地表示她看过之后可以直接删除,酒店不会备份。

等他出去后,梁挽挽紧张地深呼吸,做了无数遍心理暗示后,点了下鼠标。

视频已经被处理过了,画质很清晰,屏幕上很快出现了一道颀长的身影,进了6806号的房门。那人穿着白衬衫、黑裤子,是她在行政酒廊见过的装扮,尽管侧脸有点模糊,但依然能看出是陆衍。

接下来,走廊尽头有个长发姑娘跌跌撞撞走过来,不停地尝试在这道门前刷卡,门一直不开,她就握紧拳头捶门板,举动夸张。

里头的男人总算过来开门了,她一个猛扑,跌了进去,房门自动关上。

至此,监控录像播放完毕。

梁挽挽倒回去,将画面定格在陆衍出现的那一秒,只觉浑身的血都凉了。

她一个人在酒店的监控室里坐了很久,久到白娴因为没等到她一起吃晚饭,心生疑惑打来了电话,她都还没调整好情绪。她扫一眼手机屏幕,没有接电话的打算,只是默默调成了静音。

很多时候,你以为自己做好了全部的准备,下了足够的心理暗示,然而这些都没有任何意义。残酷真相来临的那一刻,那种冲击力足以将你拖入深渊,自此万劫不复。

第十章 / 柳暗花明

梁挽挽的心情变得异常复杂,她直勾勾地盯着液晶显示屏,时间久了,眼睛失了焦距,屏幕上男人的脸变得模糊不清。

思绪纷纷扰扰,各种画面在她脑中一一掠过。一会儿是漫天绚烂的烟花,夜空中亮起的金色情话;一会儿是街边礼品店买来的那只雪白的独角兽,软趴趴的,抱在怀里的触感异常清晰;最后莫名其妙飘来一股浓雾,遮住一切回忆。浓雾散去后,独留街角那个缠绵的吻。

不知不觉间,这个恶劣的男人,用强硬又不可一世的方式,在她一片荒芜的内心世界里披荆斩棘,硬生生开辟出一条通往她灵魂的路。

眼看着路途过了大半,终点近在咫尺,他却露出了马脚。原来那些手段和惊喜都是假的,原来他早就见过她,他就是那个人!然而,大少爷依旧兴致勃勃地扮演着假装陌生人的游戏,演技之精湛,令人自愧弗如。

梁挽挽不想再追究他这些举动背后的意义了,自嘲地笑了笑,想着若是没有这个视频,兴许用不了多久她就会彻底沦陷。这么一看,老天爷果然还是眷顾她的,至少现在,她还能理智地将陷入泥潭的双腿缓缓拔出来。

时针指向六点,冬季的夜来得早,监控室里的光线一点点暗下去,唯有诸多屏幕发出一点微弱的光芒。梁挽挽将鼠标挪到视频的删除键上,挣扎了两秒,还是先用手机拷贝了一份,然后才干净利落地将母带销毁。

穿过大堂时,正巧遇到冯正,他冲她点点头:"梁小姐,要不要在酒店用个餐?"

梁挽挽委婉地拒绝了,临走前犹豫地道:"那个视频……"

冯正了然道:"就只有一个负责导数据的工程师看过,他是个口风严谨的人,请放心。"

梁挽挽尴尬地笑笑,她刚才那个问题确实有此地无银三百两的嫌疑。礼貌地跟冯经理道别后,她开车回了学校。

正值饭点,宿舍楼很安静。她转动钥匙推开门,打开照明灯,室内亮起来，平铺在桌上的星空裙顿时美得不可方物。裙摆上那些用来点缀的亮晶晶的小颗粒在灯光折射下显得流光溢彩，原先她以为是人工水晶之类的，现在仔细一看，才发现是碎钻。

真是大手笔，梁挽挽心想，也不知陆衍曾经用类似的手法骗了多少姑娘的芳心，光是这一条裙子，就能让人的虚荣心无限膨胀。

她不想再看，将它折起来，放回那个精致的礼盒里，又将礼盒塞到柜子里，眼不见为净。

因为状态不好，她也不打算再去食堂吃晚饭，泡了杯脱脂牛奶，一边啃着早上买的全麦吐司，一边翻左晓棠给她的留言。

左晓棠给她发了三四十条消息，其中有数张自拍照。

"评价一下，爸爸穿这条礼服，明晚能不能艳冠群芳？"

"你的装备呢？发我瞅瞅。"

"装神秘也没用，我警告你，别穿得太美，抢姐妹风头。"

....

梁挽挽看着左晓棠故作高贵冷艳、凹造型拍出来的照片，不禁溢出笑容。这一刻，她无比感激左晓棠的存在，能让自己暂时忘了那个人带来的阴霾。

兴许是心有灵犀，半晌，她的手机振动起来，"左铁公鸡"四个字在屏幕上跳动着。

她很快接通，放到耳边，充满活力的嗓音顿时充斥在耳周："你怎么一个下午都没动静？是不是被我的鱼尾长裙震撼到了，我和你说啊，我现在在弄头发，明天晚宴要是比不过秘书室那群女人，我就改姓右。"

梁挽挽失笑："至于吗？年会而已。"

左晓棠很激动："你懂什么哟！每年最佳穿搭的一位，可以捧走两万块钱。而且，穿得好看自然就引人注目，万一陆总找我开舞呢？"

梁挽挽沉默片刻，在好友心上扎了一刀："我觉得他可能早就定了人选。"就算她不去，按他那性格，应该也会找其他女伴。

第十章 / 柳暗花明

左晓棠半信半疑:"不会吧?往年陆董事长都是在现场随机选舞伴的。哎,不管了,你明晚什么安排?自己开车还是我过去接你。"

梁挽挽慢吞吞地开口:"我可能有事……"

她话音未落,电话那头的姑娘就叫嚷起来:"你是不是傻?我们集团出了名的大方,就连安慰奖都是一千块钱现金。我问过人事部了,几乎所有兼职的培训课老师都会过来,我求求你了,你可千万别不好意思。"

要搁平时,左晓棠也不会拿这一千块钱说事,主要是好友最近太穷了,穷到连她这个铁公鸡都看不下去,才死命游说。

无奈梁挽挽仍旧语气恹恹:"再说吧。"

"哎,我真是要被你气死了,既然这么苦,那干脆早点回老宅跟你妈认怂算了。"

梁挽挽不吭声,自从上回校庆和母亲不欢而散后,戈婉茹大概是对她失望透顶了,都没继续派江落月过来监视她。当然了,生活费、零花钱之类的,还是想都不要想。

一个是笼中鸟,自有贵人投喂,不知岁月愁;一个是野山雀,自由自在,天地任我行。梁挽挽觉得,不到万不得已的那天,她还是心甘情愿做后者。

左晓棠知道她脾气倔,也不多劝:"不去算了,你自己把握。"

梁挽挽笑笑,准备挂电话时,又试探道:"我问你个问题,如果有花花公子一直别有用心地追求你,你会怎么做?"

"主要看脸,帅就上。"左晓棠的口吻不以为然。

梁挽挽忍耐道:"如果你发现他对你从头到尾都是虚情假意,其实是在逗你玩呢?"

左晓棠继续道:"玩玩就玩玩,都什么年代了,没有什么女生吃亏一说。"

此人下限太低,梁挽挽懒得再"鸡同鸭讲"了。结束通话后,她瞄了眼可爱的独角兽玩偶,到底还是意难平,一把抓起它的角,把它往地上狠摔了几下:"去死吧!小变态!"

挽挽
似月

　　陆氏集团举办年会的当晚，临城的媒体人闻风而动。陆晋明原先立下了规矩，要求对新闻界的工作人员多点宽容，陆衍便顺应了老头子的号召，睁一只眼闭一只眼。

　　他特地吩咐范尼，凡是叫得上名号的媒体，都让安保放一位代表进去。因此，晚宴还没正式开始，流传出去的照片已经不少了，微博热搜前三全是关于陆氏的消息。从场馆布置到助演嘉宾，都是用人民币堆出来的。助演嘉宾的阵容里，当红小花和流量小生屡见不鲜。

　　这儿子的行事风格可比老子铺张浪费多了，偏偏品味上佳，让人明知道壕却又挑不出刺来，就连微博上那帮嫉富如仇的键盘侠，都只能酸溜溜地说一句"臭显摆，早晚把家产败完"。

　　不过这种言论很快被女性网友们的欢呼声淹没了，原因无他，有人没守规矩，发了一张陆少爷的侧身照。

　　璀璨灯光下，年轻男人立在宴会厅门边，定制的三件套西服一般人穿起来会略显浮夸，可穿在他身上却无比贴合，好似他天生就该是这副贵族模样。他鼻梁直挺，嘴角微勾，下巴线条流畅，新晋影帝站在他旁边都沦为了背景板。

　　集团运营中心查到发微博的员工，立刻要求他删掉了该条微博。但是他们控制不住消息在互联网的传播速度，各种八卦博主开始疯狂盗图发文，一时间首页全是陆衍的偷拍照。

　　他没上过商业杂志，也从不接受采访，此次真人照片凭空流出，对于吃瓜群众来说才是最要命的。话题"如何能嫁给陆衍"的热度很快升至第一，紧随其后的是"如何能跟陆衍谈一场恋爱"。

　　现场的姑娘们也满怀期待，七点整，总裁将为这场晚宴开舞，至于舞伴，目前来看似乎要延续老传统，在女员工中随意挑一位了。能够在万众瞩目下被陆少爷揽着腰翩翩起舞，岂不是现实版灰姑娘与王子？

　　所有人的美梦都悄无声息地滋生，姑娘们盯着大摆钟的秒针，恨不

第十章 / 柳暗花明

得让时间下一秒就跳到七点。

范尼在角落处和林慧珊低语几句,然后硬着头皮走到陆衍身边:"陆总,还有十分钟就到点了,开舞的流程要先过一遍……"

"等会儿。"陆衍皱了下眉,匆匆走向安全通道。

陆衍又打了一通那个熟稔于心的电话,再度被挂断,这已经是今天的第四次了。从五点开始,司机就汇报说联系不上梁小姐,他那会儿分身乏术,以为是小姑娘忙着打扮,没听到手机铃声。

后来他亲自打了两个,收到一条"有事,来不了"的消息,字里行间透着非常敷衍的意味,才知道她是故意放他鸽子。陆衍何曾这样颜面扫地过?过去别说女朋友了,就连兄弟都不敢挂他电话。

平心而论,他已经做到了极致。寻了最好的化妆师,就在后台,准备为她一人服务。半个月前就让人从非洲运纯度最好的钻石过来,每一颗都请工艺师切割过,磨成碎钻镶嵌在那条同样价值不菲的星空裙上。

她还在不满什么?还要任性什么?都快惯到天上去了,还在作死。

陆衍阴沉着脸,冷笑一声,心情跌到了谷底。他回到宴会厅已经七点了,在场宾客都眼巴巴地等着他选人开舞。他戴上斯文有礼的面具,走到林慧珊面前,和她跳完了这支舞。

林慧珊已经是两个孩子的妈了,镇定自若,内心毫无波澜。媒体人稍稍打听一下,也觉得没啥桃色新闻可写,隐隐叹了声无趣。

华尔兹音乐一停,晚宴正式开场。考虑到现场氛围火热,人数众多,冗长的高层年终总结环节全部被删减了。陆衍简单发了五分钟言,点点头,请众人随意。

接下来就是一年一度的商业胡吹环节了,认识的,不认识的,全往陆衍边上凑。

几个副总裁陪在陆少爷身边,帮忙挡酒,可他本人却像是跟谁较上了劲,面对他人敬的酒,眼都不眨一下,尽数饮下。还没撑到第二轮抽奖,他就差不多喝了两瓶红酒了,脸色越来越白,眼睛里似是蒙了层水汽,一副半醉的姿态。

范尼脸都绿了，壮着胆子去拿他的杯子："陆总，要不我代劳吧？"

陆衍噙着笑看了范尼一眼，后者立马垂下头往后退开，不敢再逾矩。他晃了晃空酒杯，让侍者又倒上一杯，跟面前一大堆笑靥如花又叫不出名字的员工挨个碰杯。

左晓棠也过去凑热闹，轮到她时，年轻男人却停下了动作，高脚杯悬在半空。

他眯了下眼："你……"

左晓棠尴尬症都要发作了，还以为老板对自己有意见，强行镇定地喝完了杯中的酒，干笑道："我干了，您随意啊。"喝完这杯，她转身跑开。

本以为是一个小插曲，谁料在她跟一个金发碧眼的帅哥搭讪时，总裁大人再度悄无声息地出现在她背后。

左晓棠就算再迟钝也意识到了有什么不对劲，结合她昨天和梁挽挽打的那通电话，她心下了然，不过面上还得装作不知情："陆总，有事儿吗？"

陆少爷面无表情地道："把她喊来。"

左晓棠装傻："谁啊？"

"你知道是谁。"他转身就要离开，临走前又留下一句话，"只要把人喊过来，你今年的年终奖翻倍。"

左晓棠虽然抠门，但也没到卖友求荣的地步。当然，重点是她年终奖的基数本来就小，就算翻倍了也不是什么大数字，就这点钱，还不值得她背叛闺蜜。

不过，尽管左铁公鸡意志坚定，也架不住她自己漏破绽给别人，中了四等奖后就乐得找不着北了，四处找同事碰杯庆况，最后醉倒在地毯上，被后勤扶到休息室去了。

于是，梁挽挽在十点左右收到了一段惊悚的视频。左铁公鸡满脸酡红，

第十章 / 柳暗花明

醉得不省人事，嘴边全是呕吐物，梦呓般吐着听不清的话语，看上去挺不舒服的样子，旁边有个女孩带着哭腔不断询问她怎么了。

短短十秒钟的视频，镜头不断抖动，周遭黑漆漆的。梁挽挽看得心都揪起来了，打电话过去问，对方说她是左晓棠的同事，现在晚宴已经散场，其他人都走了，左晓棠醉得厉害，光靠她一个人根本没法把左晓棠送回家。

这说辞漏洞百出，梁挽挽心急之下却来不及细想，匆匆披上衣服就开车往市区赶。

手机收到的地址是环球中心的顶层，梁挽挽没去过，但当年池明朗和她母亲就是在这儿求的婚。这里被誉为临城最适合情侣接吻的地方，租金按分钟来计算，相当昂贵。

她把车停到地下车库，进了电梯后发现里头临时贴了陆氏集团的年会指引灯牌，显示主宴会厅在五楼。

显示楼层的液晶屏亮到"5"这个数字时，电梯门开了。里面站着两个微醺的正装男子，大着舌头问她："美女，上还是下啊？"

梁挽挽回了句"上"，他们就退出去，靠着墙继续聊天。她没在意，只是在听到不远处传来的电吉他声音时愣了一下。这音乐前奏太熟悉，是当红摇滚乐队的成名曲目，周围还夹着人群的尖叫声。

梁挽挽觉得有些奇怪，不是说已经散场了吗？她脑海中隐隐约约冒出一个猜想，转瞬即逝，快得抓不住。

随后楼层越来越往上，她也越来越不安。等到了三十三楼，电梯门居然毫无动静。她控制不了开门键，显然是这顶楼里头设了门禁，需要授权才能进入。她几乎可以肯定了，是有什么人故意引她到这里来的。

梁挽挽盯着光可鉴人的金属门板，拍了拍有些皱的大衣下摆，挺直腰杆，不慌不忙地把微乱的长发尽数拨到耳后去，摆出防御的姿态。

她对着媲美镜子的金属门板笑了笑，里头映出来的少女额头光洁，目露杀气，挺好。

挽挽
似月

　　下一刻，门开了。梁挽挽终于知道为什么这里的场地租赁费用要按分钟来计算了，因为这美景实在令人瞠目结舌。空中花园被笼罩在弧形的全透明玻璃下，配合全息投影，漫天星辰近得似乎唾手可得。她不敢频繁眨眼，怕是一场幻梦。

　　不过，等她看清倚在罗马柱旁的年轻男人后，一切美景便如过眼云烟立马消散了，理智瞬间将她拉回现实。

　　陆衍应该喝了不少酒，尽管此刻站的位置和她隔了四五米，她也能闻到空气里淡淡的酒气。他的眼神比往常更朦胧一些，像是在看她，又像是在看她身后的树木。那是一棵月桂树，花枝繁密，香气浓郁。

　　他笑了笑，嗓音喑哑："你听过这棵树的传说没？"

　　梁挽挽不语，捏紧了短大衣最下方的牛角扣。

　　陆衍移开目光，口气变得慵懒："据闻达芙涅女神为了躲避光明之子阿波罗的追求，祈求父亲将她变成了月桂，从此四肢化为枝叶，身躯成为树干……"顿了顿，他嘴角勾起浅笑，"你说她是不是对自己太狠了点？"

　　男人的语气挺随意的，可惜梁挽挽还是听出了嘲讽之意，她抬了抬下巴，镇定地道："我不知道你在说什么。"

　　"听不懂吗？"陆衍勾了勾嘴角，慢慢走近她。

　　他的步子不紧不慢，人明明喝多了，却还如帝王莅临一般，带着一种不容忽视的压迫感。梁挽挽有种被当成猎物的既视感，她都记不清自己被他逗弄过多少次了，有时是口头上的调戏，有时则直接用武力镇压、肆意掠夺。

　　她不想屈服的，无奈身体已经反射性地投降，朝后挪了一步，紧紧贴着背后的树。

　　"很紧张？"陆衍顺势俯下身，单手撑在她耳侧，轻笑道，"我们继续说说达芙涅吧，你猜她最后逃离了那个男人没有？"

　　梁挽挽没有听过这个希腊神话，并且此刻也不想知道结局，防备地

第十章 / 柳暗花明

偏过头去，冷冷地道："你到底要做什么？"

陆衍充耳不闻，慢条斯理地继续说："很遗憾，即便不再是人形，达芙涅还是没能摆脱阿波罗，枝叶成了他的桂冠，木材被拿来做竖琴，哪怕是花瓣，都物尽其用地装饰了他的弓箭。"

这是什么强取豪夺的狗血戏码？梁挽挽听得异常不适："你不要跟我说这么变态的故事。"

"不觉得阿波罗和和达芙涅挺像我俩的吗？你一直在逃，逃得我都快没耐心了。"他眯着眼睛笑。

繁茂的枝丫在头顶上挡住大半光线，月光斑驳，映在男人俊秀面容上，为他添上几分清冷脱俗的气质。可惜没过多久，谪仙就成了恶魔，眉眼染上阴鸷的意味。他一把揽过少女的腰，强迫她贴向自己，逼得她不得不微微踮起脚来。

两人的嘴唇几乎贴在一起，梁挽挽没有退缩，定定地看着他。男人精雕玉琢的五官跟监控视频里那个人的缓缓重合，无一处不吻合。

"傻了？"他被她直勾勾的眼神所取悦，放柔了神色，抬手摩挲着她的嘴角，低声问，"为什么失约？"

梁挽挽朝后仰了仰头，避开他的动作，没有正面回答他的问题，转而道："左晓棠呢？"

陆衍直起身子："她没什么事，我找人把她送去休息室了。"他答得坦坦荡荡，一点也没有耍阴招的觉悟。

梁挽挽厌烦了永远处于下风的弱者姿态，摸了摸外套口袋里的手机，盯着他的眼睛："昨天，香舍酒店的冯正找我了。"

陆衍"嗯"了一声，态度有些敷衍："范尼向我汇报过，不过那时我有跨国会议，就让他们直接联系你。"

说白了这也就是个借口，当初他拉着她去查监控是一时火起，冷静下来后就发现自己压根不想看到那一段。光是想一想，他心中嫉妒的火星就足以演变成燎原大火了。

梁挽挽笑了:"所以,你现在兜不住谎话了,干脆破罐子破摔了是吧?"

陆衍愣了两秒,没理解她的意思,看着小姑娘一副战意昂扬的模样,无奈地叹了口气:"这事儿翻篇行吗?我不想继续谈这个话题。"

"我看你是不见棺材不掉泪。"梁挽挽讥讽道,直接把手机掏出来,指尖翻着收藏文件夹,想好好和他算一算新仇旧恨。

陆衍从头到尾都没听懂几句,耐着性子等她。可是口袋里的手机如催命一般,振动个不停,是一直有人在给他打电话。他没办法,退到门边拿出手机接通。

林慧珊的声音听上去很焦急:"陆总,到媒体问答环节了,您还在顶楼吗?"

"知道了。"他挂断电话,刚巧和树下的小姑娘对上视线。

她的大衣有一圈毛领,围着她的脸,原本的小脸瞅上去更小了,两颊泛着不太正常的红晕,也不知是冻的还是气的。

"你别走。"

"你别走。"

两人同时开口。

梁挽挽深吸了口气:"我们的账还没算完。"

"那你和我下去。"陆少爷轻笑,摁了电梯按钮,"或者也可以在这里等我,大概半小时。"

梁挽挽已经下决心今晚要彻底解决这件事,不愿再没完没了地跟这个小变态纠缠下去。她方才听了那个希腊神话,对月桂树莫名产生了抵触情绪,便随着陆衍一同去了五楼,不过和陆衍隔着很远的距离,算是避嫌。

主宴会厅依旧人声鼎沸,主持人是卫视一哥,在炒热气氛这一块无疑是佼佼者,搞得现场比演唱会还热闹。乐队表演完,设计过的旋转台缓缓降下,彩带和花瓣很快被工作人员收拾干净,舞台恢复光洁。

陆衍接过工作人员递来的话筒,长腿一迈就上了舞台。下边架着长

第十章 / 柳暗花明

枪短炮，一致对准他。

范妮在旁边态度强硬地跟媒体交涉，私人情感、家庭成员、个人生活等方面的问题都不许问。

这也不许，那也不许，零零总总数十条禁忌。在场的记者只想骂人，这厮简直比大明星还难伺候。不过他们心中知晓，他们能混进来已经是陆大少爷格外开恩了，于是到最后也只能不痛不痒地问了几个关于集团未来展望及上市计划的问题。

陆衍答得很严谨，逻辑清楚，大局观完美。媒体朋友们本来也就是随口问问、撑一下场面，没想到听他说完后一致石化，录音笔都忘了关，心里直叹：传闻里的那位放浪形骸的公子哥是眼前这一位吗？陆晋明上辈子是烧了什么高香，才能生出这么优秀的继承人。

梁挽挽隐在人群里，听他神采飞扬地发言，心里越发鄙夷小变态的表里不一。

她有心降低存在感，然而全场就她一个人没穿礼服，导致舞台上的年轻男人很容易定位到她，每回答完一个问题都会漫不经心地瞥过来，那双多情的桃花眼堪称放电机器。

站在梁挽挽身侧的女员工们不淡定了，立刻产生了"他在看我"的错觉，一个个挺胸收腹，摆好姿势后，又含情脉脉地回望过去，梁挽挽为这帮只看脸的颜控感到悲哀。

差不多二十来分钟，这个流程就算走完了，接着所有的媒体工作人员和歌手影星一同退场，偌大的厅堂里只剩下了集团本部的员工。

不知怎么回事，灯光也变暗了。追光打在陆衍身上，他一手扯开领带，松了一颗衬衫扣子，勾起嘴角道："随意点吧，接下来是你们的主场。"

主持人适时接话："按照惯例，在抽总裁神秘大奖前，我们也能享受刚才那些媒体人的权利，大家别顾忌什么，都辛苦一年了，有什么刁钻的问题都可以拿出来为难为难陆总。"

现场一片狼嚎，其中还夹着肆意的口哨声。

梁挽挽旁边的姑娘先吼出声来:"陆总,您会考虑娶我吗?"

全场爆笑。

陆衍也在笑,挑了下眉:"本部正式员工之间不能恋爱,这是人事部定的规矩。"

众人杀气腾腾地看向人事部的总监,后者立马跳出来大声道:"先别说嫁娶,谈一天恋爱也可以啊!"

下一秒,肆无忌惮的哄笑声几乎要把屋顶掀翻。

灯光下,男人脸上浮现出无奈的神色,沉吟许久,才慢条斯理地道:"抱歉了,兔子不吃窝边草,诸位另择良人吧。"

梁挽挽冷笑一声,转身去酒水台那边倒了两杯葡萄酒。随后,她绕过众人,目标坚定地朝着舞台走。

范尼注意到不对劲,冲过去想拦住她,陆衍微不可察地摇了下头,他只得作罢。

梁挽挽施施然踏上阶梯,仰着头,一副女王做派。

全场的焦点都集中在她身上,众人的目光有好奇也有探究,她一并接收了,微笑着把酒杯递给面露诧异的年轻男人:"陆总,我敬您一杯吧。"

她自顾自地干了一杯葡萄酒,又说:"您真是贵人多忘事,明明两个月前还在香舍酒店和我共度良宵,怎么转眼就翻脸不认人啊?"

陆衍蒙了,手里拿着的酒杯不知不觉歪了,猩红色的液体滴滴答答落到地板,他浑然不觉。

第十一章
双重人格

梁挽挽爆完这个惊天地泣鬼神的料后,众人的目光齐刷刷地指向她。现场气氛大概有长达一分钟的寂静,时间仿佛凝住了。

陆衍在短暂的错乱后迅速反应过来,端正酒杯,看向梁挽挽。

少女就站在他眼前,纤细白嫩的手指扣着高脚杯,跟他敷衍地碰了一下,用只有两个人才能听见的声音说:"气不气?"

陆少爷没吱声,其实他倒是没有什么愤怒或者丢面子的感觉,就是觉得有点莫名其妙,明明他都自证清白到那个地步了,监控视频她也拿到了,怎么还不依不饶?

"为什么?"他皱了下眉。

梁挽挽没再回答,仰头喝光了杯中的酒,随后神态自若地转身往外走。大概是小姑娘这一刻的气场太强了,又或者是舞台上陆少爷孤零零的身影瞅上去有几分茫然,但凡她经过之处,人群自动朝两侧退开,为她让出一条路。

梁挽挽顶着主角光环,镇定自若地走出宴会厅。因为怕被抓回去受责难,她没坐电梯,从安全通道走下楼的过程中,心率才后知后觉地飙升,喉咙口微微发紧,连指尖都有些颤抖。

真是太冒险也太刺激了!不过,想到小变态那意外的表情,梁挽挽觉得值了。哪怕杀敌一千自损八百她也认了,名声什么的,看淡就好。

挽挽
似月

反正以后她不会再出现在陆氏集团了，过一两年谁还认识谁啊。

抱着这样的想法，梁挽挽推开了一楼的弹簧门，然而等待她的是两个身形壮硕的安保人员。他们气喘吁吁，显然是从另一侧抄近道过来堵她的。

梁挽挽睁大双眼："你们……"

"得罪了，我们收到指示要带您去车上。"安保人员铁面无私，完全不懂怜香惜玉，一人一边架起梁挽挽，将她带往环球中心南面的出口，那里停着一辆商务奔驰。

光天化日之下绑架人，还有王法？梁挽挽挣扎着喊了两声"救命"，然而这里被陆氏集团包场了，人都聚在五楼呢，根本不要指望会有少侠路见不平拔刀相助。

她被塞进奔驰的后排，直起身时，副驾驶座的那个人刚好回过头来。

梁挽挽脸色冷了下去："是你。"

林慧珊推了推眼镜，礼貌地颔首道："梁小姐，又见面了。"她微笑着示意司机启动车子，然后轻声道，"您不必这么惊慌，陆总吩咐我带您去他的庄园，晚些时候他忙完年会的事就过来。"

"你是他的仆人吗？工作之外的时间还对他言听计从？"梁挽挽忍不住出言讥讽，她对于这种忠心耿耿的人异常厌恶，母亲身边的江落月就是特别极端的一个例子。

林慧珊控制情绪的能力极佳，面上毫无恼怒痕迹，不紧不慢地开口："我家里很困难，从小学到研究生毕业，我都是陆家资助的，要说我是仆人也没错。"

梁挽挽沉默，怪不得她这样忠心耿耿，帮着小变态"作奸犯科"，原来是从小培养的。既然这样，她也没必要多费口舌拿道德底线来尝试说服对方。揉了揉方才被粗暴对待的肩膀，梁挽挽靠回椅背上，侧过头看着窗外迅速掠过的景物，选择彻底放空。

她不说话，林慧珊被誉为全集团最像AI（人工智能）的人类，自然

第十一章 / 双重人格

也不会去刻意搭话。

四十分钟的车程里，除了司机接了个电话，竟无其他声响。

奔驰到达庄园门口，来迎他们的管家还是上次那一位，五十来岁的年纪，两鬓花白，站姿笔挺。梁挽挽狐疑地眯起眼，细细打量他的长相，上回来时没看出什么，这会儿怎么越看越像……

林慧珊走上前："爸。"

林贤点点头："你回去忙吧，别在这里耽搁，我会照顾好梁小姐的。"

"您辛苦了。"林慧珊拍拍父亲的手，转身上了车。

梁挽挽看得目瞪口呆，她这是掉入狼窝了吗？一帮人全是陆衍的家仆。抵抗是没有用的，这里临近风景园区，此刻夜深人静，公交车都没了，更不要说出租车了。

她琢磨着该不该报警时，仆人已经把西式糕点和伯爵红茶端上来了，还拿了两个自动加热的软萌抱枕，一个垫在她腰后，一个塞在她怀里。梁挽挽丢开手机，哀叹一声，要是警察来了，会相信她是被绑架吗？

"梁小姐还有什么要求，可以直接和我提。"林贤站在她身侧，恭谨地弯下腰，"少爷不知道几点才能回来，您要是累了，就去二楼最里头的那间客房休息。"

梁挽挽没办法让一位和她父亲差不多年纪的长辈这样卑躬屈膝跟自己讲话，赶紧站起来道："林叔，我想回学校。"

林贤替她倒了杯茶，像是没听到她的话，慢条斯理地道："浴缸里的花瓣是早上在花园摘的，梁小姐要是不喜欢，我现在就让她们去收拾掉。"

梁挽挽问："那我几点可以走？"

林贤喊了一个仆人过来："你去把梁小姐的睡裙准备好。"他转过头来，轻声道，"您刚才说什么？"

梁挽挽无力地摆摆手，坐回沙发上，破罐子破摔地拿了块抹茶曲奇，

挽挽
似月

放到嘴里用力地嚼。别说,味道还真不错。她最近有点堕落了,临近放假,老师也没有在上课前强行让她们称体重了。再加上她眼下心烦气躁,据说吃甜食能提升幸福指数,干脆放飞自我,专心啃起饼干来。

结果这个庄园比香舍酒店还恐怖,后厨的仆人简直是随时待命的状态,梁挽挽都吃过两轮了,他们还在源源不断地上新品。

"林叔,叫他们别忙了。"看着茶几上的一片狼藉,她有些不好意思。

灌了太多茶水,她肚子不太舒服,就去了洗手间,拿出手机给陆衍打电话。响了好多声都没人接,她烦躁地挂断,对方又回拨过来。

那头先是一片喧闹声,然后渐渐归于平静,似乎是他走到了无人打扰的地方。

梁挽挽压着火气问:"少爷,你什么时候回来?"

他在那头轻笑:"可能会很晚,你不用等我,先睡吧。"

陆衍喝了酒,嗓音听起来略微沙哑,每一个字都跟轻轻滚过了砾纸似的,又酥又麻。梁挽挽不自觉地把听筒拿远了些,又反应过来刚才的对话有点问题,怎么听上去那么像妻子质问晚归的丈夫……

"你别占我便宜。"她低下头,打开水龙头,接了一捧水往脸上泼,恼道,"你这样强行拘禁我是违法的,懂吗?"

他懒洋洋地道:"那你造谣就不犯法了?"

梁挽挽一愣,随即明白过来他指的是之前她在舞台上公布的那个真相,咬牙道:"你不信的话,我手里有证据。"

"是吗?"他的声音听起来有些醉意,"那你小心点,要是最后让我发现是一场乌龙,可不是你道个歉就能解决的。"

梁挽挽皱了下眉。

陆衍低笑一声,语气轻佻地道:"唔,怎么说也得以身相许吧。"

梁挽挽眼皮一跳,明知道自己有理有据站得住脚,还是被他的惊人之语给吓到了。她赶紧挂断电话,出了洗手间就跟着女仆去了二楼。

客房是典型的北欧风格,浅灰色墙纸,长绒地毯。床上还有一只独

第十一章 / 双重人格

角兽玩偶,和她宿舍里的那只一模一样,她看着烦,一脚把它踹到了地上。

房里暖气很足,她穿着高领毛衣,感觉快闷死了,犹豫很久,还是起身换上了长丝绒睡裙,然后谨慎地将房门反锁。

身体的束缚解除后,困意不知不觉地降临,梁挽挽趴在床尾的长条软凳上看了会儿连续剧,没能抵挡住周公的邀约,直接睡着了。

半梦半醒间,她听到楼下一阵兵荒马乱,动静很大,直接将她吵醒。她痛苦地低吟一声,眼睛勉强睁开一条缝,瞥了眼小夜灯旁边的摆钟,竟然才凌晨三点,搞什么啊?

有那么一瞬间,梁挽挽以为自己还在寝室,打着哈欠拉开门,旋转楼梯走到一半,看清客厅的景象后,步子顿住了。年轻男人躺在贵妃榻上,昏睡不醒,面色苍白,额上冷汗涔涔。两个仆人跪坐在他身侧,用毛巾绞干热水,替他擦脸。

林贤很焦急地跟司机说话:"少爷怎么回事?受伤了吗?"

司机相当惶恐,语无伦次地道:"回来的时候突然下大雨,路很滑,一个挖掘机闯红灯,前面好几辆车为了躲避全部追尾,有个骑自行车的小孩当场死了,血流一地……"

林贤厉声打断他:"你们也撞了?"

司机摇头:"我们没有,不过少爷下去看了一眼,我就在旁边看着他打急救电话。然后他突然蹲下来抱着头,晕过去了。"

闻言,林贤脸色难看,神情恍惚,像是想起了什么往事。他下意识地抬头,注意到楼梯上的少女,眉头紧锁:"梁小姐,请您回房。"

梁挽挽抓着木扶手,不安地道:"陆衍他……"

林贤加重语气:"请您回房。"

梁挽挽没辙,只得上楼,可是想当作什么都没发生是不可能了。她没了睡意,坐在飘窗上发了会儿呆,听到声响后又把耳朵贴到墙壁上。

庄园的隔音效果不算太好,她听到了楼上的开门声。三楼是主人的房间,她之前来过,看样子小变态被送回房间了。又过了很久,来来回回的脚步声总算停了下来。

梁挽挽想了很久,没能压下好奇心,还有那么一点点担忧,蹑手蹑脚地上了楼。

走廊空荡荡的,她凭着记忆摸到他的房间,深呼吸了几次,轻轻拧开了把手。她慢慢推开房门,发现里头的年轻男人竟然清醒着。

陆衍站在落地灯旁,转过头看着她,冰冷的眼里没有任何情绪。

梁挽挽差点被他冰冷的眼神冻死,感觉他都不像那个玩世不恭的小变态了。为了体现人道主义的关怀,她朝里走了一步,小声问:"你没事吧?"

男人盯着她,面无表情地道:"梁小姐。"

梁挽挽一愣,感觉一头雾水,不明白他怎么突然正经起来了。

"别再赖着我。"他指了下门,冷冷地道,"滚出去。"

梁挽挽跟陆衍认识其实不过三个月,在这短短一百余天的日子里,这家伙阴魂不散,对她死缠烂打,她跟他碰面的次数比跟系主任的还多。毫不夸张地说,她见过他数种模样,轻佻的、阴郁的、散漫倦怠的,然而独独没有这种寒冷彻骨的。没错,他眼下指着门叫她滚出去的嫌恶模样,她还真是头一回见。

梁挽挽虽然不相信陆衍是在认真追求自己,但他平时对她表达出来的热情和兴趣相当明显,眼神骗不了人,那绝对不是假的。试问谁会对自己追求的女孩如此无礼?除非是脑子坏了吧?

"你还不走?"男人皱起眉来,这会儿神色不是全然的冷冰冰了,带上了些许不耐烦。

梁挽挽长这么大还没被人这么驱赶过,咬牙道:"要不是你把我绑来?你觉得我愿意待在这儿吗?"

陆衍没再看她,从书架上取了一本英文书,摊开缓缓翻着。

梁挽挽气势汹汹地走过去,想去揪他的领口,手指刚碰上他的衣领就被他避开了。他不但避开,还反复拍着衣领处的布料,仿佛她留下了

第十一章 / 双重人格

传染性很强的病毒。

她气得发抖："你什么意思？"

男人淡淡地道："不是我。"见她面红耳赤，一副在状况之外的模样，他又勉为其难重复了一遍，"我没那闲工夫绑架你。"

"胡说！"梁挽挽端不住淑女架子了，拍掉他手里的英文书，怒道，"你就是对我怀恨在心，恨我在那么多员工面前打你的脸。"

"别离我太近。"他退一步，直接否认，"你打的也不是我的脸。"

"你可真够无耻的。"梁挽挽气笑了，"接下来你是不是还想说，把我骗到顶楼的人也不是你。"

男人冷冷地瞥了她一眼，直接否认："我不干这种蠢事。"

梁挽挽无语了，她从未见过如此厚颜无耻之人，对自己干的事全盘否认。她想到还有大招没放，撂下狠话："你等着！"她匆匆跑回房间取手机，想把那个监控录像放给他看，有视频为证，他绝对无法再抵赖。

上下楼梯不过短短一分钟，再回来时，她就吃了结结实实的闭门羹。陆衍锁了房门，任她怎么拧动门把手都没用。

夜深人静，她怕打扰到管家他们，也不敢用力捶门，站在外头低声咒骂了几句，悻悻地回房了。无奈精神已经高度亢奋，梁挽挽躺在床上翻来覆去，怎么都睡不着，一直折腾到天蒙蒙亮才有了些睡意。

她这一睡就睡到了第二天午间，再次唤醒她的是敲门声，仆人过来请她下去用午餐。梁挽挽不得不庆幸今天是周末，没有课，要不然她最近又是夜不归宿、又是旷课，早晚要被校领导盯上。

她洗漱完毕，换回昨天的衣服，走下楼时发现陆衍坐在餐桌边上，正在用餐。他神情漠然，穿着黑色衬衣，扣子一丝不苟地系到了最上边那个，头发全部朝后梳，露出光洁的额头。他眉骨到鼻梁的线条依然很好看，可整个人的气质全变了。

梁挽挽第一次在玩世不恭的陆少爷身上看到禁欲系的特征，都有些看傻了。

林贤过来帮忙拉开椅子,委婉地提醒道:"梁小姐,后厨炖了汤,我先给您拿一碗?"

她愣愣地点了点头,视线却不由自主地落到年轻男人的手上。他左手拿筷子,夹菜的动作优雅又熟稔,右手还翻着昨天那本英文书。

奇怪,这家伙是左撇子吗?梁挽挽感觉记忆错乱了,和他吃过那么多次饭,她竟然没有注意到这个。她心不在焉,等仆人帮忙准备好碗筷后,舀了一勺蛋羹,入口时不小心被烫得"嘶"了一声。

男人抬起头道:"聒噪。"

梁挽挽心里的火又轻易被点着了,她放下汤勺,双手抱胸靠回椅背,冷冷地道:"陆衍,我们的账还没算完,你欠收拾的话直说。"

他垂下头,慢吞吞地翻了页书,仿若未闻。

有时候无视比叫嚣更令人难受,她实在意难平,站起来道:"林叔,今天可以送我回去吗?"

林管家不近人情地道:"这得看少爷的意思。"

男人不接话,拿起勺子舀汤。

"你要囚禁我到什么时候?我是你的犯人吗?"梁挽挽的暴脾气忍不住了,拍着桌子,一字一顿地道,"我、要、回、学、校!"

她每说一个字,男人汤盘里的汤汁就溅出来一些,沾湿了他的袖口。他拿起擦手巾拭去脏污,颇为厌烦地道:"我很好奇,会有男人看得上你这种粗鲁且没有教养的女孩子吗?"

梁挽挽脸色由红转白:"抱歉了,你就是自己口中对我迷恋不已的那一类男人。"

他撇了下嘴,讥讽的态度不言而喻。梁挽挽被他气得脑壳疼,顾不得太多,直接把手机掏出来,调到那段监控视频,按了播放键。

年轻男女短暂的纠缠在手机的高清屏幕上显示得相当清楚,他看完全程,情绪没什么波动,把书合上,淡淡地道:"所以?"

梁挽挽拼命挤出一个笑容:"所以,你骗了我那么久,不该跟我道

第十一章 / 双重人格

歉吗？你把我耍得团团转的时候，没想过有一天阴谋会败露吧？用那些低劣的手段追求我的时候，也没想过有一天我会揭露你的真面目吧？"

她一鼓作气地站着说完，撑着桌子，俯下身，死死盯着他的眼睛。

男人还是那副面瘫样，缓慢陈述："嗯，视频上面的人是我。"

"但是……"他抽出盘子下边的餐巾，擦了擦嘴，淡然道，"你后面说的那些，我一个字都没听懂。"

梁挽挽张了张嘴："你——"

"失陪。"他站起身，抚平衣角的褶皱，朝外走去，林贤替他拿来一件姜黄色的呢大衣，悉心地道，"少爷，外头风大。"

他瞥了眼呢大衣，把它推开："我只喜欢黑色，把衣柜里的都换一下。"

林管家愣在原地。

梁挽挽没注意到这段对话，见他快步往外走，赶紧追出去，在他快要上车时拉住了他的袖口。

他终于变了脸色："放手。"

梁挽挽不依不饶地道："送我回学校。"

男人毫不犹豫地甩开她："我没有这个义务。"

他没控制力道，小姑娘被他推得摔倒在地，愣了半晌才跳起来，指着他的鼻子尖叫："陆衍！"

这名字太刺耳了，他刚拉开车门，又转身走到她面前，面色不善地道："我不叫陆衍。"

梁挽挽蒙了："什、什么？"

"你记好了。"他蹙了下眉，如施舍一般，高傲淡漠地开口道，"我是陆叙。"

这时候开这种玩笑，梁挽挽觉得非常滑稽："你胡编乱造出一个名字有何意义？"

男人上了车，降下车窗，没头没脑地丢下一句："我取代陆衍，就是意义，他这样的败类，不配存活在世上。"

挽挽
似月

寒风阵阵,吹得人直冒鸡皮疙瘩。有那么一瞬间,梁挽挽以为自己在拍烧脑悬疑片,突然出现了两个性格迥异的男主,偏偏长得一模一样,不说话时根本难以区别。

等等,陆衍难道是双胞胎?她脑子里浮现了一个大胆的想法,为了验证这个想法,她趁男人没注意,异常敏捷地爬上了后座。

男人透过后视镜看着她,不容置喙地道:"下去!"

梁挽挽凑上前:"我就问几个问题,问完就走,保证以后不再烦你了,好吗?陆……叙。"

他双手按在方向盘上,垂下眼睫,算是默许了。

"那个什么,你昨晚在环球中心吗?"

"不在。"

"那陆衍现在在哪儿?"

"他?应该沉睡着吧。"

"你还记得我们第一次见面是在哪儿吗?"

"香舍酒店的行政酒廊。"

梁挽挽咽了口口水,小心翼翼地道:"请问我们有没有……你懂的?"

陆叙顿了片刻,笑了笑,语意不明地道:"我们在房间里待了一晚,你说呢?"说完,他又道,"你说陆衍要是知道这件事,会是什么表情?"

梁挽挽尴尬又抗拒,还有点落荒而逃的冲动,压抑了很久,转移话题道:"最后一个问题,你和陆衍,是双生子吗?"

他神情一冷,没回答这个问题,突然启动了车子,一脚油门踩下去。

梁挽挽没系安全带,被推背感和急速转弯的惯性搞得胃里翻江倒海。她扒拉着副驾驶座的椅背,问出了最后的问题:"为什么你们兄弟俩从来没有同时出现过?我一直以为你们是一个人。"

回应她的是一个急刹,陆叙把车泊到了江边,距离铁栏杆只有短短十几厘米。他在后视镜里跟她对视:"日和月轮流出现,光明与黑暗也是永远交替、无法重叠的,就如我和他,到最后终有一个人要被对方取代。"

第十一章 / 双重人格

梁挽挽思考了很久,还是没能彻底领悟这段话,试探道:"你们大家族的继承人竞争压力很大,只能留一个,另外一个必须销声匿迹?是这个意思吗?"

他没有正面回答,跳下车,迎着江风站定。

梁挽挽走到他身边,看着他的侧脸,叹道:"你们真的很像,要不是你和他性格差异太大,我还真分辨不出来。"

陆叙转过头来,突然道:"我知道你们所有的事。"

梁挽挽"啊"了一声,耳根有点泛红。

陆叙面无表情地道:"你会想他吗?"

"我干吗要想他啊!"梁挽挽很心虚地否认了,然而多少还是有些愧疚,毕竟她平白无故冤枉了陆衍那么久,原来他是真的不知情,不是故意耍她……

如果他是真喜欢她的话,那他那天陪她去查监控,该有多闹心?更可怕的是,如果以后他知道她跟他的孪生哥哥有过那么一晚的话,心高气傲的陆少爷岂不是要当场暴毙?

梁挽挽默默地想,这个视频还是要早点销毁才好。

"你已经开始怀念他了吗?挺好。"陆叙古怪地笑了一下,"我有预感,这次你可能很长一段日子都见不到他了。"

梁挽挽不以为然:"你别扯了,那家伙出现的频率分明高得离谱好不好!"

"是吗?"陆叙突然记起什么,从裤兜里取出一个牛皮纸袋,递过去,"这是陆衍留给你的。"

梁挽挽诧异地接过,打开一看,是去巴黎的机票和 ABT 舞剧演出的贵宾票。说不感动是骗人的,何况昨天她还那样当着全集团员工的面给他难堪……小变态居然还惦记着她。

梁挽挽跳起来:"我得去找他!你把车借我行吗?"

"可以。"陆叙破天荒地没拦她,把车钥匙丢给她。

挽挽
似月

他冷飕飕的目光掠过扬长而去的跑车，心想：真可惜啊，这一刻，陆衍这个男人根本不存在，你又如何能找到？

梁挽挽没能找到小变态，给他打了三个电话都无人接听。她以为对方还在介意在年会上被当众打脸的事，没再坚持，想着晚些时候等他气消了再说。然而陆少爷生气的时间也太长了，整整一周他都毫无消息，从她的世界里消失得干干净净。

他不会莫名其妙地半夜给她发消息，不会凭空出现在学校的生活区门口，也不会强势地用各种恶劣的手段逼她下楼。他就像是一场绚烂的梦，在幻想中燃烧到极致，醒来却一场空，连一点踪迹都没留下。

梁挽挽从食堂买饭回寝室时，偶尔会看到有男学生在路边等着带女友出去约会，自以为风流地倚着车门，享受旁人似有若无的注目礼。

记忆总是不自觉地回到两个月前，年轻男人靠着深灰色跑车的车前盖，歪着头点烟。真是没有对比就没有伤害，她竟然开始怀念陆衍的美色，更可怕的是，习惯了他的轻佻霸道之后，戒断反应比想象中的更严重。梁挽挽莫名其妙地陷入了失落低迷的情绪之中，心里空荡荡的。

她在礼堂开毕业生年级大会时，手指不受控制地去翻和他的聊天记录，来来回回数十次后，终于忍不住犯蠢在BBS上匿名发了个帖："原先很讨厌一个人的纠缠，现在对方抽身了，本人却有些意难平。"

艺术院校课业不算繁重，吃瓜群众基数庞大，闲人多，嘴也特毒，属于能给你添堵绝不让你好过的那种类型。

梁挽挽发帖子的时间是下午一点二十七分，等到三点系主任讲完话后，回帖都盖到一百多楼了。她粗粗瞥了一眼，下面的言论一边倒，几乎全是喷她的。

大帅哥："让你们女人作，活该！"
风吹头顶凉："赶紧回去跪求原谅，说不定人家还愿意接受你。"
巴罗罗之王："楼主这属于典型的犯蠢，得治。"

第十一章 / 双重人格

梁挽挽不懂，明明是舞院的版块，怎么感觉进来的都是猥琐男？她很无语，立马申请删除了帖子，然而心情还是很糟糕。她想了想，干脆约左晓棠晚上一起吃饭解解闷。

左铁公鸡表示别浪费钱，去她家里吃顿小火锅就行了。梁挽挽欣然应允，从礼堂出去后，直奔地下停车场。

梁挽挽半路去超市买了速冻食材，六点钟成功赶到小公寓。

冬夜，没有什么比涮羊肉更能让人感到幸福。梁挽挽举着加长的竹筷，捞了一块肉，在海鲜酱里滚了滚，放到好朋友的碟子里，柔声道："你多吃点。"

左晓棠停下咀嚼的动作，愣了几秒才把嘴里的食物艰难地咽下去。她调整了下盘腿的坐姿，一脸了然地道："有什么事，和爸爸说吧。"

梁挽挽干笑两声："有那么明显？"

左晓棠不语，两人认识十年了，她根本不用多推测，光看到女王陛下屈尊降贵给她夹菜这一举动，就能证明肯定有大事发生了。

上一回是甄选舞团失败，这次呢？她支着下巴，试探道："失恋啦？"

梁挽挽迟疑两秒，摇了摇头，组织了下语言，把和陆衍的恩恩怨怨从头到尾讲了一遍，除了他那个孪生哥哥的小插曲，别的全交代了。

发生在真人身上的故事永远比电影里的刺激，两人一个讲一个听，左晓棠还时不时发出惊叹声。直到锅里的毛肚烫得都快看不见了，左晓棠才急急忙忙拿了漏勺去补救，还不忘说道："我简单概括两句啊，你因为怀疑陆总占了你便宜却翻脸不认，所以对他抱有成见，不断拒绝他的追求，现在想吃回头草又拉不下面子，是这个意思吧？"

梁挽挽一筷子打在她手背上，睁大双眼道："我什么时候想吃回头草了？"

左晓棠鄙夷地道："看你这食不下咽的样子，和失恋有什么区别啊？"她又往火锅里加了点鹅肠，拿筷子拨了拨，故作神秘地道，"我跟你讲，

挽挽
似月

男人也是要面子的,你在年会上那么彪悍,是个人都会生气啊!说说,你最近有没有给陆总发消息啊?"

梁挽挽摇了摇头。

左晓棠恨铁不成钢地道:"你不给他台阶下,怎么和他复合啊?"

"算了,不说这个了。"梁挽挽没辙了,鸡同鸭讲,完全不在一个频道上。她只是想向他道个歉,顺便谢谢他送她的两张票,至于最近那低落的心情,她搞不清楚就不去想了,姑且当作是愧疚吧。

左晓棠不肯放弃总裁太太第一闺密的宝座,疯狂劝说她主动联系陆衍。梁挽挽被缠得没办法,半推半就地拿出手机,琢磨良久,点开了他的头像。

说点什么能显得不那么刻意呢?两人讨论了半小时,连怎么接对方的话都想好了。梁挽挽定了定神,发了一条消息过去:"票我收到了,谢谢。"

左晓棠兴奋得不行,手一直压着胸口:"我感觉又回到了高中,那会儿给暗恋的学长递情书都没现在这么紧张。"

梁挽挽被她的情绪感染,心跳也有点快。可惜,陆衍的对话框仿佛被施了停滞魔法,一点动静都没有。四个小时里,梁挽挽的手机陆陆续续响起过几次,她满怀希望地拿起来,又装作若无其事地放下。

到了十点,还是没有回音,梁挽挽连笑容都维持不住了:"我得回去了,快到寝室关门的时间了。"

左晓棠讪讪地送她到电梯口,面上有些懊恼,后悔不该出馊主意。

那次之后,梁挽挽彻底歇了那点小心思。她本来就是要强的人,把自尊心看得比什么都重,幼年刚练芭蕾时,因为老师一句无心的批评,硬是天天多花两个小时练习软开度。如今能为了一个男人"三顾茅庐",已经是破天荒了。

最后,她把小变态的名字改成了"不会再联系的人"。

大四第一学期正式放假前,她被杨秀茹喊去了办公室,说学校有几

第十一章 / 双重人格

个去巴黎交流演出的机会，前提是要牺牲部分寒假。

梁挽挽听了眼睛发亮，一点犹豫都没有，立马点头了。天知道她有多不想待在老宅，去年戈婉茹请造型师过来强行替她打扮，从头发丝武装到脚后跟，逼她去那帮无聊的阔太太家中饮茶。连续七天，她不得不听她们互相炫耀攀比，简直如同置身阿鼻炼狱。

这个春节如果能摆脱母亲的掌控，也算是件喜事。

梁挽挽干脆不回去了，准备就在学校住几天，然后从临城直飞法国。收拾行李的时候她翻出了一个牛皮纸袋，里头是陆衍送的 ABT 舞团的门票和去巴黎的来回机票。

舞团的演出时间倒是凑巧，正好在她出国演出期间。梁挽挽捏着票纠结了很久，最终还是决定去看。不过事到如今，她不想再欠陆少爷的人情，便把前阵子兼职的钱凑一凑，装回了那个信封。至于机票，学校会统一安排，自然也要一并还给他。

周四晚上八点，她再度来到陆氏集团，经过楼下安保人员的确认，敲开了总裁特助办公室的门。

范尼挺从手提电脑前抬起头来，挺意外地问："梁小姐，有事？"

梁挽挽把牛皮纸袋放到他桌上，推到他面前，轻声道："请帮我转交给陆总。"

范特助有点为难："这个嘛……"他站起身，翻了下百叶窗的帘子，朝外探了探头，又回头道，"陆总还在，要不你自己给他？"

范尼拒绝，其实是有前车之鉴，当初他刚跟陆衍一起工作时，帮忙转交了一盒客户的礼品给老板，结果也不知里头装的到底是什么，惹得陆衍十分不快，他年底的晋升资格都差点被剥夺。

梁挽挽是出于一种奇怪的心理不想再面对陆少爷，摇摇头，放下东西就想走。

场面一度陷入僵持，突然，办公室的门再度被人推开。

范尼腾地站直身："陆总。"

挽挽
似月

梁挽挽背对着门,没看到具体情况,只是听到这两个字后,依旧不自觉掐紧了手心。她缓缓转头,对上年轻男人的视线。

他的目光很冷漠,没了惯常的热切和偏执,淡淡地扫了她一眼,和看陌生人没什么不同。

梁挽挽僵在原地。

陆衍没再看她,转身离去,临走前惜字如金地丢下一句:"开会资料发我邮件。"他说完就走向了电梯。

范尼连连应好。

梁挽挽呆滞两秒,突然反应过来,追了出去,赶在电梯门合上前挤了进去。狭小的空间里,她和他四目相对,鼓起勇气道:"我把你给我的机票放在范尼那里了。"

"好。"男人移开视线,面无表情地注视着按钮面板。

梁挽挽垂下头,接着道:"年会的事,很抱歉,我知道那一晚的人不是你了。"

他没说话,斜睨了她一眼。

梁挽挽通过金属门板看着他的表情,这种冷冰冰、毫无人情味的模样很容易让她联系到另一个人。

电梯门打开时,她突然问:"你是陆衍,还是陆叙?"

男人停下脚步,愣了片刻,勉强地扯了扯嘴角:"你疑心太重了,挽挽。"

这个昵称将梁挽挽心底最后的希冀击了个粉碎,自作多情的滋味让她再难维持住若无其事的姿态。她感觉无比难堪,几乎是瞬间热了眼眶,一等他出去就拼命摁着关门键。

电梯下行到负一楼车库后,她吸吸鼻子,努力控制住泪意。真是,她明明早就知道他是什么人了,不过是个手段高明的花花公子,根本没有心。现在腻了,他就连戏都懒得演了,她又何必在意这样一个纨绔?

梁挽挽狠狠心,把他的联系方式全部拉黑了,自欺欺人这法子有时候还挺好用,没有旁人刻意提起,她似乎真的遗忘了陆衍。

第十一章 / 双重人格

她上飞机前,微博再度爆炸,铺天盖地都是陆氏集团执行总裁即将和投融界新贵千金强强联姻的八卦消息。消息的配图也很简单粗暴,是一张男人弯腰撑伞送女孩子进车里的照片。

她反复放大那张照片,盯着看了很久。

白娴凑过来:"哇,我知道他,上回他们公司那个年会好像也上了热搜,那张偷拍照可太震撼了,啧啧。"她长吁短叹一阵,又道,"哎,真羡慕有钱人家的女儿,可以嫁给这样惊才绝艳的贵公子。"

梁挽挽没发表任何意见,在白同学惊讶的眼神里粗暴地卸载了微博。

到达巴黎的第二晚就是 ABT 舞团的演出日,梁挽挽下午彩排完后,特地和杨秀茹报备,死缠烂打半天,才在对方反复叮嘱她注意安全的唠叨声里顺利地走出了酒店大门。

她下榻的酒店处于黄金地段,交通很便捷,坐两站地铁就能到达剧院。

为了向心中 NO.1(第一)的舞团致敬,梁挽挽今日特地精心打扮过了,一条贴身的藏蓝色毛衣裙,外罩一件白色大衣,发尾烫了一下,红唇似烈焰,惹得一路上的行人频频扭头看她。有胆子大的外国人过来搭讪,她机智地装作听不懂外文,微笑着摆摆手,加快脚步避开。

歌剧院历史悠久,这里演出的节目都是世界知名剧目,今日上演的节目取材于英国诗人拜伦的同名诗作——《海盗》。

梁挽挽在国内其实看过很多遍现场版,录的视频更是不计其数,但从没有坐在第三排这么近的地方欣赏过她最爱的这个舞团。这可是 ABT,演出场场爆满,座无虚席。

她太激动了,以至于发现右侧空了个位置时,还腹诽了一番对方的不知好歹。

第一幕是奴隶市场,灯光全部熄灭时,她察觉身侧座位的主人姗姗来迟。漆黑的环境里,第六感告诉她,有掠夺者正借着黑暗的名义肆无忌惮地打量她,那灼热的视线想要忽视都很难。

梁挽挽有些恼怒,她知道有些变态是这样的心态,你越同他较真,

挽挽
似月

他就越得意。于是,她朝左边靠了靠,装作不知情地盯着舞台。

然而,那人的举动越来越放肆。梁挽挽放在膝盖上的手突然被他拉了起来,她难以置信地睁大双眼,还没反应过来,突然感觉到了对方微凉的体温。触感细腻的指尖开始沿着她的手心朝上摩挲,从虎口到手腕,充满了缠绵的意味。

梁挽挽震惊了,拼命缩手,然而对方力气太大,她没法挣开。这色狼胆子也太大了吧?剧院里两千多号人,他怎么就敢干出这种事?她是该给他一巴掌还是该喊安保过来?

她迅速想了几个法子,还是决定先自救。还好今天穿了高跟鞋,她抬起脚就踹过去,谁知对方像是早有预料,抬抬腿就避过了,甚至嘲弄般在她指腹捏了捏。

梁挽挽气得面红耳赤,坐不住了,刚想站起来给那人一耳光,却被他翻转手腕强行按住。

下一刻,舞台幕布拉开,灯光大亮,她看清了他的脸。

年轻男人眯着桃花眼,嘴角一勾,俯过身来贴着她的耳朵道:"这里人多,等会儿出去让你打个够啊。"

第十二章
试用期男友

原本以为以后再也不会有交集的人突然出现在眼前是什么感觉？梁挽挽想过和他再见面的场景，或许会在某个街角遇到，笑着打一声招呼，或许是擦肩而过、形同陌路……她曾经想象过很多状况，却唯独没想过眼前这种场面。

她的手指还被他捏着，一根根把玩，完全挣脱不开。明明不算太挑逗的动作，可因为场地特殊，莫名就添了些脸红心跳的滋味。梁挽挽感觉很羞耻，周围的观众正在享受一场视觉和听觉双重享受的艺术盛宴，她却没办法集中注意力，全身的感官都放在邻座那个人身上。偏偏始作俑者还摆出一副清雅绝伦的高贵范，目不斜视地盯着舞台。她瞪了他很多次，眼神凶狠地暗示他放开，可他就是装作没看到。

直到梁挽挽手心都出汗了，陆少爷才堪堪侧过脸来，压低嗓音道："怎么一直偷看我？"

梁挽挽被他的无耻打败了，嘴唇微张，说不出话来。

见小姑娘耳根通红，牙关紧咬，像是气坏了，他笑了笑，用外套盖住两人交握的手，叹道："行吧，那就这样子？"

在无下限这方面，梁挽挽永远跟不上陆少爷的脚步，她可以和他在这里不顾脸面闹上一通，但考虑到周遭观众的心情，还是决定忍一时风平浪静。毕竟是一场顶尖的舞剧，不能辜负，她就当牵了一条宠物狗了。

挽挽似月

然而，自我安慰没能拯救梁挽挽，在意识到对方跟自己十指相扣后，她脑子里的最后一根弦烧断了。自那一刻开始，舞台上在跳些什么，跟她再也没有半分干系。

他的体温似滚烫的水，从相贴的掌心开始，熨烫着手腕，再从那里流出去，一路攻城略地，来到心脏的堡垒处，无声无息地展开攻击。

梁挽挽不知自己是怎么了，他们亲过、抱过，比牵手更亲密的事都做过，然而都比不得这一刻。外头一切的声响被自动屏蔽，世界渐渐缩小到只有他和她坐着的这个区域，心率越来越快。

梁挽挽清晰地认识到，她完蛋了，当这个人再度出现，她就彻底完蛋了。

她浑身软下去，靠着椅背，视线掠过台上花样翻飞的托举和跳跃动作，一点都看不进去，不知怎的就想起了上飞机前刷到的那条消息。他不是都快要和别人订婚了吗？还来招惹她做什么？这个渣男！梁挽挽憋了一肚子火，反手用力一掐。

陆少爷本来都快睡着了，被小姑娘折腾得瞬间清醒过来，没忍住"哼"了一声，惹得前后左右的观赏者纷纷侧目。他抱歉地笑了笑，想要强打起精神，但他整整四十八小时没合眼了，原本强绷着一根弦，见到她后才松懈下来，实在压不住困意了。

这一幕结束，灯光暗下时，梁挽挽感觉右肩一沉，下意识地扭过头。

陆衍靠在她肩头睡着了，梁挽挽看向他，这人沉睡的样子倒是无害。她看了一会儿，心里渐渐不是滋味了。他皮肤怎么那么白？近距离看，好像连毛孔都没有。睫毛浓密卷翘，眼尾处的更长一些，她们女孩子刷三层睫毛膏都没有他这么夸张。

老天爷为何要如此厚待这个小变态？梁挽挽暗自长吁短叹，没有意识到她正在对着陆衍的脸犯花痴，反应过来时，台上都开始演第三幕了。

陆衍的呼吸绵长且规律，他竟然真的陷入了沉睡。梁挽挽愣了两秒，注意到男人眼睛下边泛着淡淡的青色，那是太过疲惫才有的黑眼圈。

第十二章 / 试用期男友

梁挽挽想硬着心肠叫醒他，先尝试着动了动被他拉着的手，没想到被他抓得更紧。她吃痛，更加抗拒地想缩回手。

陆衍皱了下眉头，没有睁开眼，梦呓般轻唤："挽挽。"

他这一声"挽挽"成功让梁挽挽心软了，她从来不知道自己的同情心这么泛滥，明明两人还有那么多的误会没解开，她心里高筑的城墙依旧节节崩塌。她慢吞吞地转过头去，重新看向舞台。

三个多小时的演出，不间断地穿插着欢呼声和掌声。当主演们出来谢幕时，观众的情绪也被调动到了最高点，喝彩声不绝于耳。

然而，即便是这样足以排山倒海的阵仗，还是没能叫醒陆少爷。梁挽挽很无奈，掐了对方好几次，他就是怎么都不肯睁眼。

十五分钟后，观众陆续离场，这座挑高六米多的厅堂变得空荡寂寥。剧院经理例行性巡场，诧异地发现第三排还坐着一对情侣。

梁挽挽很尴尬，她听不懂法文，只能和金发碧眼的姑娘大眼瞪小眼。幸好陆少爷总算不装死了，坐直身子向外国妹子礼貌颔首，然后叽里呱啦说了一通。对方听完，一下子激动起来，双手交握，连连感叹。

梁挽挽不明状况，云里雾里，又被那姑娘拉着站起来用力拥抱。她困惑地看向陆衍，后者噙着笑站在一边，摇了摇头。

最后，那姑娘一步三回头地走了。过了一会儿，剧院的灯光系统重启，投射出星空旋转的光影效果。

梁挽挽蒙了："你干了什么好事？"

陆衍困意未消，打了个哈欠，很随意地道："也没什么，我说要在这里和你求婚。"

梁挽挽呆滞两秒，手握成拳对着他捶了几下："你有毒啊？"

陆衍没躲，让她发泄够了才将她搂到怀里。小姑娘跟刚刚从水里捞出来放到砧板上的鱼一样，按都按不住，他不得不反剪她的双手，一手将其压到背后，一手箍着她的腰，叹道："现在十一点了，巴黎不比国内，深夜没什么咖啡馆营业，我在这里跟你说说话，不好吗？"

挽挽似月

梁挽挽冷笑道："我可没什么话要和你说。"

这就是典型的口是心非，女孩们吵架了几乎都喜欢说这句。陆少爷过去没有正儿八经地哄过女孩子，但并不妨碍他装委屈："我坐了好久的飞机，挽挽不心疼一下？"

"我让你来了吗？你在国内陪未婚妻不好吗？"梁挽挽脱口而出。

这话里的酸味可太浓了，掩都掩不住，两个人同时愣住。

良久，陆衍低笑一声，勾起嘴角道："吃醋了？"

"滚！"梁挽挽羞成怒，"我就是想让你离我远一点，看见你就烦。"

陆衍有些头疼，他过去面对胡搅蛮缠的姑娘时，脾气确实算不得好，可眼前的小姑娘毕竟不是别人，他只能耐着性子道："我没和别人订婚，微博上的照片……"

小姑娘颤了颤睫毛，抬起头直勾勾地盯着他。

陆衍突然就词穷了，他要怎么解释？即便是现在，他都没弄懂来龙去脉。记忆停留在集团年会结束后，他回庄园的路上遇上一起血腥的车祸，再醒来就莫名其妙地到了总裁办的套房里。范尼拿着文件让他签署，他头疼欲裂，难以置信地盯着签署日期。那上头清清楚楚标了一月二十四日，年会明明是十三日举办的，那中间缺失的十一天他是一直在昏迷吗？

答案显然比他想的要恐怖许多，他在恢复意识后旁敲侧击过亲朋好友的反应，居然没有任何人察觉到他的消失，只有乔瑾和骆勾臣开玩笑地抱怨他最近在电话里惜字如金，话太少了点。

种种迹象都太像惊悚片了，他终于得出了一个毛骨悚然的结论：在他沉睡时，有其余"人"代替他活着。这个世界没有鬼怪之说，那么寄居在他身体里的是谁？

他问过周医生，对方异常严肃地要求他尽快去美国那边进行诊断，同时，询问他家族史上有没有 Dissociative Disorders 的先例。他查了资料，知道这是间歇性人格分裂的英文学名。

事态的发展也太扯了，可现实摁着他的脑袋，逼得他不得不低头。

第十二章 / 试用期男友

他放在庄园里的衣服全给丢了,办公室的软装换了配色,全是阴暗的黑色。其中最棘手的是,那个分裂出来的人格竟然答应了老头子随口询问的联姻事宜。

他还记得自己跑去问陆晋明时,对方是这样说的:"是你自己说的,娶谁都无所谓,安分听话就好。"

真是服了,什么乱七八糟的女人都敢塞给他。

陆衍有一种自己被自己坑了的错觉,他很想把来龙去脉都告诉梁挽挽,但看着眼前故作镇定的小姑娘,寻思着真相说出口的一瞬间估计就会得到好几个巴掌。

比如,你竟然拿这种蹩脚的理由搪塞我?再比如,你把我当猴耍呢?

陆少爷进退两难,犹豫片刻,揉了揉眉心,轻声道:"如果我说,我最近生病了,挺严重的,然后……那个人不是我,你信吗?"

梁挽挽僵住,随后很自然地想到了陆叙。出国前在电梯里遇到的那个人,她本以为是陆衍,现在想来,就凭对方那冷冰冰的模样,绝对值得怀疑。

阅遍狗血言情小说的梁大美人立刻脑补出一场伦理剧:小变态突发重病,家族紧急要求换继承人,小变态昏迷不醒,孪生哥哥出来霸占皇位,顺道立了皇后。

梁挽挽一阵唏嘘,火气也降下来了,在他怀里都忘了挣扎,只微微仰起头:"那你现在病好了吗?"

这回轮到陆少爷诧异了,挑了挑眉道:"你不问问细节?"

小姑娘摇了摇头,她听过陆叙说起弟弟的口吻,那种厌恶和鄙夷的语气她印象颇深。她无意探寻人家的私事,只重复问了一遍:"你病好了吗?"

陆衍含混地道:"唔,目前算是稳定了。"总之,他飞完巴黎就准备去纽约了,病还是得治,不然哪天他彻底消失了都不一定。

梁挽挽扭了扭手腕:"你放开我吧。"

陆衍松手,顺势碰了碰她的嘴角。璀璨灯光下,少女眼中像是盛满了星辉,他定定地看了一会儿,不受控制地俯下头去。

梁挽挽偏头避开,一副刨根问底的架势:"所以那个科技新贵的女儿,到底谁娶啊?"

"你怎么这么煞风景?"陆衍挫败地低叹道,"谁爱娶谁娶,反正不是本少爷。"

梁挽挽点点头,和他一起往外走。午夜的巴黎街头,就如他说的空无一人,沿街商铺一片漆黑。她把围巾裹紧了点,低头看着两人拉长的影子,小声道:"我和你道个歉吧。"

他"嗯"了一声,鼻音很重,视线四处搜寻的士。

她拽了拽他的袖口:"我知道那晚的人不是你……"

一提到这件事,陆少爷的脸色又阴沉下来:"不管那个人是谁、做了什么,我都不想知道。"

梁挽挽被他恶劣的口气堵得有些难堪,到底是自己理亏,也没顶嘴,闷声朝前走,走了两步又被拉回来。

他叹了口气,语气软下来:"就当我嫉妒行不行?以后别提了。"

她抿了抿嘴,对上他的视线,不自然地道:"你嫉妒个头。"

男人总是漫不经心的眼里多了几分灼热和偏执,一眨不眨地盯着她:"我应该表现得很明显了吧?"

梁挽挽脸红了:"什么啊?"

陆衍勾起嘴角:"你现在想谈恋爱了没?契约上说了,我是第一顺位。"

梁挽挽甩开他的手,捂住耳朵。

陆衍脸上笑意加深,小姑娘太幼稚了,但是非常可爱。他没逼得太紧,送她到了酒店,还跟着她上楼。

电梯里,梁挽挽后知后觉反应过来:"你晚上住哪儿啊?"

陆衍懒洋洋地靠着金属扶手,掀了掀眼皮:"下飞机后遇到扒手了,钱包丢了。"

第十二章 / 试用期男友

梁挽挽心中升起不祥的预感。

"行程匆忙,也没顾得上订房间。"陆少爷打了个哈欠,勉为其难地道,"我平时都不住这种商务酒店的,今天没法子,就在你这儿凑合一下吧。"

陆衍的钱包确实丢了,他临时来巴黎,精神状态很糟糕,行李箱都没带一个,下飞机后兴许是被扒手盯上了,扭个头的工夫大衣外兜的东西就没了。幸好重要证件放在内侧的衣袋里,护照什么的都没丢,还有……黑卡也在。

他这种人怎么可能身无分文、露宿街头?陆少爷说这样的话纯粹是逗逗梁挽挽的。对方的反映比他想象的还有趣些,陆衍好整以暇地欣赏小姑娘的表情。她原本正在整理毛衣的领口,听见他这句话动作就僵住了,瓷白的脸上浮现出震惊和慌乱的神色,然后转为虚张声势的镇定。

"你别骗我。"她睫毛轻颤,"你明明还去看了舞剧……"

陆衍笑了笑:"票我贴身收着,钱包是真不见了。"顿了顿,他慢慢双手平举,摆了个任君采撷的姿态,"不信的话,你随便搜。"

说话间,电梯门开了。梁挽挽先一步踏出去,看看走道尽头的房间,又转头看了看一脸无辜的年轻男人,欲言又止。

"挽挽还在怀疑我说谎?"他眨眨眼,"要不去你房间,全脱了让你……"

"陆衍!"她跳起来捂住他的嘴。

真是太糟心了!他什么话都敢讲,口无遮拦!过道上还有其他的客人拖着行李箱在刷房卡,看面容是亚裔,也不知道听懂了没有。

梁挽挽没辙了,领他回了房。

下榻的酒店性价比还算可以,因为地段好、价格实惠,房屋面积就有些不如人意了。房间有十五平方米左右,设施陈旧,但胜在整洁。

陆衍看了看房里的设施,目露挑剔,好看的眉皱了皱,不肯坐下,就这么在床边干站着。

同样是富贵人家出来的,梁挽挽就比他好伺候多了。她被戈婉茹关

挽挽
似月

禁闭关多了,什么脏乱差的环境没见过。在她看来,这房间有热水、有床、有网络,睡两晚而已,没什么好讲究的。她可看不惯他那大少爷脾气,讽刺道:"要不要我给你开个总统套房啊?"

"看这酒店连铺夜床的服务都没有,还指望有总统套房?"陆衍叹了口气,勉为其难地坐到床边,"有点困,我们早点休息吧。"

他说话的语气相当自然,仿佛真要和她同床共枕。

梁挽挽翻了个白眼,从随身包包里翻出护照,然后站起身去拉门把手。突然,身后有黑影逼近,她连反应的时间都没有就被摁到了门板上,再次体验到了传说中的壁咚。

陆衍单手撑在她耳侧,低下头说:"跑什么?"

梁挽挽深吸了口气:"我还没心大到和一个非亲非故的男人睡一张床。"她推搡着他的肩膀,"走开,我把这间让给你,回头你记得把房钱还我。"

"怎么就非亲非故了?"他收起轻佻的笑意,捉住她的手指捏了捏,轻声道,"我后天一早就去纽约了啊。"

梁挽挽不吭声,眨了下眼。

"我就想和你多待会儿。"他放软了嗓音,"我保证不动你,盖棉被纯聊天,行不行?"

陆少爷为了留下来真是无所不用其极,连这么睿智的台词都讲出来了。幸好乔瑾不在,不然听到了绝对要笑昏过去。

梁挽挽安静片刻,抬头看他。近距离看,小变态这张脸更漂亮了,下巴尖尖,唇形优美,简直像是从少女漫画里走出来的男主角。此刻,这位男主角正用一种极为打动人的语气,对她死缠烂打。梁挽挽纵然是铁石心肠,都忍不住叹息:"你究竟喜欢我什么?"

陆衍错愕了,突然就有些词穷。这个问题根本没有标准答案,喜欢她什么?他说不上来。

一开始,他就是觉得小姑娘好玩,再然后……莫名其妙就把自己玩

第十二章 / 试用期男友

进去了。记忆消失的两周后,他醒过来第一时间就给她打电话,身体的本能比大脑更快。

直到他丢下公司的一大摊破事,任性地飞到巴黎,才明白这姑娘已经在他心底扎了根,连着骨血,想要拔掉是再也不可能了。

无奈平时越放浪,关键时刻就越难表白。陆少爷反复纠结语句,喉结滚了滚,最终在小姑娘执着的眼神中败下阵来,挫败地道:"你要我怎么证明?"

"很简单。"她仰着头,脊梁挺得笔直,"你要是心里真有我,就不该这么死皮赖脸地缠着我,近情情怯的道理懂吗?越珍惜,越克制。"

陆衍嗤笑道:"哪里看来的谬论?照你这意思,我连你一根汗毛都不能碰。"

梁挽挽脖子朝后仰,点了点头。她想起论坛里那帮宅男仰望女神时的内心独白,认为有必要给这位随时随地都能说胡话的公子哥科普一下,继续道:"你就没有一种我是易碎品,需要你轻拿轻放、小心对待的感觉吗?"

陆衍面无表情地盯了她一会儿,突然捧着她的脸,侧头吻了上去。

在巴黎,他给了她一个名副其实的法式热吻,强势又挑逗。

梁挽挽睁大双眼,绚烂的白光在脑子里炸开。她已经不是第一次接吻了,但面对他时依旧无从抵抗,只剩下呜咽的份。

良久,他退开些许距离,嗓音喑哑:"哥哥教你啊,男人在面对喜欢的姑娘时,只会干我刚才的事儿。"

梁挽挽浑身的鸡皮疙瘩都起来了,莫名的战栗感令她腿软,靠着门板急促地喘息。

"还有。"他亲得有点上火,一把搂着她贴近自己的身体,嗓子哑得不像话,"懂了没?"

梁挽挽晕乎乎的,半晌没有缓过神,看到他脸上的坏笑后,瞬间面红耳赤,浑身僵硬,没有办法思考。

陆衍松开她，笑得很是痞气："你可以骂我不要脸什么的。"他眼里还有些浓重到化不开的情绪，惊世骇俗的话张口就来，"但事实就是这样，我二十四小时都想跟你黏在一起，想亲你。"

梁挽挽咬着牙，下颚那块绷得死紧，耳朵到脖子那块全红了，跟煮熟的虾没什么不同。

毕竟还是个二十来岁的小姑娘，也没什么经验，头一回如此真切地体会男人的情意，确实太为难她了。陆衍定定地看了她一会儿，又道："我没有不尊重你的意思，而且你对我也不是无动于衷。"

"什么啊？"梁挽挽猛地抬起头。

"别否认。"陆少爷笑得有点得意，"女孩子喜不喜欢我，我看一眼就知道。"

这话不假，少年时代，他收到的情书就能塞满课桌。打完篮球，随意瞥一眼，就看到阶梯上坐着的女同学向他投来含羞带怯的目光。有人大胆地表露出来对他有意思，有人故意装作对他没意思，来来回回不过就这么几个套路，久而久之，那些姑娘家的心事就太容易分辨了。

虽然戳破窗户纸有点不礼貌，但陆衍清晰地意识到这是自己二十七年里第一次心动。他在别的方面任意妄为惯了，感情上当然也不会委屈自己。过去她不喜欢他，他多花点时间和耐心无所谓，眼下既然她动摇了，那他就要独占她全部的喜怒哀乐。

人生苦短，及时行乐，他有错吗？当然没有。要说唯一的错，大概就是他把强取豪夺的那一套用错对象了。

在他说完那句话后，小姑娘红扑扑的脸渐渐苍白，她低声道："你可能有过很多女朋友，也很得意女孩子为了你神魂颠倒。"

陆衍察觉到不妥，过去拉她的手："挽挽……"

"别打断我。"她退了一步，表情变得冷淡，"我承认我是受了你的蛊惑，但这并不代表我就非得跟你绑在一块。我说过，我现在不想谈恋爱，这个想法不会变。"

第十二章 / 试用期男友

"还是说,其实你只想找个符合你要求的工具人?"她讽刺道。

陆衍皱了下眉:"你的警戒心没必要这么重。"

梁挽挽没再看他,直接拉开房门朝外走,走了两步,又停下来。男人还站在原地,神情诧异且隐忍,看得出来也是憋了火。

见她回头,他眉眼间的阴沉散去。

算了,和个小女孩计较什么,陆衍捏了捏眉心:"抱歉,是我混账,是我口无遮拦,你别和我一般见识。"

"房间归你。"梁挽挽板着一张脸,指着门道,"行李箱麻烦还我。"

走廊灯光下,小姑娘横眉冷目,软硬不吃。陆衍没想到她会有这么大的反应,然而世上没有后悔药,他再懊恼也不能把说出去的话收回来:"真不能原谅我?"

梁挽挽瞪他:"再说废话我就让你露宿街头。"

"那就露宿街头吧。"陆少爷很无奈,他这辈子的耐心和温柔全给眼前这位花脸猫小姐了。

他径自朝电梯的方向迈步,边走边道:"不占用你的房间了,也不知道会不会冻死,希望明天还能活着来见你。"

"活着也别见了。"梁挽挽冷笑,她在他身上吃了太多次亏了,自然不可能信他,当着他的面就摔上了门。

陆衍愣了两秒,摸摸鼻子,去一楼 Lobby(前厅)处又去开了间房。一通折腾,已经过十二点,他合衣躺在床上,想起方才她在他怀里被亲到气喘吁吁的模样。

他鬼使神差地拿起了手机,调出她面试时穿着红裙跳的那支舞的视频。少女回眸时眼波缭绕,白嫩的肩膀轻轻耸起。

他舔舔嘴唇,脑子里不由自主地出现了一些画面,心里却想,若是她知道他偷录了她跳舞的视频,还时不时拿出来看,会不会狠狠揍他一顿?他这么卑劣,应该会受到惩罚吧?

陆衍又进了浴室,自虐般打开花洒,把水温调到冷水的那一档,大

挽挽
似月

冬天洗了个冷水澡。身体的亢奋消散后,困意袭来,他头发都没吹干,一挨到枕头就睡熟了。

梁挽挽对这一切毫无所知,她是在第二天晚上接到前台电话的,她的英文很糟糕,听对方讲了半天,才听懂大概的意思。

前台说十五楼有位客人重病,临死前想见她一面。

有病吧?梁挽挽以为是恶作剧,但前台再三表明他们派人去查看过了,客人确实高烧不止。他们也提过要送那位先生就医,可对方坚持要等一个人过来,否则哪儿都不去。

这行事作风……除了陆少爷不会有别人了。

梁挽挽没能抵挡住前台姑娘的再三请求,取了房卡,坐电梯到十五楼,刷开了门。

房间里光线昏暗,窗帘的遮光性很强,挡住了大半阳光,隐约可见床上躺着一个人。

她摸索着走到床头,摁下台灯开关,看到了小变态惨白的脸,嘴唇干涸,失了血色。她顿时惊慌起来,手碰了碰他的额头,只觉烫得惊人:"陆衍,你发烧了。"

陆衍听到声响,勉强睁开了眼,勾了勾嘴角:"我躺了一天了,你再不来,我说不定真要咽气了。"

梁挽挽没空和他多费口舌,转身去了带队老师的房间,问她要了点退烧药和酒精棉花。再回去时,床上那人又陷入昏睡状态了。

她拍拍他的脸,倒了杯温水,给他喂了药,又用酒精棉花擦了擦他的额头和耳后。忙完后,她让服务员送了点冰块过来,拆开携带的一次性毛巾,去卫生间沾湿,然后包上冰块,替他物理降温。

差不多折腾到深夜十点钟,梁挽挽用耳温枪测了一下他的体温,发现热度降了后,才如释重负地倒在沙发上。

她太累了,白天刚完成交流演出,晚上又衣不解带地照顾陆衍。她想要回自己房间睡,可惜意识已然变得模糊,就在沙发上睡着了。

第十二章 / 试用期男友

梁挽挽做了一个和现实截然相反的梦,梦中,她生了病,躺在陆衍的怀里,陆衍捧着蜂蜜水,一勺接一勺喂她,好看的眼里全是担忧。

陆衍真温柔啊,她满足极了,幸福得周身都是粉红泡泡。直到被人不断拍脸,她才嘟囔一声,心不甘情不愿地醒过来。

男人含笑的声音在头顶响起:"我是很想让你继续睡,可你一直流口水,我猜你是饿了。"

"真吵。"梁挽挽睡得迷迷糊糊,感觉背后暖暖的,迟钝地哼了哼,往那个温暖源处缩去。

温香软玉在怀,陆衍一点都没有乘人之危的愧疚感。他亲亲她的发顶,将她打横抱着站起来。

突如其来的公主抱总算让梁挽挽清醒了,她刚想让他把她放下来,突然注意到男人的衬衣领口处露出来的银色挂坠,愣了一下。

前阵子,她还在陆氏集团上课时,有一晚他和她躲在桌子底下避开保安,他的链子不小心掉了,似乎就是眼前的这一条。没记错的话,里面是一张少年的照片。

脑海中浮现出一个古怪的想法,趁他不备,梁挽挽悄悄打开了那个金属小盒。她还没看清楚,就觉得一阵天旋地转,整个人被丢到了床上。

梁挽挽坐起来,恼怒地道:"你做什么啊?"

陆衍把链子收起来,淡淡地道:"这个不能碰。"

"你这人也太奇怪了吧。"她脱口而出,"放着你哥小时候的照片做什么?"

她话音话落,手腕突然被他用力捏住,有点痛。

男人神色阴骘,见她吃痛才松了力道,但依旧没放手:"你是怎么知道的?"他这个问题像是一点一点从牙缝里挤出来的。

梁挽挽之前觉得这个人是因为自恋才带着自己小时候的照片,如今有了新发现,随口说出来后,却触到了他的逆鳞。

陆衍看着她的目光极为复杂,带着惊诧和难堪,还有些更阴暗的东西,

挽挽
似月

她暂时领悟不了。被这种眼神盯上，她莫名产生了下一秒就会被灭口的错觉，不禁咽了口口水，朝后缩了缩。

陆衍失了惯常的从容，神情阴鸷得可怕："我在问你话。"

梁挽挽何曾见过他这种模样，她纤细的手腕被他捏得生疼，接着又被他大力一扯，整个人跌跌撞撞落到他怀里。不过这会儿已经不是浪漫的氛围了，她的鼻子狠狠撞上了男人的肩膀。身体最脆弱的部分之一怎能遭受这种冲击？梁挽挽痛得五官都挤在一起，泪水盈眶。

她垂下头，突然觉得委屈极了，自己衣不解带地照顾他一宿，结果还被他审犯人般对待，小变态就是头白眼狼！

气氛一时间凝固了。陆衍不出声，看着小姑娘泪流满面的样子，充斥在血液里的惊骇和冲动渐渐褪去。他叹了一声，俯身去掰她捂着鼻子的手指，低声道："我看看严不严重。"

"不用你假惺惺！"梁挽挽想都没想，手肘上扬，一点也不客气地甩倒了陆少爷的下巴。

陆衍坚硬的牙齿瞬间磕到柔软的舌尖，带来钻心的痛楚。他闷哼一声，别开脸，指腹刮过下嘴唇，定睛一看，居然流血了，小姑娘也太狠了。

陆衍口腔里火辣辣的，一时半刻说不出话来。他直起身，手放下来，嘴唇染上血色，衬着他偏白的肤色，看上去触目惊心。

梁挽挽愣住了，她倒是没想到自己随手一记肘击会有这么严重的后果。但是，道歉是绝无可能的，她站在他半米之外，选择沉默。

陆衍抹掉血迹，缓了好一阵才开口问："鼻子还疼不疼？"

他一句话说得不清不楚的，听起来很是费劲。梁挽挽知道他还疼着，自己平时吃饭咬到舌头都要哀号半天，更别说方才那一记肘击。对于养尊处优的小变态来说，能不发脾气还反过来关心她，算是很大的让步了。

她勉为其难地顺着陆少爷递来的台阶下，摇了摇头。

陆衍扯了扯嘴角，语气无奈："每次都要见血了你才能消停，这样下去我是不是容易英年早逝？"

第十二章 / 试用期男友

梁挽挽翻了个大大的白眼，还没调整好表情，又被他搂过去。

男人手指修长，掐着她的腰，跟抱小孩似的将她放到床边，随后用脚将室内唯一一把矮凳勾了过来，坐在她面前。因为有落差，他需要微微仰着头才能和她对视。

这个视角让梁挽挽好受了许多，她舔舔嘴唇，轻声道："那个链子挂坠里的照片，是你哥哥对吧？"

陆衍嘴边的笑意淡了些，轻轻地"嗯"了一声，起身走向窗边。

窗帘留了三指宽的空隙，暖金色的阳光从那里照进来，恰好照在梁挽挽身上。她眯起眼睛，盯着窗边阴暗处的男人。

陆衍靠墙站着，良久，开口道："你是怎么知道那个人的存在的？"

梁挽挽犹豫半晌，发现这问题没法回答，她的无心之语完全是给自己挖了个深坑。

难道她实话实说，说她跟他哥有过一晚？听上去太蠢了。而且，梁挽挽打从心眼里不愿意让陆衍知道这件事，在无法确定自己对他是否心动时，她很珍惜自己纯白的羽毛。

纠结了半天，她最后搪塞道："那什么，我之前似乎见过他。"

"什么？"陆衍猛然抬头看着她，眼睛亮得惊人。

梁挽挽咽了咽口水，慢吞吞地道："不骗你，我确实见过他。"

"那你一定是见鬼了。"陆衍笑得讽刺，心里有些烦躁，半垂着头从裤袋里摸出烟盒，随意抽出一根来。

他很自然地抿着烟，拨了拨打火机的齿轮，目光掠过床头那个鼻头红红的小姑娘，到底没敢让她抽二手烟，又把还没点燃的烟丢进了垃圾桶。

等情绪稳定下来，他走回床头，仰面躺倒在她身旁，笃定地道："说吧，谁在你面前嚼舌根了？乔瑾？"

梁挽挽摇头，她和他的狐朋好友完全不熟，话都没说过几句。她扭过头，直直盯着他的眼睛："他就在你的庄园里。"

陆衍没忍住，低咒一声。明明是正午时分，他却被小姑娘的话惊出

挽挽
似月

一身冷汗，通体发凉。一个死了十几年的人，突然被告知出现在他周围，这可比看灵异片可怕太多了。

最诡异的是小姑娘言辞灼灼，看起来完全不像是撒谎。纵然是作为无神论者的陆少爷，语气都变得生硬起来，连名带姓地喊她："梁挽挽，开玩笑适可而止。"

然而，小姑娘并没有停止："他叫陆叙，和你长得一模一样，对吧？性格特别冷漠，能冻死人。他喜欢黑色，有洁癖，惜字如金……"

陆衍一开始只是漫不经心地听着，渐渐的，神色变了，眉眼间溢满了难以置信和骇然的意味，下巴线条紧绷，脖颈隐约露出青筋。他整个人如同被困在巨大铁笼里的凶兽，反复找着出口，却百般不得其法。

梁挽挽声音越来越小，没敢继续说下去，感觉小变态的精神状况不太稳定，主动伸手扯了扯他的衣袖："喂，你没事吧？"

陆衍恍若未闻，慢慢松懈下来。他的孪生哥哥，和她描述的如出一辙，小小年纪就聪明又冷漠，明明还是个初中生，为人处世却极其稳重，比晚两分钟出生的自己优秀太多了。

不穿校服时，陆叙永远是一身黑，洗手要反复洗三遍，规律刻板得不像个少年。

然而作为兄长，他无疑是称职的。幼年时陆衍闯的祸、犯的错、撒的谎，都是陆叙帮忙善的后。陆叙瞒天过海的本事令人叹为观止，就连陆晋明都看不出破绽。

曾经，陆衍也以为只要兄长在，自己就能一直无法无天下去，长大后不用管理家族企业，做个纨绔二世祖每天花钱就行了。可惜老天爷并不想这么便宜他，他最终还是犯了弥天大罪，甚至，那惩罚都没有降临到他身上，反而阴差阳错让陆叙代替他死了。

那一年冬天的那个晚上，惊才绝艳的少年死在雪地里，同时也带走了母亲的全部生命力。他在停尸间里看到了面色泛青的兄长，默默退了出去。

第十二章 / 试用期男友

兄长头七的凌晨,他看到母亲在天台抱着父亲号啕大哭,问如果上天非要带走她一个儿子,那留下来的能不能是陆叙。那一瞬间,他神魂俱裂,被愧疚折磨得不成人形。

自那以后,陆衍大病一场,缺失了一段记忆,关于陆叙死亡的细节,他再也没办法想起来。警察询问过,心理医生诱导过,都没能让他开口。之后的三年,他活得像行尸走肉。

陆衍恍恍惚惚地回忆着往事,仿佛看到天花板上起了一团浓雾,勾勒出陆叙的脸。那张脸越来越清晰,他双目失了焦距,太阳穴的位置再度传来尖锐的痛楚。

陆衍的意识逐渐模糊,直到听到女孩子软糯焦急的嗓音,他悬在半空中的灵魂才仿佛有了归处。他浑身一震,反射性地坐起来,大口喘气。

梁挽挽被他吓到,差点跌坐到地上,好不容易维持住平衡,惊魂未定地拍了拍胸口:"你干吗一惊一乍的?"

陆衍呼吸急促,好一阵子才缓下来,再盯着她时,眼神变得晦暗,嗓音喑哑地道:"你说你见过他,他是几岁的模样?"

梁挽挽一愣:"你们不是双生子吗?他当然和你一般大。要不是性格实在差太多,光看长相,我真的分辨不出你们两个人。"

"你等会儿。"陆衍脸色苍白,手指用力按了按眉心,然后颤抖着取出项链,当着她的面打开了金属小盒。

少年的寸照出现在两人眼前,梁挽挽端详片刻,认真地道:"我收回刚才那句话,其实你俩还是挺好分辨的,你哥基本算是个面瘫吧。"

陆衍根本没有听她说话,只是执着地问:"你确定你遇到的陆叙不是这样的?"

遇见魂魄都比遇见真人要好,前者至少证明人死后还可以去极乐世界。这些年来他背负着良心债,觉得兄长虽然死得不明不白,却也没来寻仇,兴许在地下过得不错,可若是后者……陆衍不敢再推敲了,额头上全是汗,联想到自己莫名其妙失踪的那几次,有什么线索正在自发地

挽挽
似月

一点一点地串起来。

　　周医生所说的人格分裂莫非是真的？他的另一重人格是陆叙？这也太荒谬了。

　　梁挽挽坐在一边，看着他一副魂游天外的茫然模样，小心翼翼地试探道："你们兄弟感情是不是不太好呀？"

　　陆衍深深吸了口气："谁告诉你的？"

　　她没好意思转述陆叙的原话，支支吾吾道："因为每次我提起他，你似乎都会变得不太正常。"

　　他勉强笑了笑，顺着她的原话往下说："我们十几年没说过话了。"

　　怪不得，梁挽挽若有所思地点点头。她无意再窥探他们兄弟的恩怨情仇，有心转移话题，突然感觉肩头一沉。

　　陆衍压着她的肩膀，和她一起陷入被褥间。

　　"做什么！"梁挽挽睁大双眼，不能理解为什么他上一秒还好端端地在聊正经话题，下一秒就又开始动手动脚。

　　陆衍没把自己的疑虑告诉她，怕吓到小姑娘。他只是将身下柔软的躯体搂得死紧，头埋在她的肩颈处，努力汲取着少女的气息，仿佛这样，心中的不安和烦躁就能压下去一些。

　　"别动，让我抱一会儿。"他低声道，"就一会儿。"

　　梁挽挽试图挣扎，无奈力道太小，犹如蚍蜉撼大树，见他确实没有别的意图，便无奈地停下了反抗。

　　房间里暖气充足，陆衍拥抱着她，两人的体温透过衣料相触。她不适应这种令人脸红心跳的姿势，只能默默别开脸，闭上眼佯装抱了个巨大的热水袋，可这热水袋分明一点都不柔软。

　　梁挽挽的手刚好抵在他腰侧，这会儿无意识地摩挲了一下，顿觉诧异。这公子哥看上去细皮嫩肉的，吃不得苦，腰线却非常流畅，腰还很窄，一点赘肉都没有。

　　她开始神游天外，想起左晓棠说过，评判一个男人的身材，首先要

第十二章 / 试用期男友

看腰窄不窄、臀翘不翘，若是两者兼备，那就是人间极品了。小变态的腰摸上去确实令人销魂，就是不知道有没有人鱼线。

大概是环境和气氛都太过暧昧，梁挽挽开始胡思乱想，到后来整张脸都火烧火燎的，赶紧咬了下舌尖，借着疼痛来定定神。

然而，陆衍似乎也感受到了异样，得寸进尺地用鼻尖蹭了蹭她的耳根，嗓音低沉："紧张啊？"

男人的声音太有诱惑性了，她的羞耻度瞬间飙升。她使劲蹬了几下腿，被他轻轻松松地制住了。

"再动下去我可不敢保证会发生什么。"他威胁道。

梁挽挽僵住，只得安静下来，咬着嘴唇一声不吭。

察觉到小姑娘的顺从，陆少爷心满意足，温香软玉在怀，他先前焦躁不安的心渐渐平静下来。

窗外日色正好，遮光窗帘里层的白色纱幔曳地，微弱的阳光透过花纹照进来，在胡桃木地板上洒下斑驳光影。这画面太美好了，比日系风格还要更清新一些。

可惜梁挽挽这会儿没法感受午后时光的静谧了，她意识到自己大腿那儿有点不对劲，瞬间脸红到快要滴血，手脚并用地去推他："变态啊你，快滚开。"

"我抱着你要是还能无动于衷，那可就奇怪了。"他懒懒地打了个哈欠，恋恋不舍地从她颈间抬起头来，下半身和她拉开些许距离，手肘撑在她耳侧，俯视着她。

男人的眼神缱绻缠绵到极致，仿佛看的是什么天上地下只此一件的珍宝，没有女孩子能抵挡这种攻势。

梁挽挽怕自己再犹豫一秒就要溺死在那双桃花眼里，心虚地移开视线，轻声道："我饿了，不是要出去吃饭吗？"

小姑娘难得示弱，陆衍笑了笑："马上。"他手指绕着她的长发把玩，似是漫不经心地道，"你见过那个人几次？"

"陆叙吗？"梁挽挽脱口而出。

听到这个名字，陆衍嘴边的笑意褪去，"嗯"了一声。从根本上来说，他内心深处依旧充斥着惊骇和不安，不愿意接受自己的精神出现严重问题的事实。

梁挽挽仔细想了想，她和他哥哥的交集并不多，当时并没有多留意，还以为是小变态性格阴晴不定，如今静下心来想想，才发觉他俩其实挺好分辨的。

"呃，就一次，在你那个庄园。"她刻意把香舍酒店那晚的事给抹去了。

陆衍没说话，眼睛黑漆漆的，直直地盯着她，良久才道："都说了些什么？"

梁挽挽想到陆叙刻薄冷漠的模样，怏怏地道："也没什么，他话很少，似乎也不怎么喜欢我。"

陆衍愣了一下，表情越发诡异。在他的记忆里，陆叙是出了名的讨厌女孩子，把情书贴到公告栏上，把礼物当场烧了，久而久之，全校女生看见他就自动绕道走。

可为什么这会儿听她描述陆叙的行为，竟然与印象中的那个陆叙有所区别。若他真的人格分裂，那么目前的情况足以支持他作出以下判断：另一重人格无疑继承了他全部的记忆，因而在为人处世方面也受了影响。

从某种意义上来说，如果这个"陆叙"自己不说出实情，估计可以顶着他的身份瞒天过海，旁人根本看不出蹊跷。下一回他自己的人格会消失多久呢？无从得知。兴许是半天，兴许是……永远呢？这真是太恐怖了。

没心没肺的陆少爷头一回感受到了时间的宝贵，他俯下身，温柔地亲了亲小姑娘的嘴角，然后立马偏头，习以为常地避开她狠狠扬起的爪子。

他说："人生苦短，及时行乐，挽挽。"

梁挽挽正欲骂他，等看清他眼里的无奈和茫然后，抿了抿嘴唇，把话咽了下去。也不知这人是怎么了，露出一副有今天没明天的悲凉模样，瞧着怪可怜的。

"虽说打是亲骂是爱,但你这打骂的次数是不是有点多啊?"陆衍调整好心情,没再逗她,径自翻身下床。

他住的是商务套房,进门处有个小吧台,下边堆了五六个购物袋,看 logo(标志)全是大牌。他弯腰随意拣了拣,全是些造型奇特的衣物,透着浓浓的暴发户气息。

梁挽挽坐起身瞥了两眼:"不是钱包掉了吗?又骗我。"

"临时找朋友借了点。"他脸不红心不跳地扯谎,转眼又叹道,"我就不该让酒店的服务员帮忙去买换洗衣物,这品味真是令人匪夷所思。"

陆少爷皱着眉,一脸嫌弃,千挑万选,最终选了两件还算正常的。不过就这两件,也是粉衬衫和尺码偏小的长裤,搁在往常,他压根就不会穿。

梁挽挽嗤笑道:"挺销魂的,很适合你。"

陆衍皮笑肉不笑地"呵"了一声,转过身去,也没避讳她,很干脆地脱掉了衬衣。

梁挽挽看傻了,男人的身形太漂亮了,不是时下健身房推崇的大块腱子肉的壮汉型,而是宽肩窄臀,尽管整体偏清瘦,但肩胛骨和后背的肌肉线条依旧流畅,随着他脱衣的动作,薄薄的蝴蝶骨若隐若现。

她仓皇地别开眼,恼道:"你注意下场合行不行?"

"不好看吗?"陆衍轻笑,扯掉新衣服的标签,套上去,从上往下系扣子。

梁挽挽余光又瞥到他腰间的六块腹肌,不由感叹,老天爷真是厚爱他,这么混的性子,还给他一副颠倒众生的皮相。她看得有点脸红,朝门口走了。

陆衍很快换完了衣服,抽出房卡跟出去,一边拉上黑色外套的拉链,遮住里头碍眼的粉色衬衫。

两人一同进了电梯,陆少爷又恢复了那副没骨头的模样,吊儿郎当地倚着轿厢壁,挑眉道:"大小姐想吃什么,法餐?中餐?"

"随便。"梁挽挽兴致不是很高。

她们学校过来了八个人,昨天演出顺利完成后,带团老师格外开恩,给了她们一天的自由活动时间,方便小姑娘们血拼。

她是主舞,比其他人更累,本来打算今天在房间里睡一天的,哪里晓得会被小变态半路截住。此刻她不但精神不佳,胃也早就饿过头了,没什么食欲。

陆衍捏了捏她的脸:"知不知道随便两个字最令人恼火啊?"

说话间,电梯门开了,停在餐厅所处的六楼,进来了两个人,居然是杨秀茹和白娴。

梁挽挽吓得花容失色,恶狠狠地拍掉了小变态的手,硬着头皮打招呼:"杨老师。"

杨秀茹的目光在年轻男人俊秀的面容上转了一圈,心下了然。她倒是不反对学生谈恋爱,调侃道:"男朋友看得很紧嘛,大老远的追过来。"

梁挽挽赶紧澄清:"不……"

"也没办法。"陆衍拉起她的手,彻底掐断了少女想否认的念头,笑道,"情敌太多,我得多注意些。"

白娴从头到尾都没开过口,等电梯到了她的房间所在的楼层,离开前,她给了梁挽挽一个意味深长的眼神,还挥了挥手机。

梁挽挽掏出手机,果不其然,她收到了三条微信消息。

"求!八!卦!"

"这个美男是不是微博上传闻要和别人订婚的那位少爷?"

"你卷入豪门恩怨啦?"

她默默叹了口气,没回消息。

午饭最后定在了塞纳河畔的西餐厅里,陆衍说着一口很地道的法语,惹得点菜的黑人小哥猛推了好几道主厨料理。

梁挽挽听不懂,恰好也有点心事,干脆放空望着窗外风景。

第十二章 / 试用期男友

陆衍没打扰小姑娘发呆,等到上菜时,才拿汤勺轻轻敲了敲她面前的盘子:"想什么呢?"

"没事。"梁挽挽不想说,搅了搅面前的海鲜浓汤。

陆衍虽然从没在历任女友身上花过半分心思,但这并不代表他是个糙汉。相反,他生了一颗七窍玲珑心,不然怎么能在爱情游戏里进退有度?

女孩子面无表情说"没事"的时候,你要是没敲醒警钟,那从此以后你就出局了。如果换作任何一个姑娘在陆少爷面前表现得稍微矫情一点,陆少爷都懒得搭理。但梁挽挽不同,她已经扎根在他骨血里了,他就算再骄傲,也得学着寻常男人的做派,放低声音去哄她:"怎么了?"

梁挽挽摆弄着手机,这两天没玩微博,那条热搜还在她的主界面。她看着那张男人撑着伞将千金小姐送入车里的照片,没来由地一阵恼火:"烦不烦啊,说了没事!"

陆衍看着她,没说话,眼里的笑意已经散了。

梁挽挽自知过火了,但她死鸭子嘴硬,不肯低头。

陆衍淡淡地道:"不要恃宠而骄。"

"哦,我可没那么大本事往我自己脸上贴金。"梁挽挽双手抱胸,靠着椅背道,"你要是觉得在我这儿不痛快,可以去别人那里找安慰啊。"

"行啊,你告诉我。"他气笑了,"我还能找谁?"

梁挽挽仰着下巴道:"找你那个未婚妻。"

这话一出,陆衍呆滞了两秒,随后神情渐渐松懈下来,轻笑道:"我说呢,那么大一股酸味儿,现在就光明正大地吃起醋来了?"

"我什么时候……"

"嘘。"他隔着桌子探身,指尖抵在小姑娘柔软的嘴唇上,眨了眨眼,"接下来的话我就说一次啊,你听好了。"

梁挽挽看着他灼热的眼神,顿时心慌了。

"没有什么未婚妻,八卦杂志乱写的,照片上的人也不是我。"他条理清楚地陈述完毕,坐回椅子上,勾了勾嘴角,"其实你要是愿意,我倒是挺想跟你举办一个订婚仪式。"

梁挽挽佯装喝汤的动作被这句话打断,皱眉道:"咱俩好像也不是那种关系吧?"

陆衍用手压了下眉心,很是头疼。他们亲过、抱过,她还在他怀里睡过,都到这个份上了,还不算那种关系?

他逼不得已,使出绝招:"我明早飞纽约,你知道的吧?"

梁挽挽迟疑地点点头。

他舔了舔嘴唇,慢条斯理地道:"我是去看病的,之前失踪了两周是突发重疾,问了一圈,国内似乎没法治,要去国外碰碰运气。"

梁挽挽猛然抬头:"什么病啊?"脑子里闪过几个触目惊心的医学名词,她又小声道,"不是癌症吧?"

"不是,但也没好到哪里去。"陆衍笑笑,"治得好再告诉你。"

梁挽挽一点胃口都没了,死死盯着他的眼睛,试图找到他说谎的痕迹。可男人虽然态度散漫,眼神却很是认真。她在桌下不动声色地掐了下手指,闷闷地道:"要去多久?"

陆衍耸耸肩:"要先确诊,一个礼拜吧,后期疗程看情况。"

梁挽挽沉默许久,喝了口柠檬红茶,故作轻松地道:"谎话精,你以为我会信你?"

陆衍笑了笑,没开口。

一顿饭吃得索然无味,后半程两人再也没有交谈了。吃完饭,陆衍送她回房间时,突然将她拉到怀里,用力搂住。

梁挽挽挣扎片刻,还是松了力道,头埋在他肩上。

陆衍亲亲她的发顶,低叹道:"答应我吧,我不想让你成为我最大的遗憾。"

梁挽挽抬起头,睫毛轻颤:"可你要是消失了,那个遗憾不还是落在我身上了吗?"

"我哪有那么容易死。"陆衍贴着她的脸,连哄带骗地道,"答应

第十二章 / 试用期男友

我好不好？"

梁挽挽推开他，摇摇头："如果你说的是真的，那你现在唯一要做的就是好好治疗，情情爱爱的事还重要吗？"

陆衍没辙了，他什么手段都用了，可敌人的堡垒太坚固了，他都怀疑有生之年还不一定能攻下来。

小姑娘还在往他心窝子里捅刀："痊愈之前，你就别总想着情情爱爱的事了，修身养性才有助于改善病情。"

陆衍哭笑不得。

幸好，她最终给他留了点希望："你要是实在煎熬……我允许你来找我，但是要提前和我说。"

陆衍不知该不该接受女王陛下的恩赐，努力压制住那种悲哀的感觉，抬起她的下巴，为自己谋求福利："那这就算试用期，在这期间，我就是你的准男友，你不能再考虑其他异性了，嗯？"

梁挽挽皱了皱鼻子，感觉有点怪怪的。

她实在架不住小变态对她摆出的那副深情款款的样子，最终还是点了头，然后就被他摁在墙上一顿热吻。她被他亲得都快喘不上气了，奋力锤他："你这是病入膏肓的样子吗？"

陆少爷厚着脸皮道："回光返照嘛。"

梁挽挽直接赏了他一顿闭门羹。

陆少爷也不恼，高高兴兴地回了房，不能逼太紧，免得她又想着要逃。恰好乔瑾一帮人在群里约局，他饶有兴致地跟他们聊了一会儿，得到一干狐朋狗友的热烈反响。

半晌，也不知是谁起了头，问道："衍哥，我怎么听说你要订婚了？"

下边一帮人起哄，说什么"宇宙第一钻石王老五要吊死在一棵树上"。

陆衍皱了皱眉，打了"闭嘴"二字，还没来得及发出去，乔瑾就打电话过来了。

他接通电话："什么事？"

电话那头的乔瑾很是激动:"部长,外边都在传你要和宁家商业联姻,真的假的?"

陆衍拧开一瓶矿泉水,喝了一口润了润喉:"假的。"

对方松了一口气:"我就说嘛,你怎么可能再和宁雅芙搅和到一起。"

陆衍觉得这名字有点熟悉,但又想不起来,随口问道:"你说谁?"

乔瑾哀号出声:"我说衍哥,这你都能忘?她也是你前女友啊,当年风头无两的宁天仙!"

陆衍沉默,为自己的薄情检讨了一秒钟。

乔瑾以为他还没想起来,继续道:"就是那个在毕业晚会上诅咒你此生无法得到真爱的姑娘。"

陆衍有点模糊的印象了,不过提到别的姑娘,他又恢复了那副典型的薄情嘴脸,直接道:"关我什么事?"

乔瑾一阵激动:"怎么不关你事了?宁家效率惊人,你们家老头子刚有点苗头,他们就开始大肆宣扬了,这是逼婚的节奏啊衍哥。"

陆衍没为这件事纠结太久,相当镇定地冷笑着回了句:"天王老子都不敢逼我强娶。"随即他便干净利落地把电话挂了。

挂完电话没多久,陆少爷就把他这个远古的前女友抛诸脑后了。新衬衫面料有点劣质,他觉得背上不太舒服,进浴室冲了个澡,出来后裹着条浴巾,衣服都没穿就给梁挽挽发消息:"晚饭一起吃?"

意料之中,小姑娘拒绝了:"不了,谢谢。"

陆衍擦着湿漉漉的头发,挑了下眉。习惯成自然,心高气傲的公子哥屡屡碰壁,竟然渐渐适应了这节奏,自尊心和脸面彻底不要了,直接打了视频电话过去。

等待的过程比想象中的短,仅仅两三秒钟,他就看到屏幕上跳出"对方拒绝了您的请求"几个字。陆少爷要驯服花脸猫小姐,难度果真堪比上青天。

他叹了一声,坚持不懈地与她缠斗,终于在打第二十五通视频电话

第十二章 / 试用期男友

时打通了,屏幕上出现了少女不耐烦的脸。坦白说,这张脸此刻不太好看,敷着一张黄金色的面膜,跟玄幻片里的妖魔没什么不同。

她嘴巴张不开,说的话模模糊糊的,不过陆衍依旧听清了"你有病"三个字。他丢开毛巾,坐到窗台边上,随意把湿发朝后捋去,轻笑道:"你男朋友明早就飞纽约了,还不让他见见你?"

"见什么见!"小姑娘嗤之以鼻,仰了仰脖子,因为她的动作,面膜纸下半部分皱了起来,看上去有几分滑稽。

陆衍没忍住笑了笑,手指隔着屏幕抚过她露在外头的美眸,低声道:"行吧,那就换换,让你见我就是了。"说话间,他把手机朝下压了压,镜头扫过他赤裸的上半身。

小姑娘睁圆了双眼,嘴唇微张,一把撕掉了面膜,喊道:"死变态!"

伴随着这一声娇喝,视频电话被她挂断了。陆衍勾着嘴角,心情颇好地盯着她的头像看了一会儿,点击放大,发现是一只白色的独角兽玩偶。他记起来这是他当初在礼品店买来送给她的,后来他又让人备了只一模一样的放在他庄园卧室的床头。

陆衍想了片刻,让管家拍了一张庄园里的独角兽玩偶的照片,换成了自己的微信头像,到群里溜了一波。

群里顿时热闹起来。

"衍哥你被盗号了?"

"这么娘?"

"部长,我求求你了,换个别的吧!娘出天际了。"

他舔舔嘴唇,半是炫耀半是好玩,慢吞吞地打字回复:"女朋友胡闹,非要弄的。"

这话犹如一点火星投进了稻草堆,群里瞬间被消息刷屏,全是感叹号和语气词。

陆少爷掀起一阵腥风血雨,拍拍屁股走了。退出微信界面后,他坐回桌前处理公事。

挽挽
似月

集团已经放假了,但是海外业务部的邮件依旧源源不断地发过来。范尼筛选了大部分邮件先行回复,余下需要他本人回复的邮件依旧数目可观。

没带笔记本电脑确实有些不方便,他一边给手机充电一边处理公事,忙起来就忘了时间,等到脖颈发酸才下意识地抬起头来。

外头夜幕已深,房间里的挂钟显示现在是晚上八点三十五分。

他第二天清晨不到五点就要飞纽约,这样一算的话只有不到九个小时就要出发了。按理来说,这个点他该休息了,毕竟明天约了周医生的导师初诊,要是精神状态不稳定,指不定结果会雪上加霜。可他中午才把心心念念的小姑娘差不多拐到手,不能一鼓作气拿下未免太遗憾了。

陆衍一手撑额头,一手百无聊赖地转了转笔,心里有了主意,拿起座机话筒叫了客房服务。

梁挽挽从下午睡到晚上,还没清醒,迷迷糊糊被门铃给吵醒。她趿拉着拖鞋走到门边,通过猫眼看到外面是个穿着制服的酒店工作人员,因为对方是女性,她放松了警惕,直接拉开了门。

女服务员微笑着道:"梁小姐,您的男友替您准备了烛光晚餐。"她用浓重的欧洲口音说着英文,"祝两位拥有一个美好的夜晚。"说完,她把送餐的推车推到房间里头,鞠了鞠躬,快步离去。

梁挽挽对着洁白的桌布和保温玻璃罩发愣,里头的食物应该是现做的,正散发着香气,勾得她唾液迅速分泌。

她往门外迈了两步,扶着门框环顾四周,没见着小变态。

"陆衍?"喊名字也没人应,梁挽挽揉了揉眼睛,抹去因为打哈欠流出的眼泪,懒得再纠结,直接推了下门,转身往房里走。

然而,关门声却没能响起,她再扭头便看到有人用脚抵着房门,轻轻将门踢开一点,然后光明正大地走进来,很自然地反手关上门。

梁挽挽站在原地看他,男人换了黑色条纹衬衣加银灰色长裤,比下午那身打扮好一点,浑身上下都散发着该死的魅力。

第十二章 / 试用期男友

此刻,魅力先生一改纨绔本色,颇不认同地道:"下回确保门锁好了再转身,万一有歹人跟进来呢?"

他倒是贼喊捉贼,梁挽挽坐在矮柜上,踢着小腿,歪头看他:"哦,你口中的歹人,是像你这样的色狼吗?"

"男朋友当然例外了。"陆衍笑笑,想凑过去亲她,被小姑娘恶狠狠地捏住了下巴。

风水轮流转,梁挽挽终于能用这种调戏良家妇女的姿势对待小变态了,扬了扬眉道:"我同意你转正了?就你们陆氏集团,试用期还得六个月呢。"

他没有反抗,任由她胡闹,只用那样一双多情到令人犯罪的眼睛直勾勾地盯着她。

梁挽挽跟他对视五秒就败下阵来:"你别……"

陆衍突然逼近,低声道:"试用期工资预支一下,不过分吧?"他瞥见小姑娘白玉般的耳垂染上绯色,没能忍住,嘴唇凑过去碰了碰。

熟悉的战栗感顿时袭来,梁挽挽犹如被点了穴,彻底石化。

"你这耳洞不太明显啊。"他继续煽风点火,嗓音哑得不像话,"亲了才发现。"

听到这句话,梁挽挽抓着矮柜边缘的指尖猛地用力,她满脸通红,只觉得这个人混账到了极点,说出口的话越来越放肆。她有些后悔下午心软之下答应的事了,重疾病人还能有心情调戏姑娘吗?他摆明了是坑她的。怪她自己太过天真,这会儿想抽身他也不肯放过她了。

夜间的风吹得纱帘起起落落,月光与星辉洒落一室,气氛暧昧。

她怕小变态彻底"兽化",手抵在胸前,强自镇定道:"烛光晚餐要凉了。"

陆衍分明感觉到了怀中少女的颤抖,心知不能过火,退开些许距离,叹道:"我什么时候能转正?"

梁挽挽找准时机,敏捷地一猫腰,从他的手臂下钻了出来,将椅子

挽挽似月

拖到餐车边上，左手拿刀右手拿叉，摆出一副防备的姿态，言辞灼灼："如果你总动手动脚的话，信不信我让你无限期实习？"

陆衍认命地低叹一声，压下心中蠢蠢欲动的想法，暗道真是奇了怪了，过去三年他都没心思交女朋友，总是被乔瑾那帮人调侃。如今只要一见到她，他就跟服了药似的，只想跟她黏在一起。

梁挽挽没理他，掀开那些保温罩，自顾自地进食。

这家酒店的星级不高，餐厅的水准相当勉强，至少陆少爷深感难以下咽。他嫌弃地皱着眉，切了两下几乎全熟的牛排，就把餐具放下了。

梁挽挽说："我提醒下你，全球每过六秒就有一个儿童死于饥饿。"比起衣食住行样样都要挑剔的小变态，她可是好伺候多了，不过平日里饿惯了，胃不大，吃了一小会儿就撑得慌。

陆衍手撑着额头看她："吃不下就别吃了。"

小姑娘义正词严地重复道："全球每过六秒……"

陆衍头疼道："求求你闭嘴吧，我替你全吃了，行不行？"

梁挽挽抿着嘴笑，孺子可教地点了点头。

最后剩下一些芦笋，陆衍怎么都不肯吃了，说口感老得比丢掉的牙刷更恐怖。用完餐后，他甚至执意要去洗手间漱口，证明他所言非虚。

梁挽挽瞪着他的背影，暗自腹诽：一身大少爷的臭毛病，也不知是谁惯的。

等到陆衍从洗手间出来后，她已经站在门边了，抬手做了个请的姿势："吃饱喝足了，恩人早点回去就寝啊。"

陆衍懒洋洋地"嗯"了一声，揉揉她的发顶，在她惊诧万分的眼神里慢慢走到室内唯一一张床边。

梁挽挽跺脚："喂！你别太过分，这是我的床！"

陆衍掀开被子上了床，靠着床头，拍拍身边的空位，打了个哈欠："别闹，我真很困，明天坐的是早班机，再不睡我就要废了。"

"回你自己房间去。"她气急败坏地过来拖他的手臂，正中某人下怀。

第十二章 / 试用期男友

陆衍捏着她的手腕,轻轻将她往怀里一带,等她再反应过来时,已经被他整个圈住了。她背后是他温热的胸膛,能清晰地听到他有些快的心跳声,他也紧张吗?梁挽挽分心了。

陆衍安抚地替小姑娘掖了掖被角,轻笑道:"我发毒誓啊,只想抱着你睡觉,别无阴谋。"

梁挽挽挣扎了两下,还是不敢再乱动了。

陆衍怕她难堪,和她拉开些距离,只让她枕在自己手臂上,手指刮了下她的脸颊:"挽挽上个闹钟,三点半喊我。"

梁挽挽很无语:"酒店有叫早床服务。"

陆衍半阖着眼,一副困到不行的模样,含混地道:"可我比较想被女朋友吻醒。"

梁挽挽想掐着他的脖子晃一晃,怒瞪了他整整一分钟,可他居然就这么睡着了,呼吸渐渐变得绵长规律,浓密的长睫毛在眼下投下一片淡淡的阴影。

这人不犯浑的样子还挺赏心悦目的,她伸手悄悄碰了碰他的睫毛,又像被火烫了一般立马缩回手。后来,也不知是不是受他感染,困意袭来,她的意识很快陷入黑暗里。

这一觉睡得不算踏实,梁挽挽一直没听到闹钟的声音,半梦半醒间,隐约听到了穿衣的动静,想起来看看却实在有心无力,后来察觉到脸上温热的触感,才勉强睁开了眼。

男人在她额前落下一吻,柔声道:"女朋友,我们国内见。"

梁挽挽以为他们再次见面至少要过个十天半个月,没想到那么快。

大年初四,她就跟着团队一起回国了,那时陆衍才去了纽约三天。结果,她前脚刚到临城机场,后脚陆少爷的电话就打过来了,叫她待在原地别动,他叫人来接。

梁挽挽知道每年初四都是戈婉茹和她那帮阔太太朋友互相攀比的日

子，她要是这个时候回去，又得被当成洋娃娃摆弄，还得笑僵了脸跟她们周旋，烦得要死。

能拖一天是一天，她打定主意初五再回家，就没矫情地拒绝陆衍，反正，怎么说也是准男友了，再避嫌也没太多意义。

陆衍安排的车是从庄园那里来的，司机很面善，接到她后，拐个弯去了市区，来到上回用过餐的观澜柏洲。

到达目的地，司机出声道："梁小姐，少爷正从老宅赶过来，请您再等十分钟。"

梁挽挽点头应了，歪坐在椅子上玩手机，也不知过了多久，车门从人外头被拉开了。

有只修长的手撑在车门上框处，防止她撞到头。梁挽挽探身出去，见到了一身休闲装扮的年轻男人。就这么短短几天没见，他却比之前瘦了些，看起来有点憔悴。

梁挽挽刚想说话就被他抓住手，放到嘴边亲了亲："想我没？"

她抿着嘴不说话，陆衍笑笑："想听你说句好话怎么就那么难。"

他拉着她朝里面走，"本来想带你去别处的，不过正好我几个朋友约在这里吃饭，刚才一直喊我过来，不如一起吧？"

这就见朋友？进度赶得上坐火箭了，梁挽挽有点尴尬："不好吧？"

"别害羞啊。"陆衍挑了下眉，笑得轻佻，"早晚要见的，不是吗？"

说话间，两人一前一后上了楼，包厢门被服务员拉开了。里头坐的，除了乔瑾一干人外，还有个红衣黑发的妖娆美人，正在低头品茶，一举一动都赏心悦目。

听到动静，美人抬起头来，先是目光轻飘飘地掠过梁挽挽，然后抚平裙摆的褶皱，仪态万千地站起身来，笑道："阿衍，好久不见。"

（未完待续）